ハヤカワ・ミステリ文庫
〈HM188-5〉

静寂の叫び

〔上〕

ジェフリー・ディーヴァー
飛田野裕子訳

早川書房

4523

A MAIDEN'S GRAVE

by

Jeffery Deaver

Translated by
Yuko Hidano
Published 2000 in Japan by
HAYAKAWA PUBLISHING, INC.
This book is published in Japan by
arrangement with
CURTIS BROWN GROUP LTD.
through THE ENGLISH AGENCY (JAPAN) LTD.

インスピレーションの泉、鋭い批評家
わたしの全作品と人生の一部であるダイアナ・キーンに
愛をこめて捧ぐ

謝辞

ヴァイキング社のパメラ・ドーマンには特別な感謝の意を表したい。彼女自身が自分の仕事において維持している質とレヴェルを、作家にたいしても要求し、それを目指してわれわれが常に努力するべく、粘り強く我慢強く（もちろん、威勢よく）叱咤激励してくれる、ありがたくもすばらしい編集者だ。良き友であり、世界一のエージェントであるデボラ・シュナイダーにも、深く感謝している。そして、ヴァイキング／NALの全スタッフ、特にバーバラ・グロスマン、エレイン・コスター、ミカエラ・ハミルトン、ジョー・ピットマン、キャシー・ヘミング、マシュー・ブラッドレー（百回以上も〝闘う政治記者〟のタイトルを獲得した）、そしてスーザン・ハンス・オコナーにも感謝したい。感謝の言葉を捧げる相手として忘れてならないのが、ロンドンのカーティス・ブラウン社の優秀なスタッフ、特にダイアナ・マッケイとヴィヴィアン・シャスター、そしてわたしの作品のイギリスにおける発行人ホダー＝ヘッドライン社、わけてもわたしの担当編集者であるキャロリン・メイズ、そしてスー・フレッチャーとピーター・レイヴァリーだ。ゲルフマン＝シュナイダー社のキャシー・グリースンにはありがとうの言葉を、そしてわたしの祖母エセル・ライダーと妹であり作家仲間でもあるジュリー・リース・ディーヴァー、それにトレイシー、ケリー、デイヴィッド、テイラー、リサ（ミズ・X‐マン）、ケイシー、クリス、そして大ブライアンと小ブライアンには、ありがとう、そして「元気？」と伝えたい。

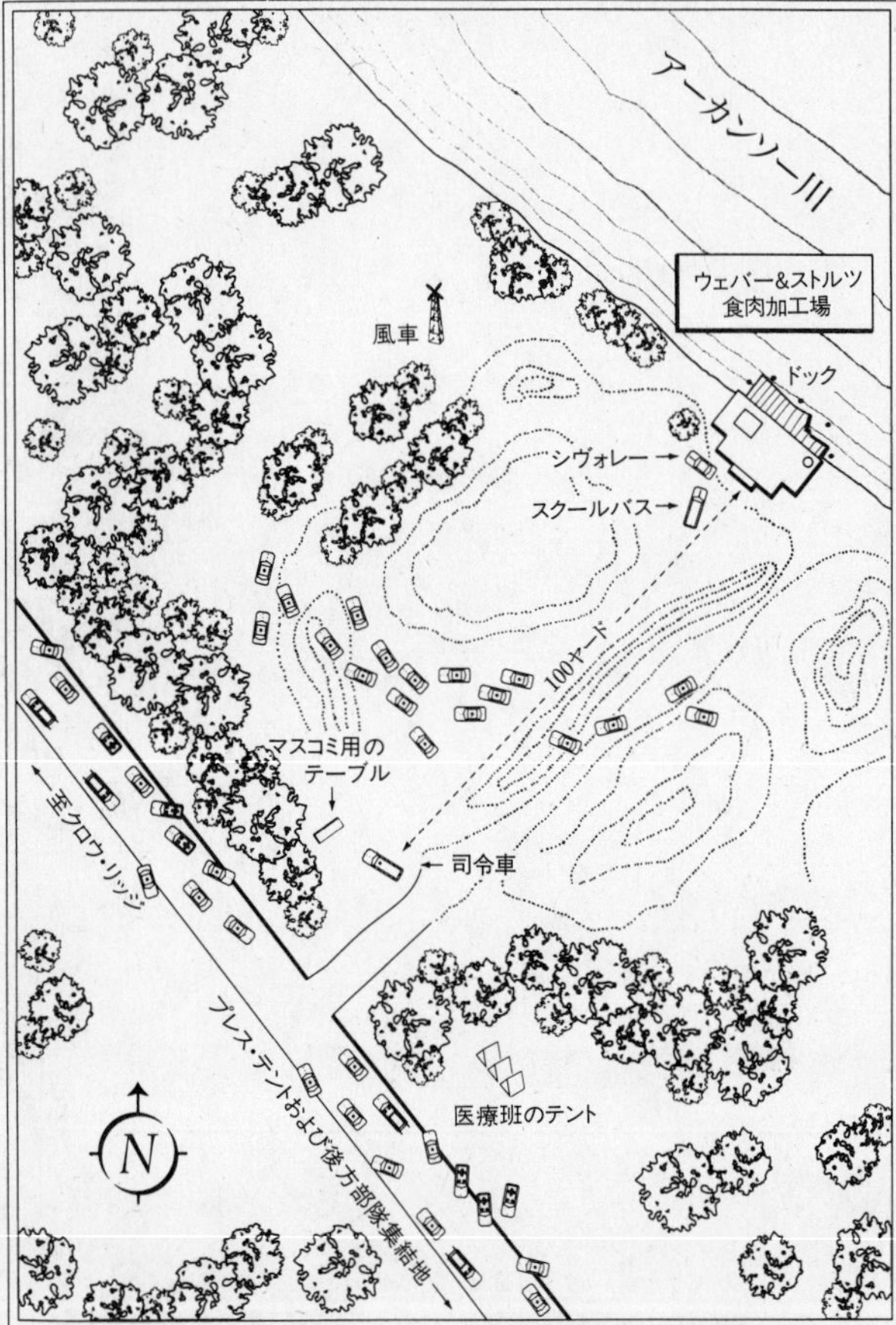

クロウ・リッジ人質事件現場

—7月17日—

Jeffrey L. Ward 1995

静寂の叫び

〔上〕

登場人物

アーサー・ポター……………………FBI危機管理チーム交渉担当者
ヘンリー・ラボウ……………………同情報担当官
トビー・ゲラー………………………同通信担当官
アンジー・スカペーロ………………同捜査官。行動科学のエキスパート
フランセス・ウィッティング………ヘブロン警察署の巡査。手話通訳者
チャールズ・R・バッド……………カンザス州警察の警部
ディーン・スティルウェル…………クロウ・リッジの保安官
シャロン・フォスター………………州警察の刑事
メラニー・キャロル…………………ローラン・クレール聾学校の教育実習生
ドナ・ハーストローン………………同校の教員
シャノン・ボイル
ベヴァリー・クレンパー
キール・ストーン
スーザン・フィリップス
ジョスリン・ワイダーマン
アナ・モーガン
スージー・モーガン
エミリー・ストッダード
………同校の生徒
ピーター・ヘンダースン……………FBIウィチトー駐在所所長
デレク・エルブ………………………州警察の巡査部長
ローランド・マークス………………カンザス州法務次官補
ダニエル・トリメイン………………州警察の警部。HRU指揮官
ルイス（ルー）・ハンディ
シェパード・ウィルコックス
レイ・ボナー（ソニー）
……脱獄囚
プリシラ・ガンダー…………………ハンディのガールフレンド

第一部　殺戮の部屋

午前八時半

「闇のなか、八羽の灰色の鳥が羽を休めている。

容赦なく吹きつけてくる冷たい風に身をさらして」

黄色い小さなスクールバスがハイウェイの急な坂道をのぼりきると、灰色の空の下、地平線のかなたまで広がる広大な小麦畑が視界に入ってきた。微妙に色合いの異なる淡い色の小麦の穂が、風にあおられて波打っている。やがてバスは坂を下りはじめ、天と地の境目は視界から消えていった。

「電線にとまった鳥たちは、羽を広げ
雲の渦巻く空へと飛びたつ」

メラニーがそこでいったん区切って少女たちを見ると、少女たちは、大丈夫、先を続けてちょうだい、というようにうなずいた。どうやらメラニーは、目の前にいる少女たちのことなど忘れ、褐色のなめし皮のような小麦畑にすっかり見とれてしまっていたようだ。

「どきどきしてる？」シャノンが訊いた。

「だめよ、そんなこと訊いちゃ」ベヴァリーが眉をひそめた。「縁起が悪いわ」

いいえ、大丈夫、緊張なんかしてないわ、メラニーは少女たちに伝えた。窓の外を流れるようにして過ぎていく小麦畑に、ふたたび目をやった。

三人の少女はうとうとしているが、ほかの五人はぱっちり目覚めていて、メラニーの詩の続きを待っている。メラニーはふたたび詩の暗唱を始めようとしたが、最初の一行に入る前に、また別の少女が割って入った。

「ちょっと待って——その鳥、なんの鳥なの」キールはしかめ面でそう訊いた。

「邪魔しないの」今度は十七歳のスーザンだ。「そういうことする人のこと、ペリシテ人《フィラスタイン》ていうのよ」

「あたし、ペリシテ人なんかじゃないわ！」キールがすかさず切りかえした。「ねえ、でも、ペリシテ人て、なんのこと」

「粗野でがさつで教養のない人のこと」スーザンが説明する。

「〝粗野〟って？」またもやキールの質問だ。

「いいから、黙ってメラニーを見てなさい！」

メラニーは続けた。

「八羽の鳥は空高く舞い上がり
夜が明けるまでひと晩中飛びつづける」

「ちょっと待って」スーザンが笑った。「昨日《きのう》は、鳥の数は五羽だったわよ」

「ほら、スーザンだって邪魔してるじゃないの」と痩せっぽちでボーイッシュなシャノン。

「スーザンもフィラデルフィア人《フィラデルフィアン》なんだ」

「フィラデルフィア人じゃなくて、ペリシテ人」スーザンが訂正した。

ぽっちゃりしたジョスリンが、自分もシャノンの間違いに気づいていたが、それを指摘する勇気がなかったといわんばかりに、勢いよくうなずいた。なにをするにも引っ込み思案な少女なのだ。

「あなたたちが全部で八人だから、八羽にしたの」

「そんなことしていいの？」ベヴァリーが首を傾げた。十四歳の彼女は、年齢順では生徒のなかで上から二番めだ。

「わたしの詩だもの」メラニーが応じた。「鳥の数なんかいくらでも変えられるわ」

「どのくらいの人が集まるのかしら。発表会にってことだけど」

「十万人よ」メラニーは真顔で答えた。

「まさか！　ほんとに？」八歳のシャノンはなんにでもオーバーに反応する。だが、同い年でもずっと大人びているキールは、ただ驚き顔で目玉をぐるりとまわしただけだった。

メラニーの視線は、ふたたびカンザス州南部中央の荒涼とした風景に移っていった。色と呼べるものは、ときおり視界に入ってくる〈ハーヴェストア〉のプレハブでできた穀物倉庫の青い色くらいなものだ。季節は七月だが、気温は低く、空には重く雲が垂れこめている。

今にも雨になりそうだ。メラニーたちを乗せたバスは、巨大なコンバインや、季節労働者たちをぎゅう詰めに乗せ、簡易トイレを牽引しながら走っているバス数台とすれ違った。〈ディア〉や〈マッシー〉、それに〈ＩＨ〉のどっしりした農耕機械をつかって農作業に勤《いそ》しむ地主や小作人たちの姿もみかけた。きっと彼らも、作業の手をとめてはちらちらと不安げに空に目をやっていることだろう、メラニーはそう思った。いよいよ冬小麦の収穫期を迎えたこの時期に、嵐がやってくるようなことがあれば、八カ月間汗水たらして働いた苦労が水の泡になってしまうのだ。

メラニーは窓の外から視線を戻すと、今度は念入りに自分の爪を点検した。毎晩儀式のように、せっせとやすりで磨いている自慢の爪だ。ごく淡いピンク色のマニキュアを施されたその爪は、まるで真珠のようだ。メラニーは両手を胸元にもってくると、優雅な手つきで手話をつかい、いくつか詩を暗唱した。そのときにはもう少女たちは全員目覚めていた。四人は窓の外を眺め、三人はメラニーの手先を見つめ、丸ぽちゃのジョスリン・ワイダーマンは、手先だけではなくすべての動きを見逃すまいと、じっと自分の先生に視線を注いでいる。

いったいいつまでこの眺めが続くのかしら。そんなことを考えていたメラニーの視線をスーザンが追った。「黒い鳥がいる」スーザンは手話で伝えた。「カラスだわ」

たしかにカラスだった。五羽や八羽どころではない。数えきれないほどの大群だ。カラスたちはじっと地面を見つめ、それから黄色いバスを、そして灰色と紫の雲におおわれた空に目を向けた。

メラニーは腕時計に目をやった。まだハイウェイにも達していない。トピーカに着くまでに、あと三時間はかかるだろう。

バスはまたもや小麦畑に囲まれた坂道を下っていく。

なにかあったらしい。メラニーは理性で判断するより先に、直感的にそう悟った。のちに自分で考えたのだが、それは超能力でもなければ、虫の知らせなどというものでもなかった。ミセス・ハーストローンがその太くて赤い指を、ハンドルの上でしきりに曲げのばししているのが目に入ったからだ。

手話だ。

やがてミセス・ハーストローンはかすかに目を狭めた。肩を動かし、ほんのわずかに首を傾げた。ちょっとした体の動きだけで、その人がなにを考えているか、わかることがある。

「生徒たちは眠ってる?」質問はそれっきりで、ミセス・ハーストローンの手はすぐにまたハンドルを握った。メラニーは運転席に飛んでいき、少女たちが起きていることを伝えた。

羽のようにデリケートな神経の持ち主、双子のアナとスージーが背筋をのばして身を乗りだし、教師のうちでも年長者のミセス・ハーストローンのたくましい肩に顎をのせんばかりにして、前方をのぞいた。ミセス・ハーストローンは二人を追い払った。「見ちゃだめ。席に戻って、反対側の窓を見てなさい。さあ、早く! 左側の窓ですよ」

やがてメラニーにも車が見えてきた。そして血も。大量の血だ。メラニーは少女たちをそれぞれの席に追いたてた。

「見ちゃだめ」メラニーは命じた。心臓がどきどきし、ふいに自分の腕がおそろしく重くなったように感じられた。

「ちゃんとシートベルトを締めなさい」言葉を伝える手が思うように動かない。

ジョスリン、ベヴァリー、そして十歳のエミリーは、すぐさま指示に従った。シャノンはしかめ面でこっそり右側の窓をのぞき見、キールは堂々とメラニーの指示を無視した。だってスーザンは見てるじゃない。どうしてあたしはいけないの？

双子のうち、アナのほうは両手を膝の上に置いたまま身じろぎもしない。いつもより青ざめたその顔は、スージーのクルミのように茶色く日焼けした顔とはいかにも対照的だ。メラニーはアナの頭を撫でてやった。バスの左側の窓の外を指さした。「小麦畑を見てなさい」

「どんなに見てても飽きないから」シャノンが皮肉っぽく応じた。

「あの人たち、かわいそう」十二歳のジョスリンは、ぽっちゃりした頰を伝う涙を拭った。

ワイン色のキャデラックが灌漑用の水門に激突していた。車の前部から水蒸気があがっている。運転手は年配の男性だ。半身を車から乗りだし、頭を地面につけてぐったりとなっている。そのときメラニーは、もう一台の車、グレイのシヴォレーに気づいた。出会いがしらの衝突事故のようだ。優先道路を走っていたキャデラックが、一時停止の標識を無視して走ってきたグレイの車に衝突したらしい。シヴォレーは横すべりして道路からそれ、大きく育った麦穂におおわれた小麦畑に突っこんだのだ。シヴォレーの中に人の姿は見えない。ボンネットはひしゃげ、ラジエーターからはもくもくと水蒸気があがっている。

ミセス・ハーストローンがバスをとめ、クロームのはげかかったドアのハンドルに手をのばした。

だめ！　メラニーはとっさに心のなかで叫んだ。このまま走りすぎるのよ！　雑貨店でもセヴン・イレヴンでも人家でもいい、とにかく人のいるところに行かなくちゃ。これまでは、お店も人家もまるで見かけなかったけれど、先に行けばきっとあるはず。とまっちゃだめ。先に進むのよ。頭の中で必死にそう思っていただけのつもりだったが、知らず知らずに手が動いていたのだろう。スーザンがそれに応じてきた。「だめよ、知らんぷりはできないわ。あの人、怪我してるもの」

でも、あんなに血が出てる。メラニーは思った。血がついたらどうするの。ＡＩＤＳだってあるし、ほかにも感染する病気があるわ。

たしかに助けは必要だけど、警察や救急隊にまかせるべきじゃないかしら。

闇のなか、八羽の灰色の鳥が羽を休めている……

メラニーより八歳年下のスーザンが真っ先にバスからおり、長い黒髪を強風になびかせながら、怪我をしている男に駆けよっていった。

続いてミセス・ハーストローンが。

メラニーはおろおろしながら、ただ窓の外を見つめていた。運転席の男は、まるでおが屑でできた人形のように妙な角度に脚を曲げ、ぐったりと頭をたれて、その手は青白くむくんでいる。

メラニーはそれまで死体というものを見たことがなかった。

いいえ、違う、死んでなんかいない。もちろん、ただ怪我をしているだけよ。たいしたことないわ。気を失ってるだけに決まってる。

ひとり、またひとりと少女たちは首をめぐらし、事故の現場に視線を向けていった。真っ先にそうしたのは、もちろんキールとシャノン――《ダイナミック・デュオ》、《パワー・レンジャー》、《X‐メン》の大ファンだ――その次は、気弱で繊細なエミリーだ。お祈りをするときのように、両手をしっかり握り合わせている（また耳が聞こえるようになりますように、毎晩神様にそうお祈りしなさい、両親から厳しくそう言われているのだと、エミリーはこっそりメラニーにだけ教えてくれた）。ベヴァリーはとっさに胸をしっかり押さえたが、発作が起こったからではなさそうだ。

メラニーはバスからおり、キャデラックに向かって歩きだしたが、半ばまで来て歩調を緩めた。灰色の空、灰色の小麦畑、そして白っぽいハイウェイの路面とは対照的に、赤い血の色はあまりに鮮やかだった。そこら中いたるところ――男の禿げあがった頭、胸、車のドア、黄色い革張りのシート――にべったり血がついている。

全身を恐怖がジェットコースターのような猛スピードで駆け抜け、メラニーは胸苦しさを覚えた。

十代の息子を二人もつミセス・ハーストローンは、堅物だが頭が切れ、頼りがいがあって、強化ゴムのように強靭な精神の持ち主だ。着ているカラフルなセーターの中に手を入れるとブラウスを引っ張りだし、それを細長く引き裂いて間に合わせの包帯をつくり、男の頭にぱっくり口をあけた傷に巻きつけた。それから屈みこんで、男の耳元でなにやらささやくと、心臓マッサージを施しながらマウス・トゥ・マウスの人工呼吸を開始した。

そして耳を澄まし、男の心臓の鼓動を、息遣いを探った。

わたしは耳が聞こえないから、なにもできないわ。メラニーはそう思った。ここにいても、わたしはなんの役にも立てない。バスに戻ろう。子供たちの世話をしなければ。先ほどの身を震わすほどの恐怖もおさまってきている。そうそう、その調子。

スーザンも男のわきに屈みこみ、首の傷の手当を始めていた。眉をひそめて顔をあげると、ミセス・ハーストローンを見た。血まみれの手で手話のメッセージを送った。「どうしてこんなに出血がひどいんですか？　ちょっとこの首を見てください」

ミセス・ハーストローンは男の首のあたりを調べると、眉をひそめて首を振った。

「首に穴があいてるわ」愕然とした顔で手話のサインを送った。「撃たれたみたい」

メラニーはそのサインを見て息を呑んだ。またもや恐怖のジェットコースターががたがたと急降下を開始し、メラニーの胃はふわっと宙に浮いて、そのまま上へ上へと舞いあがった。

メラニーはぴたりと足をとめた。

そのとき、バッグが目に入った。

十フィートほど離れたところに落ちている。

そちらに気をとられて怪我をした男から目をそらすことができたのを幸いに、メラニーはバッグに歩みより、手に取って調べてみた。布製のそのバッグの生地に描かれている鎖の模様からするに、ブランド品のようだ。メラニー・キャロル——農家に生まれ育った、年収一万六千五百ドルの聾学校の教育実習生——は、二十五歳のこの年まで、ブランド物を手にしたことなど一度もない。そのバッグは小さいがゆえに、いかにも高価そうに見えた。まるで光輝く宝石のようだ。いかにもカンザス・シティ、あるいはマンハッタンやロサンジェルスのビジネス街にある高層ビルのオフィスに勤める女性が、肩にかけて出勤しそうなバッグだ。オフィスに着くと無造作にバッグをデスクに置き、中からシルヴァーのペンを取りだして、アシスタントや秘書にたいする指示をメモしたりするのだろう。

だが、じっとそのバッグを見つめているうちに、メラニーの頭のなかに小さな小さな疑惑が生まれ、それがしだいに大きく大きくふくらんでいった。いったい、このバッグの持ち主はどこにいるのだろう。

そのとき、メラニーは背後から人が近づいてくる気配を感じた。

特に長身でもなければ、太ってもいない、だががっしりした体つきの男だ。一切の贅肉を排除した引き締まった体は、馬のように外からでも筋肉の形がはっきり見てとれそうだ。メラニーは息を呑み、男のすべすべした若々しい顔をまじまじと見つめた。つやのある髪をクルーカットにし、頭上を飛ぶように流れていく雲と同じグレイの服を着ている。白い歯をみせてにっこり笑っているが、メラニーは一瞬たりともその笑顔を信じる気にはなれなかった。キツネに似ている。ひと目見てそう思った。いいえ、キツネというよりイタチかオコジョだわ。だぶだぶのスラックスのウェストにピストルをはさんでいる。メラニーはそれに気づいて、慌てて両手をあげた。頭の上にではなく、胸のところに。「お願い、乱暴はしないで」無意識のうちに、手話で相手に話しかけていた。男はさかんに動くメラニーの手を見て笑った。

視界の隅に、スーザンとミセス・ハーストローンが不安げな顔で突っ立っているのが映った。別の男が二人に向かって大股で近づいていく。巨漢だ。身長もあれば横幅もある。やはり洗いざらしたようなグレイの服を着ている。そして、ぼさぼさの髪。前歯が一本欠けていて、笑った顔はいかにも物欲しげでいやらしい。熊そっくり。メラニーは即座にそう思った。「行きましょう」メラニーはスーザンに手話で話しかけた。「バスに戻るのよ。さあ」バスの黄色い車体を見つめながら、怯えたような顔で窓からこちらを見ている七人の哀れな少女たちに向かって歩きだした。

そのとたん、〝イタチ〟にむんずと襟首をつかまれた。メラニーはその手を払いのけようとした。男の怒りをかわないよう、そう邪険なやり方はしなかったが。

もちろんメラニーには聞こえなかったが、男はなにごとかわめくと、メラニーの肩をつかまえて揺さぶった。こちらを睨みつけてくる冷ややかな目、いかにも陰湿そうな顔。そのときになって、一見笑顔とも思われた男の表情の裏に隠されていた本当の感情が読みとれた。メラニーは身のすくむような恐怖に、力なく手をさげた。

「いったい……のか？」〝熊〟が言った。「なんなら……したっていいんだぜ」

メラニーの聴覚障害は後天的なものだ。すでに一応の言語能力が身についていた八歳のころから聴力を失いはじめた。読唇術にかけては、ほかの大方の生徒たちよりも優れた能力を発揮できる。だが、読唇術というのは、たんに唇の動きを読めばいいというものではなく、それよりはるかに複雑かつむずかしい技術が要される。口、唇はもとより、舌、歯、目を含めて、相手の体のさまざまな部分の動きを読みとらねばならない。したがって、読唇術が本当にその効果を発揮できるのは、相手をよく知っている場合にかぎられる。英国風インテリアに〈セレスチャル・シーズニング〉のお茶、そして中西部の小さな町の学校がすべてという生活を送ってきたメラニーにとっては、〝熊〟は別世界の存在だ。彼がなにを言っているのか、まるで見当がつかなかった。

巨体の男は笑い、ぺっと唾を吐いた。そしてメラニーの体をなめまわすように——バーガンディのハイネックのブラウスにおおわれた胸、チャコールグレイのロングスカート、黒いタイツ——見つめた。メラニーはおずおずと胸をおおうように両腕を組んだ。やがて〝熊〟は、ミセス・ハーストローンとスーザンに視線を戻した。

〝イタチ〟が身を乗りだして、なにやら話しかけてきた。おそらくは、往々にして健聴者が聾者にたいしてやるように、大声で叫んでいるのだろう（むしろ、そのほうがありがたい。叫ぶときには話すスピードが落ちるため、それだけ唇の動きが読みとりやすくなる）。〝イタチ〟は、バスには誰が乗っているのかと訊いてきたのだ。メラニーは動かなかった。動けなかったのだ。腕組みをしたまま、汗ばんだ手で自分の二の腕をきつくつかんでいた。

〝熊〟は怪我をした男のつぶれた顔を見おろすと、ブーツをはいた足で無造作に男の頭を突つき、それがゆっくりと前後に揺れるさまを見つめた。平然と、無慈悲な行為をやってのける男に、メラニーは愕然とした。そして、ついに恐怖のあまりに泣きだした。〝熊〟はスーザンとミセス・ハーストローンを引っ立てて、バスへと向かっている。

メラニーはちらりとスーザンに視線を向けると、素早く手話でサインを送った。「だめ、よしなさい！」

だが、すでにスーザンは動きだしていた。

そのみごとに均整のとれた、鍛え抜かれたランナーの体。

引き締まった体重百十二ポンドの肢体。

力強い腕。

スーザンの手が顔めがけて飛んでくるのに気づいた〝熊〟は、素早く上体をうしろに引き、目の前わずか数インチのところで彼女の手をとらえた。不意をつかれてはっとしたのもつかの間、〝熊〟は余裕を取り戻し、スーザンの腕をひねりあげて地面にひざまずかせると、その背を突き飛ばした。スーザンのブラック・ジーンズと白いブラウスは泥と埃にまみれた。

〝熊〟は〝イタチ〟のほうを向いて、なにやら大声で話しかけた。

「スーザン、だめ！」メラニーはサインを送った。

スーザンはふたたび立ちあがった。だが、今度は〝熊〟も油断なく、すぐさま彼女のほうに向き直った。スーザンを羽交い締めにしたとき、偶然乳房に手が触れると、そのまましばし彼女の胸をまさぐった。だが、すぐにそんな遊びには飽きたらしく、今度はいきなりスーザンの腹部に強烈な一撃を加えた。スーザンはがくりと膝をつき、両手で胸元を押さえながら空気を求めて喘いだ。

「だめよ！」メラニーはサインを送った。「抵抗しちゃだめ」

〝イタチ〟が〝熊〟に声をかけた。「やつは……どこだ」

〝熊〟は生い茂る小麦畑のほうを身振りで示した。妙な表情をしている——気にくわないことがある、だが、あからさまに批判するのも気が引ける、といった顔だ。「あんなくだらんことに……時間を……場合じゃないってのに」ぶつぶつ言った。メラニーは〝熊〟の目線を追って、揺れる穂の向こうに目を凝らした。はっきりとは見えなかったが、ぼんやりとした輪郭と動きから、それが地面に屈みこんでいる男だということがわかった。小柄で引き締まった体つきをしている。どうやら腕をあげているらしい。ちょうどナチの党員が敬礼したときのように。そのまま長いこと、手はあげられたままだ。男の体の下になって、また別の人の姿が見える。ダークグリーンの服を着ている。

あのバッグの持ち主の女性だ。そうひらめいて、メラニーは愕然とした。

いや、お願い、やめて……

ゆっくりと男の腕がさげられていく。ゆったりと波打つ小麦の穂のあいだから、男が手にしているものが、きらりと光るのが見えた。

〝イタチ〟の頭がかすかに動いた。なにか音がしたのだろう。〝イタチ〟は身を堅くし、

〝熊〟はにんまり笑った。ミセス・ハーストローンは両手で耳をおおった。その恐怖に引き攣った顔。彼女は健聴者なのだ。

メラニーは泣きながら小麦畑のほうを見つめた。やがて男の人影がさらに姿勢を低くして前屈みになった。女のようすをのぞきこんでいるのだ。すがすがしい七月の風にそよぐ小麦の穂の優雅な動き。一度、二度、男の腕がゆっくりとあがっては下がる。男は目の前に横たわっている女性にじっと見入っている。

ミセス・ハーストローンがきっとした顔で〝イタチ〟を睨みつけた。「わたしたちを……行かせて。邪魔を……気はないわ。わたしたちはただ……」

怒りもあらわに気丈に男たちに抗議するミセス・ハーストローンを見て、メラニーは勇気づけられた。その凛とした態度、一文字に結ばれた口からは、決然たる意志が感じられる。

〝イタチ〟と〝熊〟はミセス・ハーストローンのまなざしを無視し、スーザン、メラニー共共バスのほうに追いたてていった。

バスの中では、少女たちが奥のほうに身を寄せ、縮こまっていた。〝熊〟はミセス・ハーストローンとスーザンを車内に押しこみ、ほら、見ろとばかりに、拳銃がはさまれた自分のベルトを身振りで示した。メラニーは、どん尻に控えていた〝熊〟に手荒く背中を押されバスに乗りこんだ。奥へと進んだところでよろめき、泣いている双子のほうに倒れかかり、そのまま二人をきつく抱きしめた。エミリーとシャノンもメラニーの腕の中に入ってきた。

〝外の世界〟……恐ろしい〝外の世界〟に囚われの身となってしまった。

メラニーがちらりと〝熊〟のようすをうかがうと、彼はこう言っていた。「みんな……まるっきり……聞こえないみたいだぜ」〝熊〟は贅肉のついた体を無理やり運転席に押しこむと、バスを発進させた。バックミラーをのぞいて眉をひそめ、くるりとうしろを振り向いた。アスファルトの路面が地平線に達する後方はるか彼方に、ぽつんと点滅する明かりが見えた。〝熊〟がハンドルのクラクションをたたきつけると、その音の振動がメラニーの胸に伝わってきた。

〝熊〟は言った。「おい、いったいありゃ……どうやらおれたち……」そこで〝熊〟が正面に向き直ったため、メラニーにはその先の言葉が読みとれなくなった。

〝イタチ〟が小麦畑のほうに向かってなにやら叫んだ。先ほどの男から返事が返ってきたらしく、〝イタチ〟はうなずいた。やがて、グレイのシヴォレーが小麦畑から猛スピードで飛びだしてきた。かなり破損してはいるが、動かせないほどではないようだ。車はすっと路肩に寄り、そこでいったんとまった。小麦畑にいた男の顔をちらりとでも見ようと、メラニーは運転席をじっと見つめたが、フロントガラスに反射する光に遮られ、中に人が乗っているかどうかすらわからない。

やがて、ふたたび動きだした車は、尻を左右に振りながら、徐々にスピードをあげてアスファルトの路面を走りだした。そのあとにバスが続き、シヴォレーのタイヤが巻きあげる青みがかったかすかな煙をかき分けるようにして、ゆっくりと進みだした。〝熊〟はハンドルをたたくと、ふいにうしろを振り向き、メラニーに向かってなにやら大声で叫んだ――怒りと悪意に満ちた言葉を。だが、それがなんであるか、メラニーにはまったくわからなかった。

赤と青と白のまばゆい明かりがしだいに近づいてきた。二週間前の独立記念日に、ヘブロンの公園で打ちあげられた花火のようだ。空を縦横無尽に流れ彩るあの光の花を見ているうちに、炸裂する火の粉の熱さが自分の肌に感じられるような気がしたものだ。

うしろを振り返ってパトロールカーを目にしたメラニーは、これからなにが起こるかを察した。きっと前方には、パトロールカーがずらりと並んで行く手をふさいでいる。バスはとまらざるを得ない。男たちはバスをおりるのだ。そして、手を挙げさせられ、警察に連行されていく。自分たち教師と生徒は、どこかの警察署に連れていかれて調書をとられる。トピーカで開かれる〝聾者による朗読の発表会〟への出場は見送りになるだろう——仮に、会場に駆けつける時間があったとしても——こんな思いをしたあとで、とてもステージに立って詩の朗読などできそうもない。

でも、そうなるとこの遠出のもうひとつの目的はどうなる？

いずれにしろ、こんなことが起こったということは、行くなということなのだろう。そもそもあんな計画など立てるべきではなかったという証しなのだ。

そう考えると、メラニーはただただ家に帰りたくなった。あの自分の借家に戻り、ドアに鍵をかけて紅茶を飲みたい。ほんの少しブラックベリー・ブランディを垂らしてもいい。セントルイスの病院にいる兄宛にファックスを送って、兄と両親に今日のことを話してやろう。

メラニーは広げた手の中指にブロンドの髪を巻きつけた。不安なときや落ち着かない気分のときに、よくでてくる癖だ。その手の形は、手話では〝輝き〟を意味する。

そのとき、ふいにバスの車体ががくんと揺れた。と思うとバスはアスファルト道路からそれ、シヴォレーのあとについて舗装されていないわき道を走りだしていた。〝イタチ〟は顔をしかめている。〝熊〟になにか言ったが、メラニーにはその口の動きは見えなかった。話しかけられても〝熊〟は答えず、窓から唾を吐いただけだ。いく度も道を折れ、バスは高台に出た。そのまま川に近づいていく。

何百という鳥がとまっている電線の下を通過した。大きな鳥、カラスだ。

メラニーは前方を走る車を見た。いまだに男――小麦畑の中にいた、シヴォレーを運転している男――の顔をしかと見ることができない。最初は、ロングヘアかとも思ったが、そのうち禿げかクルーカットのようにも思えてきて、次には帽子をかぶっているような気もしてきた。

グレイの車は尻を大きく横に振って右にターンし、車体を上下に揺らしながら雑草の生い茂るドライヴウェイに入っていった。きっと前方に待ち構えているパトロールカー――メラニーたちを救出に駆けつけてくれた――に気づいたのだろう。メラニーは前方に目を凝らした。だが、なにも見えない。バスもシヴォレーを追って右折した。〝熊〟がなにかぶつぶつ言っている。〝イタチ〟は後方のパトロールカーをじっと見つめている。

やがて前方に視線を戻したメラニーは、自分たちがどこに向かっているかを悟った。

そんな、まさか！

ああ、どうしよう。

いずれ男たちも、猛スピードで追ってきている警官たちに降伏することになるだろうと考えていたのが、自分の甘い幻想だったということが、これではっきりした。自分たちが目指しているところがどういう場所なのか、メラニーにはよくわかっていた。

選りに選ってどうしてこんなところに。

ふいにシヴォレーは、雑草の生い茂る広々とした野原に出た。野原の隅、川に沿ったところに、長いあいだ放置されたままになっている赤レンガ造りの食肉加工場が建っていた。建物の堅牢さとそこに漂う陰鬱な雰囲気は、まるで中世の要塞のようだ。加工場の前に広がる一エイカーほどの庭には、かつて家畜を囲っていたらしき横木柵や柱が一部そのまま残っているものの、あとはスゲやウシクサ、そしてバッファロー・グラス（ロッキー山脈東部の平原に多い稲科の牧草の一種）など、比較的背の高い雑草におおわれ、カンザス州特有の大草原の趣を呈している。

シヴォレーはまっすぐ建物に向かって突っ走り、バスもそのあとを追った。二台の車は横すべりしながらドアのすぐ左わきにとまった。

メラニーは赤いレンガの建物をじっと見つめた。

メラニーが十八歳、まだ彼女自身ローラン・クレール校の学生だったころ、ある少年にここに連れられてきたことがある。表向きはピクニック、ということだったが、もちろん本当の目的は、十八歳の少年の誰もが心ひそかに考えるようなことだ。そしてまたメラニーも、少なくともあのときは、そうなればいいと思っていた。だが、いざピクニック毛布を抱えて中に忍びこんでみると、薄暗い建物内部の陰気な雰囲気に、すっかり怖じけづいてしまった。うしろを振り返ることもせず一目散にその場から逃げだしたメラニーは、当惑顔でその場に立ちつくしていた少年もこの建物も、それっきり目にすることはなかった。

だが、忘れたわけではなかった。廃棄された食肉加工場、動物たちの死に場所。苛酷で危険に満ちた場所。

そして、あの闇。メラニーは暗いところが大嫌いだ（二十五にもなろうというのに、六部屋ある家の中で、五カ所の明かりをつけっ放しにしている）。

〝イタチ〟がバスのドアを勢いよくあけ、スーザンとミセス・ハーストローンを引っ立てて外に降りたった。

パトロールカー――中には警官がひとり乗っているだけ――は、野原に入るすぐ手前でとまった。警官が銃を片手に車から飛びだしたが、〝熊〟がシャノンをつかまえて頭に銃を突きつけると、ぴたりと足をとめた。驚いたことに、八歳の少女は素早く向き直ると、〝熊〟の膝を思いきり蹴りつけた。〝熊〟は一瞬痛みにひるんだが、シャノンが抵抗をやめるまで彼女の体を手荒く揺さぶった。それから野原の向こうにいる警官に目をやると、警官は〝熊〟にはっきり見えるように、ゆっくりと銃をホルスターにおさめて、車に引き返した。

〝熊〟と〝イタチ〟は少女たちをドアへと追いたてていった。〝熊〟はドアに掛けられていたチェーンに石を打ちつけ、錆びついた鎖の輪をはじき飛ばした。シヴォレーの運転手は、車の中からじっと建物を見あげている。その車のトランクから、〝イタチ〟が大きな袋をいくつかつかみ出した。光の反射にはばまれ、相変わらず運転手の顔ははっきり見えない。運転席の男はくつろいだようすで、建物や付属の小塔、黒い窓ガラスを興味深げに眺めている。

〝熊〟が正面ドアをぐいと引きあけ、〝イタチ〟と二人で少女たちを建物の中に追いこんだ。中には、建物というより洞窟のようなにおいがたちこめていた。埃と排泄物と黴のにおい、それに動物の脂肪が腐った甘ったるいにおいが入り混じっている。部屋の中には、家畜を入れておく囲い、立体交差のベルトコンベアや錆びついた機械などが入り組んで並び、そのあいだを縫うように作業通路が走り、さながら迷路のようだ。動物を入れる囲いはまわりに手すりがめぐらされ、古い機械部品が積みあげられている。頭上には、肉を吊るすための錆びたフックが何列にも並んでいる。メラニーの記憶にあるとおり、部屋の中は薄暗かった。

〝熊〟は生徒と教師を、タイル張りの半円形の部屋に追いたてていった。そこには窓がなく、中はじめじめしていた。壁やセメントの床には、暗褐色のしみができている。部屋の左側に向かって、使い古された木製の立体交差のベルトコンベアが走り、頭上には肉を吊るすフックがついたコンベアが、右から中央に向かって走ってきている。その中央部分には、流れでた血の排出溝がつくられている。

そこは動物が処分された部屋だ。

容赦なく吹きつけてくる冷たい風に身をさらして。

キールがメラニーの腕にしがみついてきた。ミセス・ハーストローンとスーザンはほかの少女たちを抱きよせた。スーザンは、男たちのうちどちらかと目が合うたびに、敵意を剝きだしにして、ぎらつく目で睨み返している。ジョスリンがしくしくと泣きだし、双子も泣きだした。ベヴァリーは苦しそうに喘いでいる。

行き場所を失った八羽の灰色の鳥。

教師と生徒たちは身を寄せ合って、湿った冷たい床の上にしゃがみこんだ。腐りかけた肉片のようにつやのない毛をした一匹のネズミが、素早く走り抜けていった。そのとき、ふたたびドアがあいた。メラニーは額に手をかざし、まばゆい光を遮った。戸口から射しこむ寒々とした光の中に、あの男が立っていた。

小柄で痩せている。

禿げてもいなければロングヘアでもなく、薄汚れたブロンドの髪が骨ばった顔を縁どっている。ほかの二人とは違って、身につけているのは〝L・ハンディ〟とステンシルで名前が刷りこまれているTシャツだけだ。だが、メラニーに言わせれば、およそ〝ハンディ〟などという名前は、その男に似つかわしくない——〝ラリー〟も〝ルー〟もまったく似合わない。男を見て、すぐさま思い浮かんだのは、〈カンザス州立聾者劇団〉で最近上演された《ジュリアス・シーザー》で、ブルータスを演じた俳優だった。

男は中に足を踏みいれると、キャンヴァス地でできたどっしり重そうな袋を二つ、そっと床に置いた。ばたんとドアが閉まり、外から射しこむ白っぽい光が遮断されると、男の淡い色の瞳と薄い唇がはっきりと見てとれた。

〝熊〟がこう言うのが、メラニーにはわかった。「おい、なんだって……こんなところに……？　逃げだそうにも、出口がねえじゃないか」

やがて、まるで耳で聞いたようにはっきりと、〝ブルータス〟の言葉がメラニーの頭の中に響いた。ときに聾者が頭の中で聞く幽霊の声――言葉はまさしく人間が使うものだが、声はとても人間のものとは思えない――と同じだ。「どうだっていい、そんなこと」男はゆっくりと言った。「そうとも、出口なんかなくたって、ちっとも構わない」

男はそう言うとメラニーのほうを見て、かすかに微笑んだ。それから二人の男たちに、数本の錆びた鉄の棒を指し示し、それをつっかい棒にして出入り口のドアを封鎖するよう命じた。

午前九時十分

二十三年のあいだ、彼は一度もこの記念日を忘れたことがなかった。まさしく夫の鑑。

アーサー・ポターはバラの花束を包んでいる紙を折り返した。オレンジと黄色のバラはほとんどが完全に花開き、ふっくらとまとまった非の打ちどころのない花びらは、しなやかに反りかえっている。ポターはにおいを嗅いだ。マリアンの好きな花だ。白や赤ではなく、明るく華やかな色のバラ。

信号の色が変わった。ポターはそっと花束を助手席に置き、車を発進させて交差点を渡った。ズボンのウェストからはみださんばかりになっている腹に、自然に手がいく。ポターは顔をしかめた。ズボンのベルトが中年太りのバロメーターだ。昔は、そのくたびれた革のベルトの奥から二番めの穴を使っていたのだが、今や一番手前の穴を使うありさまだ。よし、月曜からはダイエットだ。ポターは機嫌よく自分に言いきかせた。ワシントンD・Cに戻れば、いとこがつくるすばらしい手料理とも縁が切れる。きっとまた、本気でウエイト・コントロールする気にもなれるだろう。

こうなったのもリンデンのせいだ。たとえば、ええと……たしか昨夜のメニューは、コンビーフ、バターつきポテトにキャベツのバター炒め、ソーダパン（バターが添えられていて、ポターはそれをつけて食べた）、ライ豆、焼きトマト、そしてデザートは、ヴァニラアイスクリームを添えたチョコレート・ケーキだった。リンデンはマリアンのいとこにあたる女性だ。マクギリス家の先祖ショーンの二人の息子イーモンとハーディは、成人に達すると同じ年に結婚し、その妻たちは、結婚の誓いをたてて十月十日ののち、それぞれ女の子、マリアンとリンデンを産み落としたのだ。

兄弟姉妹もなく、どちらも一人っ子だった両親を十三歳で亡くし、天涯孤独の身となったアーサー・ポターは、喜んで妻の一族をわがものとして受け入れ、長年マクギリス家の系図作成にたずさわってきた。労を厭わずあちこちに手紙を書き（上等の便箋に手書きで書くのは、実はワープロをもっていないからだ）、ポターはマクギリス家とその一族の歴史をたどるという作業に、ほとんど信仰のような情熱を燃やしてきた。

コングレス高速道路を西に。そして、南へ。ポターは肉のついた青白い鼻にメガネをのせ、前屈みの姿勢で十時と二時の位置に手を置いて、曇り空の下を、中西部の淡い夏の光に照らされた安アパートやフラット、二世帯用メゾネットが建ち並ぶシカゴの労働者たちが住む住宅街を走り抜けていった。

場所が変われば日射しも違うものだ。ポターはふとそんなことを考えた。アーサー・ポターはこれまでいく度も世界各地を旅してきた。旅行記を書くとすればネタに不自由はしないが、どのみちそんなものを書くつもりはない。ポターがこの世に書き残していくものといえば、おそらく家系図作成にあたって書き記した資料の類いと、もうすぐ引退することになっている仕事に関するメモだけだろう。

角を曲がり、そしてまた曲がる。ポターはいくぶん注意散漫ぎみに、気楽に車を走らせていた。もともと気が短いたちだが、その欠点（それが欠点であるとしての話だが）はだいぶ前に克服したし、制限速度をオーバーしたことは一度たりともない。

角を曲がり、レンタカーのフォードをオースティン・アヴェニューに乗りいれ、ちらりとバックミラーに目をやったそのとき、ポターはその車に気づいた。

どこでも見かけるごくありふれた地味なブルーグレイのセダンだった。中に二人、男が乗っている。きれいに髭を剃り、品行方正、モラルと正義感のかたまりといった若い男たちが、ポターを尾けてきていた。

どこからどう見ても〝FBI特別捜査官〟だ。

ポターの心臓がどきどきしだした。「くそっ」バリトンの声でそうつぶやいた。頭にかっと血がのぼり、顎を引くと、カーチェイスに突入することを覚悟したように、花束を包むグリーンの包装紙をしっかりくるみ直した。だが、目指す通りを見つけて角を曲がったときには、時速七マイルという徐行運転になっていた。妻のために買った花束が揺れ、ポターのたっぷり肉のついた太股に触れた。

そう、ポターはスピードをあげなかった。ひょっとして勘違いかもしれない、それを確かめようとしたのだ。うしろの車に乗っているのは二人のビジネスマンで、これからコンピューターやプリンターを売りに行くところなのかもしれない。それならいずれ、どこかでポターのバックミラーから姿を消すだろう。

なにも言わず、なにもせずに。

だが、その車は期待していたような動きはとらなかった。男たちは一定の車間距離を保ちながら、ポターと同じいらいらするほどの低速で、フォードのあとをついてくる。

ポターは見慣れたドライヴウェイに車を乗りいれ、後続車とたっぷり距離をあけたまま前進を続け、やがてとまった。素早く車から降りると、胸に花束を抱えて大儀そうに歩道を歩きだした――呼びとめられるものなら呼びとめてみろ、開き直ってそう考えた。

それにしても、どうしてここがわかったのだろう。

これまで抜かりなくやってきたはずなのだが。車はいつもリンデンのアパートメントから三ブロック離れたところに駐めるようにしている。リンデンには、電話にでないよう、留守番電話もセットしておかないよう頼んである。もし遺伝子の配列に手を加えられるなら、きっと本人の希望どおりジプシーになっていたに違いない五十一歳のリンデン(同じ血が流れているというのに、マリアンとはおよそ似たところがない)は、大喜びで胸躍らせながら、そんなポターの指示に従った。義理のいとこにあたるポターの不可解な言動には、慣れっこになっているのだ。リンデンは、ポターのライフスタイルに、不吉とまではいかないまでも、いくぶん危険のにおいは感じとっていたが、ポターもあえてそれを否定しなかった。実際、そのとおりだからだ。

捜査官たちはポターの車のうしろにセダンをとめ、車からおりてきた。砂利を踏みしだく二人の足音が、ポターの耳に聞こえた。

急いでいるようすはない。目指す相手がどこにいようと、必ず見つけだせる自信があるのだ。彼らから逃げおおせることはまず不可能だ。

わかったよ、このうぬぼれ屋のくそったれども。

「ミスター・ポター」

だめだ、だめだ、あっちに行け。今日だけは勘弁してくれ。特別な日なんだ。おれたちの結婚記念日。今日で二十三年めだ。おれくらいの年になれば、きみたちにもこの気持ちがわかるようになるはずだ。

放っておいてくれ。ひとりにして欲しいんだ。

「ミスター・ポター？」

二人の若い男たちはなにからなにまでそっくり同じだ。ひとりを無視できれば、二人とも無視できたということになる。

ポターは妻に向かって芝生を横切っていった。すまんな、マリアン、ポターは心の中でつぶやいた。とんだ厄介者を連れてきちまった。本当にすまん。

「放っておいてくれ」ポターは小声で言った。するとふいに、ポターの声が聞こえたとでもいうように、男たちはぴたりと足をとめた。ダークスーツに身を包んだ血色の悪い真面目《ま じ め》くさった顔の男たち。ポターはひざまずき、墓の上に花を置いた。グリーンの包装紙をはがしはじめたが、依然として視界の隅に男たちの姿が映る。ポターは手をとめ、ぎゅっと目をつむり、両手で顔をおおった。

祈りを捧げているわけではなかった。アーサー・ポターは決して祈ったりなどしない。かつてはそうしたこともある。ほんのときたまだったが。仕事柄、ひそかに縁起をかついだり、苦しいときの神頼みをしても当然なのだが、十三年前、それまでずっと少なからずその存在を信じていた神に、心からの祈りを捧げていたその目の前で、マリアンがこの世からあの世に旅立っていったあの日を境に、いっさい祈ることはなくなった。心をこめてせっせと手紙を書き送っていた先に、誰もいないということがわかったからだ。だからといって、驚いたわけでも幻滅を感じたわけでもない。だが、以来、祈りを捧げることはなくなった。

今、目を閉じ、ポターはかつて祈りをこめて合わせた手をあげ、そっくり同じ二人の男たちを追い払うように、その手を振った。

そう、彼らはFBIの捜査官、だがおそらくは神を敬う気持ちももっているのだろう（彼らの多くはそうだ）、ポターにそれ以上近づいてはこなかった。

祈りの言葉はなかった。だがポターは、その場所に長いあいだ眠っている妻に、ひと言ふた言言葉をかけた。ポターの唇が動き、そして妻からはちゃんと返事が返ってくる。死してのちも、マリアンの気持ちは自分のことのようによくわかる。だが、同じようなスーツに身を包んだ男たちの存在は、あくまで気に触る。やがてポターはゆっくりと立ちあがり、みかげ石の墓標に刻まれた花を見つめた。頼んだのはバラだったのだが、その花は菊に見える。花を刻んだ職人が、おそらく日本人だったのだろう。

もうこれ以上、男たちとの話を先のばしにすることはできない。

「ミスター・ポター？」

ポターはため息をつき、墓に背を向け男たちのほうに向き直った。

「わたしは特別捜査官のマクガヴァンといいます。こちらは同じく特別捜査官のクロウリーです」

「なるほど」

「お邪魔して申しわけありませんが、ちょっとよろしいでしょうか」

マクガヴァンが続けた。「車までお越しいただけますか？」

「で、用件はなんだ」

「とにかく、まずは車まで。よろしいでしょうか？」〝よろしいでしょうか？〟というこの言葉をこんなふうに使うのは、FBI捜査官くらいなものだろう。

ポターは彼らと一緒に――両わきを二人にはさまれて――車に向かって歩きだした。車のすぐそばまで来たそのときになって、やけにひっきりなしに風が吹き、七月とは思えないほど気温が低いことに気づいた。ちらりと墓のほうを振り返ると、絶え間なく吹きつける風にグリーンの包装紙がはためいていた。

「わかった」ポターはふいに立ちどまった。もうそれ以上歩きたくなかった。

「休暇中に申しわけありません。ご逗留先に電話を差しあげたんですが、どなたもお出にならなかったもので」

「あそこに誰か人を遣ったのか？」ＦＢＩの捜査官が自分を訪ねてきたとなれば、リンデンはさぞ驚くことだろう。

「はい。でも、われわれがあなたを発見した時点で、無線で連絡をいれました」

　ポターはうなずいた。そして腕時計に目をやり、今日の夕食はシェパード・パイ、それにグリーン・サラダだったな、そう考えた。飲み物を買って帰るのは、自分の役目だ。自分にはサミュエル・ナット・ブラウン・エール、みんなにはオートミール・スタウト（黒ビール）を。夕食のあとは、隣家のホルバーグ家の人々とトランプでハートをするはずだった。

「で、どんな状況だ？」ポターは訊いた。

「事件が起こったのはカンザス州です」マクガヴァンが言った。

「まずい状況です。あなたに危機管理チームを統括するよう、上からの指示がでました。ドムトランのジェット機がグレンヴューで待機しています。事件の詳細はこの中に」

　ポターは若い捜査官から封をした封筒を受けとり、そのとき、自分の親指に血がついているのに気づいてはっとした――おそらく、女性の夏用帽子のつばのように花びらがひらひらしているあのバラの茎に、まだ刺が残っていたのだろう。

　封をあけ、ファックスに目を通した。殴り書きされたようなＦＢＩ長官のサインが添えられていた。

「犯人が立てこもってからどのくらいになる」

「最初の通報があったのが、八時四十五分でした」

「相手はなにか言ってきてるのか」

「いいえ、まだ今のところは」

「包囲態勢は？」

「完璧です。カンザス州警察とウィチトー駐在事務所の捜査官六名が、現場に詰めています。脱出は不可能です」

ポターはスポーツコートのボタンをかけたりはずしたりした。二人の若い捜査官の自分にたいする態度がやけにかしこまっているのに加えて、自分を見る二人のまなざしに畏敬の念がありありなのに気づいて、苛立ちを覚えた。「ヘンリー・ラボウを情報担当に、トビー・ゲラーを通信担当に使いたい。トビーのスペルの最後はYじゃなくて、Eだ」

「わかりました。もし、彼らがつかまらなかった場合は――」

「その二人でないとだめなんだ。見つけてくれ。どこにいようともだ。三十分以内に現場によこしてくれ。それからアンジー・スカペーロも来られるかどうか、あたってみてくれ。たぶん本部かクワンティコにいるはずだ。行動科学のエキスパートだ。彼女も急いでよこしてくれ」

「わかりました」

「HRTのほうはどうなってる」

四十八名の捜査官からなるFBIの人質救出班《HRT》は、国内最大最強の救出作戦部隊だ。

クロウリーは悪いニュースを伝える役目をマクガヴァンに譲った。

「問題はそこなんです、ミスター・ポター。チームのひとつはマイアミにいます。麻薬取締局の手入れがあるためです。そこに二十二人。二つめはシアトルです。昨晩から銀行強盗が立てこもっているためです。そこに、十九人。第三チームを編成することはできますが、ほかの二つのチームから何人かまわしてもらわなければなりません。現場に召集するまでには、少し時間がかかると思われます」

「クワンティコに連絡して、調整するよう伝えてくれ。わたしも飛行機からフランクに連絡してみる。彼は今どこにいる」

「シアトルです」捜査官が答えた。「荷造りなさるなら、あとでアパートメントまでお迎えにあがりますが……」

「いや、このまままっすぐグレンヴューに向かう。サイレンか回転灯は用意してあるか？」

「はい。しかし、ご親戚のアパートメントはここから十五分たらずのところですし――」

「ところで、きみたちのどちらでもかまわんが、あの墓に置いてきた花束の包装紙をはがしておいてくれるとありがたいんだが。ついでに、風に飛ばされないよう、花束をちょっとばかりアレンジしておいてくれないか」

「承知いたしました、ミスター・ポター」即座にクロウリーが答えた。どうやら、二人はそっくり同じというわけではないらしい。少なくとも花を生ける係はマクガヴァンではないようだ。

「よろしく頼む」

ポターはマクガヴァンのあとについて、今来た道を戻りはじめた。一度だけ、チューインガムを口に入れるために立ちどまった。軍用飛行機は急上昇するので、圧力鍋の内部と同じ要領で鼓膜が圧迫される。離陸したと同時に〈リグレー〉のガム一パック分をせっせと口の中に押しこまねばならない。軍用飛行機にはうんざりだ。

ああ、おれは疲れてる、ポターは考えた。くたくただ。

「また来るからな、マリアン」ポターは墓を振り返らずに、そうつぶやいた。「じきにな」

第二部　行動規則

午前十時三十五分

いつものごとく、現場の雰囲気はどことなくサーカスに似ていた。

アーサー・ポターはFBI駐在所の公用車のなかではもっとも高級なフォード・トーラスのわきに立ち、現場を見渡した。西部開拓者の馬車のように円形に隊列をなした警察の車、マスコミのミニバン、無骨なカメラをロケット・ランチャーのように肩にかついでいるリポーターたちの姿。そして、いたるところに消防車が駐まっている（その光景を見れば誰でも、FBIに包囲されたカルト教団ブランチ・デヴィディアンが自らの施設に火を放ったウェイコーでの事件を思い出す）。

さらに政府支給のセダンが三台、隊列をなして到着し、現場に集まったFBI局員は総勢十一名となった。半分は救出作戦部隊のネイヴィーブルーの制服姿、残る半分は〈ブルックス・ブラザーズ〉まがいの自前のスーツに身を包んでいる。

ポターを乗せた政府関係者専用の軍用ジェット機は、二十分前にウィチトーに着陸し、ポターはそこでヘリコプターに乗り換えて、八十マイル北西のクロウ・リッジという小さな町に到着した。

　ポターの想像どおり、カンザス州は果てしない平原が続く土地だったが、ヘリコプターは木々に囲まれた大きな川沿いに航路をとり、やがて到着したところは、かなり起伏に富んだ場所だった。パイロットの説明によれば、そこは中くらいの背の高さの草と、背の低い草と二つのプレーリーがぶつかり合うところだという。西側の一帯には、バッファローが数多く生息している。パイロットはラーニッドという地点を指し示し、百年前、あそこで四百万ものバッファローの大群が目撃されたのだと言った。いかにも誇らしげな口ぶりだった。

　一行を乗せたヘリコプターは、千エイカー、二千エイカーにも及ぶ広大な農場の上空を飛んできた。七月という時期は収穫にはまだ早すぎると思われるのだが、赤や、グリーンと黄色の二色づかいの数えきれないほどのコンバインが、小麦畑で刈り取りをしていた。

　今、ポターは重く雲の垂れこめる空の下で、冷たい風に吹かれながら現場に立ち、あたりの荒涼とした光景に息を呑んだ。つい先ほどあとにした、〝ウィンド・シティ〟の異名をとるシカゴの住宅密集地に、すぐさまとんぼ返りしたい気分にすらなった。百ヤード離れたところに、建ってから百年ほど経っていると思われる赤レンガの城のような建物が見えた。その前には黄色いスクールバスと、ぽんこつのグレイの車が駐まっている。

「あの建物は？」ポターはＦＢＩウィチトー駐在所所長《SAC》ヘンダースン捜査官に訊いた。

「昔の食肉加工場だ」ＳＡＣは答えた。「かつては、カンザス西部やテキサスから家畜を運んできて処分し、それから肉をウィチトーまで艀《はしけ》で運んでいた」

突風が吹きつけ、ポターたちはワンツーパンチをくらったような衝撃をうけた。不意をつかれ、ポターは体のバランスを保とうとして二、三歩あとずさった。

「州警察があれを貸してくれた」大柄でハンサムなSACは、ユナイテッド小包宅配便会社の配送トラックに似た、冴えないオレンジ色のバンを身振りで示した。その車は建物を見おろす高台に駐まっていた。「あれが司令室代わりだ」二人は車に向かって歩いていった。

「これじゃ、簡単に標的にされちまう」ポターは異議を唱えた。アマチュアのハンターでも、標的までの距離がわずか百ヤードとなれば、楽々命中させることができる。

「そんなことはない」ヘンダースンは言った。「こいつは装甲車なんだ。窓ガラスの厚さは一インチもある」

「へえ、本当かい」

薄気味悪い食肉加工場にもう一度素早く一瞥をくれたのち、ポターは司令室たるバンのドアをあけて、中に乗りこんだ。薄暗い車内は広々としている。内部の照明といえば、頭上に取りつけられた淡い黄色のライトと、ヴィデオ・モニター、それに装置類のLED表示部のライトくらいなものだ。ポターは、気をつけの姿勢のまま自分を車内に迎え入れた州警察の若い警官と握手を交わした。

「名前は？」

「デレク・エルブ、巡査部長です」ぴんとアイロンのかかった制服を着た赤毛の警官は、自分は移動司令室に配属されたエンジニアだと自己紹介した。ヘンダースンとは知己なので、手伝えることがあればと、自ら志願して現場に残ったのだと。ポターは精巧な機器類、スクリーン、ずらりと並んだ操作スイッチなどを半ば唖然として見渡し、大いに役に立ってくれそうな頼もしい助っ人に、心から礼を言った。車内中央には大きなデスク、それを囲むように四つの椅子が置かれている。そのひとつにポターが腰をおろすと、デレクはセールスマンのような熱心さで、監視装置や通信設備の説明を始めた。「規模は小さいながら、武器庫もあります」

「使わずにすむことを祈るばかりだな」アーサー・ポターがＦＢＩに入局して三十年になるが、勤務中に発砲したことは一度もなかった。

「衛星通信を受信することもできるのかね？」

「もちろんです、パラボラ・アンテナを設置してありますから。アナログ信号、ディジタル信号、マイクロ波信号、すべて受信可能です」

ポターは名刺の裏に一連の数字を書き記すと、デレクに手渡した。

「その番号にかけて、ジム・クォを呼びだしてくれ。わたしの代理だと言って、あそこのコードを教えてやってほしいんだ」

「あそこ？」

「あれだ。ジムに、〈サットサーヴ〉の映像が必要だと伝えてくれ——」ずらりと並んだモニターを指し示した。「——このモニターのうちのどれかに送ってくれと。彼が、きみのパートナーになるエンジニアを手配してくれる。正直言って、わたしはハイテク装置にはお手上げなんだ。ジムに食肉加工場の緯度と経度を教えてやってくれたまえ」

「わかりました」デレクは張り切ってメモを取りながら言った。エンジニア冥利に尽きる仕事だ。「ところで、それは何なんですか。〈サットサーヴ〉というのは？」

「ＣＩＡの偵察衛星システムだ。それを使えば、たんなるヴィジュアル映像だけでなく、赤外線スキャンを使った地上の映像が見られる」

「ああ、それならなにかで読んだことがあります。たしか《ポピュラー・サイエンス》だったと思いますが」デレクは背を向けると、さっそく電話連絡にとりかかった。

ポターは屈みこむと、ぶ厚い窓ガラスの向こうにライカの双眼鏡を向けて焦点を合わせ、食肉加工場をつぶさに観察した。陰気な建物だ。光を反射して白っぽく見える草原とその建物がおりなすコントラストは、黄ばんだ骨に乾いた血が付着しているところを連想させる。大学でイギリス文学を専攻したアーサー・ポターは、そんな印象を抱いた。だがすぐに、ＦＢＩの人質解放交渉チームの責任者、特殊作戦部門の副部長としての目で、加工場の厚いレンガの壁、小さな窓、電力供給線の引き込み位置、建物周囲の地勢、木立、草むら、そして狙撃者――友でもあり敵でもある――が身を潜める場所の候補にあがるであろう丘を次々に見渡していき、建物に電話線が引きこまれていないことにもすぐに気づいた。

建物の真裏は川になっている。

川か……ポターは考えた。こいつをうまく利用できないだろうか。

あるいは、やつらにとって、なにか有利な利用法があるだろうか。

屋根のあちこちには、中世の城のように胸壁がつくられている。細く高い煙突と大きなエレベーター格納庫があるため、屋根にヘリコプターを着陸させるのはむずかしそうだ。今のように風が強いときは、なおのことだ。だが、ヘリコプターに上空を旋回させることは可能だし、十名ほどの人質救出班のメンバーを屋根の上におろすのは、わけなくできるだろう。だが、天窓はないようだ。

操業を停止してからかなりの年月が経っている〈ウェバー&ストルツ食肉加工会社〉は、今や、見たところまさしく火葬場といった雰囲気を漂わせている。

「ピート、メガフォンはあるか？」

「もちろん」ヘンダースンは外に出ると、腰を落とした姿勢で、拡声器を取りに小走りで車に向かった。

「ところで、ここにはトイレなんてないんだろうな？」ポターはデレクに訊いた。

「大丈夫、ちゃんとあります」用意万端怠りなく整えられるカンザス州のテクノロジーに胸を張りながら、デレクは答え、小さなドアを指し示した。ポターはトイレの中に入ると、墓参り用のワイシャツの下に防弾チョッキを着こみ、前ボタンをきちんとかけた。ネクタイを結び直し、シャツの上からネイヴィーブルーのスポーツコートをはおった。防弾チョッキの引きしめ紐にほとんど余裕がないことに気づいたが、今は体重のことなど気にしてはいられない。

冷たい風の吹く車の外に出ると、ヘンダースンから黒いメガフォンを受けとり、姿勢を低く保ったままパトロールカーと高台のあいだのジグザグ道を急ぎ足で進みながら、血気盛んな若い警官たちに、銃はホルスターにおさめ、指示があるまでその場にじっとしているよう声をかけていった。食肉加工場から六十ヤードほどのところまで来ると、高台の上で腹這いになり、ライカの双眼鏡で工場のようすをうかがった。建物内部で動きがあるような気配は感じられない。窓に明かりも見えなければ、これといって注意をひくものはなにひとつない。建物正面の窓のガラスが割れているのに気づいたが、果たして犯人たちが銃を撃つ必要性が生じたときにそなえてたたき割ったのか、あるいは地元の男子生徒たちが、石投げや二二口径の射撃訓練をして割ったのかは定かでない。

メガフォンのスイッチを入れ、大声を張りあげすぎて、かえって声が聞きとりづらくならないよう注意しながら話を始めた。「わたしはアーサー・ポター、FBIだ。きみたちに伝えておくことがある。今、携帯電話の用意をさせている。あと十分か十五分のうちに、そっちに届ける。われわれは攻撃を仕掛けるつもりはない。だから危険はない。くり返す、きみたちに攻撃をしかけるつもりはない」

返事など期待していなかったが、当然のこと、応答はなかった。腰を落とした姿勢で車に戻ると、ヘンダースンに訊いた。「州警察の責任者は誰だ」

「あそこにいる男です」

木のそばに、淡いブルーのスーツに身を包んだ薄茶色の髪の背の高い男が立っていた。背筋がすっとのびた、みごとな姿勢だ。

「名前は？」ポターは襟の折り返しでメガネを拭きながら訊いた。

「チャールズ・バッド。州警察の警部だ。捜査と包囲作戦部隊の経験はあるが、犯人との交渉の経験はない。非の打ちどころのないみごとな経歴の持ち主だ」

「警察に入ってどのくらいになる」ポターの目には、バッドはたんなる青二才のように見える。どう見ても、リノリウム張りの床の上をうろつきながら、しどろもどろの口調で、製品の長期保証特典を客に売りこんでいるシアーズの家電売り場の店員といった感じだ。

「八年だ。何度も表彰されて、出世街道をかけのぼってきた」

ポターは大声で呼びかけた。「バッド警部」

男はブルーの瞳をポターに向けると、車のうしろをまわって来た。三人は堅く握手を交わすと、お互いを紹介しあった。

「やあ、ピート」バッドが言った。

「やあ、チャーリー」

ポターに向かってバッドが言った。「あなたがワシントンからやって来た〝トップ・ガン〟ってわけですね。はじめまして。お会いできて、光栄です」

ポターは微笑んだ。

「それじゃ、わたしにできる範囲で、状況をご説明しましょう」バッドは食肉加工場を指し示した。「あの二つの窓で動きが確認されています。きらっとなにか光るんですが、おそらく銃身に光が反射しているんでしょう。あるいは双眼鏡かもしれませんが、よくわかりません。それから——」

「その前に訊きたいことがあるんだが、バッド警部」

「あの、わたしのことならチャーリーと呼んでください」

「わかった、チャーリー。ここにはどのくらいの人間が詰めてるのかね」

「警官三十七名と、保安官助手五名です。それにピートの部下も。つまり、あなたの部下ということになりますが」

ポターは小さな黒い手帳にそれを書きこんだ。

「そのなかで、人質事件に携わったことのある者は？」

「うちの人間で、ということですか？　そうですね、典型的なケースでしたら、銀行強盗やコンヴィニエンス・ストアの強盗事件などを担当した者は二、三人います。しかし、郡警察となると、そういう経験のある者はいないと思います。このあたりで事件といえば、酔っ払い運転と、土曜の夜に起こる農場労働者どうしの喧嘩くらいなものですから」

「指揮系統はどうなってる」

「わたしが統括しています。分隊長は四名で、三人は警部補、ひとりは昇進間近の巡査部長です。その四名が、三十七人の指揮にあたっています。それぞれの隊の構成人数は、ほぼ均等割りになっていて、十名の隊が二つ、九名がひとつ、八名がひとつです。今言ったこと、ぜんぶ書きとめているんですか？」

ポターはまたもや微笑んだ。「各隊の配置は？」

おそらくいつの日か、本物の貫禄を身につけていくのだろうが、バッドは内戦の指揮官のようにおもむろに、野原のそこここに陣取っている分隊を指し示した。

「武器は？　きみたちが用意しているものだが」

「携帯用に支給しているのはグロックです。それと、全分隊共用のライオット・ガンが十五挺。十二番径、銃身十八インチのものです。男子六名、女子一名にM‐16のライフルをもたせて、あそこと向こうの木のあたりに配置しました。すべて照準器付きです」

「暗視用か？」

バッドはふっと笑った。「そんな洒落たものはここにはありませんよ」

「郡警察の責任者は誰だ」

「クロウ・リッジの保安官、ディーン・スティルウェルです。あの向こうにいるのがそうです」

バッドは、もじゃもじゃ頭のひょろっとした男を指し示した。保安官助手のひとりを見おろすようにして話をしている。

新たに車が一台入ってきて、急ブレーキをかけてとまった。運転席に坐っている人物に気づくと、ポターはさもうれしそうな顔をした。

小柄なヘンリー・ラボウは車からおりるなり、しわのよったツイードの帽子をかぶった。ポターと組んであたった二百件にもおよぶ人質解放交渉の最中、ラボウの禿げ頭は一度ならず、犯人側の格好の狙撃目標となった。人質事件の情報担当官、ずんぐりした体格の内気なラボウが、よたよたこちらに向かって歩いてくる。ポターが仕事上のパートナーとして誰よりも評価している男だ。

大きなショルダーバッグを二つ肩にかけたラボウの体は、その重みに傾いている。

二人の男は固い握手を交わした。それからポターが、ヘンダースンとバッドにラボウを紹介した。

「ちょっと見てくれ、ヘンリー、すごいだろう。エアストリーム社のトレーラーを、おれたちの司令室として使えるんだぞ」

「そりゃいい。釣りができる川もあるしな。なんていうんだ？」

「あの川ですか？　アーカンソー川です」バッドは二番めの音節にアクセントを置いて言った。

「若いころを思い出すな」ラボウは言った。

ポターの要請でヘンダースンは自分の車に戻り、ＦＢＩウィチトー駐在所に無線連絡し、トビー・ゲラーとアンジー・スカペーロがいつ到着するか確認をとった。ポターとラボウ、そしてバッドはバンに乗りこんだ。ラボウはデレクと握手を交わすとショルダーバッグをあけ、ラップトップのコンピューター二台を取りだした。壁のソケットにプラグを差しこみ、電源を入れ、小型のレーザープリンターを接続した。

「オンライン回線はあるかね」ラボウはデレクに訊いた。

「そこです」

ラボウがプラグを差しこみ、すべての装置の接続が完了すると、すぐにプリンターがうなりはじめた。

「なにかいい知らせが入ってきてるのか？」ポターが訊いた。

ラボウは送られてきたファックスを読みながら言った。「刑務所の服役状況報告書、保護観察記録、警察記録、起訴状。最低限そろったというところだな、アーサー。とりあえず、手に入ったものを送ってきたようだ」ポターはシカゴで若い捜査官から手渡された資料と、飛行機の中でとった大量のメモをラボウに差しだした。そこには、ルー・ハンディその他二名の服役囚が連邦刑務所から脱獄し、食肉加工場から数マイル離れた小麦畑で男女のカップルを殺害したのち、人質をとったことなどが、簡潔に書かれている。情報担当官はハードコピーに目を通すと、片方のコンピューターにデータをインプットしはじめた。

ドアがあいてピーター・ヘンダースンが入ってくると、間もなくトビー・ゲラーが、一時間以内にアンジー・スカペーロが到着することを告げた。トビーは、悪質なハッカーを検挙するためのコンピューター・プログラム分析講座を受けもっているボストンから、F‐一六空軍機でこちらに向かっている。じきに到着するだろう。アンジーはドムトラン・ジェットですでにクワンティコを発った、と。

「アンジーが？」ラボウが言った。「そいつはいい。うれしいね」

スカペーロ捜査官はジーナ・デイヴィスに似ている。大きな茶色の目は、アイシャドウやマスカラをつけなくとも、充分魅力的だ。だが、ラボウがアンジーの名前を聞いて目を輝かせたのは、彼女が魅力的だからではなく、こうした状況に必要不可欠な専門知識——人質の心理に関する——をもっているからだ。

アンジーのことだ、この現場にやって来る途中で、ローラン・クレール校に立ち寄って、人質たちに関する情報をできるかぎり収集してくるに違いない。だが、アンジーという人物をさらによく知っているポターは、彼女がすでに学校に電話をかけて、少女たちのプロファイルを書きあげているだろうと思っていた。

ラボウはデスクの上の壁に大きな紙をピンで留め、そこに紐のついた黒いマジックを吊るした。紙の真ん中には線が引かれている。左側には〝約束〟、右側には〝嘘〟と書かれている。ポターがハンディに約束すること、嘘をつくことを、すべてそこに書いておくのだ。人質解放交渉では定石とされるやり方だ。そのカンニング・ペーパーの効用をもっとも的確に説いているのが、マーク・トゥエインの次のような言葉だ。「嘘つきの名人になるためには優れた記憶力が必要とされる」

バッドが驚いたように言った。「本当に嘘をつくんですか？」

ラボウはにっこり笑った。

「だが、実際のところ、なにを指して嘘というのかね、チャーリー」ポターが訊いた。「真実というのはきわめてとらえどころのないものだ。果たしてこの世の中に、百パーセント真実といえるものがあるんだろうか」ノートの数ページを破りとってラボウに手渡した。ラボウはその紙を受けとるとプリンターから送りだされてくるファックスと一緒にまとめ、だいぶ前に〝プロファイル〟と書きこまれ、今は薄汚れてしまっているマスキング・テープのラベルが貼られているコンピューターに向かい、キーボードをたたきはじめた。もう一台のコンピューターには〝状況経過〟と書かれている。そちらのスクリーンに入力されているのは、二項目のみだ。

〇八四〇時。人質事件発生。

一〇五〇時。危機管理チーム――ポター、ラボウ――準備完了。

バックライト付き液晶ディスプレイが発する不気味な青い光が、ラボウの丸い顔を照らしている。まるで英国の画家アーサー・ラッカム描くところの、人の顔をした月のようだ。チャーリー・バッドは、目にもとまらない速さで動くラボウの指をじっと見つめた。「すごい。もう半分以上も打ちこんでしまった」

ラボウがポターに苦い顔で言った。「あの建物を見た。まずいな。堅牢すぎて〈サットサーヴ〉は使いものにならないし、赤外線や盗聴マイクを使おうにも、窓の数が足りない。この風も問題だな」

多くの人質事件と同様、ここでもやはり、情報の大半はきわめてオーソドックスな昔ながらの情報源に頼らざるを得ない。すなわち、解放された、あるいは脱出に成功した人質や、犯人に食べ物や飲み物を差し入れに行って、内部のようすをうかがうチャンスのあった警察の人間だ。

ラボウはコンピューターのキーをたたき、〝状況経過〟と書かれたコンピューターのスクリーンに、小さなウインドーをひとつ表示した。その中に、ディジタルのストップウォッチが二つ現われた。一方には〝経過時間〟、もう一方には〝デッドライン〟と書かれている。

ラボウは〝経過時間〟を二時間十分にセットし、実行キーを押した。時計が動きはじめた。

ラボウはポターを見ると、さあ、いよいよきみの出番だと言わんばかりに、眉を吊りあげてみせた。

「わかってるよ、ヘンリー」人質をとって立てこもってからすぐにコンタクトをとらないと、犯人側は疑心暗鬼に陥り、警察が人質もろとも皆殺しを企てているのではないかと疑いだすものなのだ。ポターはさらにこう言い添えた。「トビーが到着して、ひと息入れさせたら、ブリーフィングを開こう」冷たい風にあおられて揺れる、背の高い白みがかった草におおわれた野原を見渡した。半マイルほど離れたところでは、コンバインがゆっくりと左右対称の図形を描きながら、麦を刈りこんでいる。刈りとられたあとは、まるで入隊したばかりの新兵の頭のようだ。

ポターはそのあたり一帯の地図にじっと見入った。「このあたりの道路はすべて封鎖されているのか」

「ええ」バッドが答えた。「ここに通じている道路はすべて通行不能です」

「後方部隊集結地をこのあたりにつくってくれ、チャーリー」食肉加工場から一マイル南にある道路の曲がり角を指し示した。「プレス・テントもその近くがいい。犯人が立てこもった建物からは死角になる位置だ。広報担当者はいるのか？」

「いいえ」バッドは言った。「コメントをだす必要が生じた場合は、だいたいわたしがやっています。ですから、今回もわたしがやります」

「いや。きみにはわたしと一緒にいてほしい。誰かにやらせろ。下っ端の警官でいい」

ヘンダースンが割って入った。「今回の事件はFBIの管轄下に入る。わたしがやろう」

「いや、マスコミの応対をする人間は必要だが、下っ端の人間がいい。そうすれば、マスコミ連中はテントの中でじっと待っててくれる。連中は、自分たちの質問にちゃんと答えてくれる人間から話を聞きたいんだ。ろくに状況を知らされていない下っ端が相手をしているかぎり、あれこれ突っこんだ質問をしてくることもないだろう」

「弱ったな、適当な人間がいない」バッドは覚つかなげに、いっそダン・ラザー（CBSのアンカーマン）に似た警官でも通りかかってくれないかと、窓の外に目をやった。

「有能である必要はないんだ」ポターが独り言のように言った。「あとでわたしからコメントを発表するからと、それだけ言ってくれればいいんだから。それだけだ。ほかにはなにも言わなくていい。〝ノー・コメント〟と言える度胸のある人間を選んでくれ」

「そううまい具合にはいきませんよ。なにしろあのマスコミ連中が相手ですからね。国道14号では、すでに軽い車の接触事故が起きてますし、ここはもういたるところリポーターだらけです。こういう事件が起こったとなれば、はるばるカンザス・シティからだって押しかけてきますよ」

コロンビア特別区で勤務についたこともあるヘンダースンが笑った。

「チャーリー――」ポターは自分も一緒に笑いだしそうになるのをこらえながら言った。

「それどころじゃない。CNNやABCもすでにここにやって来ている。《ニューヨーク・タイムズ》、《ワシントン・ポスト》、《ロサンジェルス・タイムズ》、それにヨーロッパのスカイTV、BBC、ロイター通信もだ。そのほかの大手メディアも、続々押しかけてくる。われわれは、連中にとっては今週最大のネタを握っているんだぞ」

「まさか。じゃ、ブローコー（NBCのアンカーマン）も来てますかね。来てるんなら、ぜひ一度会ってみたいもんだ」

「それから、食肉加工場を中心に周囲一マイル、川をはさんで両側とも、マスコミの立ち入り禁止区域にしてくれ」

「なんですって？」

「五、六人の警官をジープに乗せて、巡回させるんだ。その区域内でリポーターの姿を見つけたら――カメラをもってる人間は誰でも――逮捕して、カメラを没収しろ」

「リポーターを逮捕するですって？　できません、そんなこと。できっこありませんよ。だって、見てくださいよ。そこら中リポーターだらけなんですから。彼らを相手に、そんなこと無理です」

「彼の言うとおりだ、アーサー」ヘンダースンが言った。「それはまずい。ウェイコーのときのことを憶えてるだろ」

ポターはヘンダースンに向かって穏やかに微笑んだ。だが、頭の中では、その他もろもろの問題を考え、整理し、検討していた。「マスコミにはヘリを使わせるな。ピート、ウィチトーのマッコーネルからヒューイを二、三機調達してくれ。半径三マイル以内は飛行禁止だ」

「本気で言ってるのか、アーサー」

ラボウが言った。「時間が押してきてるぞ。事件発生から二時間十七分経過だ」

ポターはバッドに言った。「そうだ、最寄りのホテルの部屋をまとめて押さえておく必要がある。一番近くにあるのは？」

「〈デイズ・イン〉ですね。ここから四マイル行ったところにあります。クロウ・リッジです。そのあたりが一応ダウンタウンということになってます。何部屋必要ですか」

「十室」

「わかりました。使用目的は？」

「人質の家族用だ。牧師と医者も待機させておいてくれ」

「家族はもう少し近くに連れてきたほうがいいんじゃないでしょうか。子供たちに呼びかけてもらうとか、必要が生じた場合に──」

「いや、その必要はない。警官も四、五名ホテルに配置させてくれ。マスコミが家族にまとわりつかないようにな。そういうことをするやつがいたら──」

「逮捕する、でしょう」バッドが小声で言った。「勘弁してくださいよ」

「どうかしたか、警部?」ラボウがとぼけて訊いた。

「つまり、あの、カンザス州の州歌は《峠のわが家》でして」

「ほう?」ヘンダースンが言った。「だから?」

「リポーターというのがどういう連中か、ご存じでしょう。平和でのどかなことで知られているわが州は、事件が解決しないうちから、それこそ糞味噌に言われることになりますよ」

ポターは笑った。そして野原を指さし、「見てくれ、チャーリー――あそこにいる警官たちは、全員丸見えだ。さっきわたしが、姿勢を低くしてじっとしてろと言ってまわったんだが、まるで聞く耳をもたないようだな。車の陰に隠れているよう厳しく言ってくれ。ハンディは警官殺しの前歴があるんだぞ、とな。ハンディが起こした事件で、どんな武器がどんなふうに使われてる、ヘンリー」

ラボウはキーをたたいてスクリーンに現われた文字を読みあげた。「起訴されたいずれの事件においても、最低ひとつは小火器が押収されている。ハンディはこれまでに四人にたいして発砲し、二人を殺している。フォートディクスの陸軍訓練センターで行なわれたM-16ライフルの訓練では、コンスタントに九十台のスコアを獲得している。短銃のスコアの記録はない」

「これでわかったろう」ポターはバッドに言った。「姿勢を低くしてろと、彼らに言ってくれ」

ぴかっとなにかが光った。ポターは目をしばたたかせ、そちらの方向を見ると、遠く離れたところで、コンバインがライトをつけたところだった。ライトをつけるにはまだ早い時間だが、空はますます厚い雲におおわれてきている。ポターは食肉加工場をはさんだ両わきの木立を見つめた。

「もうひとつ頼みがある、チャーリー――狙撃手の配置は今のままにしておきたいんだが、ＨＴが逃亡を図ったりしないかぎりは発砲しないよう指示してくれ」

「ホ《H》スティッジ・テ《T》イカー――つまり、人質をとっている犯人のことですね？」

「たとえ、犯人の姿を射程距離内にとらえることができても、だ。さっききみが言っていたライフルをもっている警官たちだが、彼らはＳＷＡＴなのか？」

「いいえ」バッドは言った。「でも、腕前のほうは抜群です。女性もね。彼女がリスを標的に銃の訓練を始めたのは、たしかまだ――」

「それと、彼らを含めた全員にたいして、薬室を空にしておくよう指示してくれ。全員だぞ」

「なんですって？」

「カートリッジは装塡するが、薬室に弾は入れておかないように」

「しかし、そうおっしゃられても」

ポターはいぶかしげな顔でバッドを見た。

「つまり、その」バッドは素早く言葉をつないだ。「狙撃手は除いて、ということですよね？」

「M‐16の遊底を引いてから引き金を引いても、一秒とかからんはずだ」

「ですが、一秒では照準器で狙いを定めるまでは無理です。そのあいだに、HTのほうは三発は撃てるでしょう」生まれて初めて生ガキを食べるときのように、バッドは恐る恐るためらいがちにHTという略語を口にした。

この男は熱意と才能があり、しかも言っていることも理に適っている、ポターはそう思った。

やれやれ、たいへんな一日になりそうだ。

「人質をとった犯人が外に出てきて、われわれの目の前で、しかもいきなり人質を撃つなどということはあり得ない。そんなことをしたら、たちまち銃撃戦になるということは、あっちにだってわかっているんだから」

「しかし――」

「薬室は空にしておくんだ」ポターは断固とした口調で言った。「頼むぞ、チャーリー」

バッドは渋々うなずくと、自分に与えられた指示をくり返した。「わかりました。まず、マスコミにたいしてコメントを発表する――もしくは、しない――人間を用意する。リポーターたちを集めて、一マイルほど後退させ、それからホテルにまとまった数の部屋を用意し、警官には姿勢を低くしているよう指示をだす。そして、薬室は空にして、だが安全装置はかけておかないという、あなたのメッセージを伝える」

「そのとおり」

「やれやれ」バッドはひょいと頭をさげて、車からおりていった。ポターは、バッドが姿勢を低くしたまま、配置についている警官たちに向かって駆けていく姿を見送った。警官たちはバッドの話に聞き入り、どっと笑い、それからリポーターたちを指定された区域から閉め出しにかかった。

　五分ほどして、バッドが司令室のバンに戻ってきた。「終わりました。思ったとおり、マスコミの連中はご機嫌斜めでしたが、フィービー（FBIのこと）からのお達しだと言っておきました。かまいませんよね、そう呼んでも」バッドの口調にはいくぶん刺があった。

「なんとでも呼んでくれ、チャーリー。さて、次だが、ここに医療班のテントを設営してほしいんだ」

「救急隊《メディヴァック》のことですか？」

「いや、怪我人の搬送のためじゃない。精神的外傷の専門医師とトリアージ（負傷程度による治療優先順位の決定方式。生存者数を最大にすることを目的に、軽傷者や生存の見込みのない重症者の治療を拒否する）を実践する専門医師を集めてほしい。病院は、食肉加工場のすぐそば、死角になる場所につくってくれ。建物から六十秒とかからないところにだぞ。第三度の火傷から毒ガスにまで対応できるようにな。完全装備の手術室もだ」

「わかりました。でも、病院ならここから十五マイルと離れていないところにあるんですが」

「それはそうかもしれんが、たとえメディヴァックのヘリの音だろうと、HTに聞かれたくないんだ。同じ理由から、マスコミのヘリやヒューイの音も、犯人の耳に入らないようにしてもらいたい」

「なぜです」

「やつらに余計な知恵をつけてしまうことになるからだ。それに、ヘリを要求された場合に、強風を理由に、ヘリは飛ばせないと言える余地を残しておきたい」

「わかりました」

「今わたしが言ったことの手配が済んだら、分隊長たちを連れてここに戻ってきてくれ。スティルウェル保安官も一緒にだ。ブリーフィングを行なう」

ちょどそのとき、車のドアがあいて、黒いカーリーヘアの日焼けしたハンサムな若者が飛びこんできた。

あいさつもせずにコントロールパネルを見つめると、こうつぶやいた。「すばらしい」

「トビー、よく来てくれたな」

トビー・ゲラーがポターに言った。「ボストンの女の子たちは美人だし、おっぱいもつんと上を向いてるんだ、アーサー。たいした用事じゃなかったら、承知しないぞ」

ポターは握手を交わしながら、今日はやけにトビーのピアスの穴が目立つことに気づいた。かつてトビーがFBIのお偉方の前で、イヤリングをしている言い訳として、警察で囮捜査に携わった経験があるからだと言っていたのを思い出した。だが実際には、トビーにそんな経験はない。ただイヤリングが好きで、たくさん集めているだけだ。マサチューセッツ工科大学を卒業し、アメリカン・ユニヴァーシティとジョージタウン大学で非常勤講師としてコンピューター科学を教えているトビーは、みんなと握手を交わした。それから、ラボウのラップトップ・コンピューターを見おろしてふんとばかりに笑うと、時代遅れのモデルだ云々とぶつぶつ言い、通信用のコントロールパネルの前に置かれた椅子にどさっと腰をおろした。トビーとデレクはお互いに自己紹介し合うと、保護アナログ信号やサブネット、NDISパケット・ドライヴァーのシム、三分割化ディジタル・スクランブリング、複合地上通信の周波数探知システムといった、別世界の話題に花を咲かせた。

「すぐにブリーフィングを開始するぞ、トビー」ポターはトビーにそう言うと、バッドに部下たちを呼びにいかせた。それからラボウに向かって、「できたところまで見せてくれ」プロファイル・コンピューターをポターに見せると、情報担当官は言った。「あまり時間はないぞ」

だが、ポターはそのまま、青い画面に表示された光り輝く文字を追いつづけた。

午前十一時二分

ウサギ――穴ウサギではなく野ウサギ――は、自然界でもっとも攻撃性に欠けた動物だ。守りに徹して生きることを運命づけられている――姿をカモフラージュする毛（暖かい季節はグレイか黄淡褐色、冬は白）、危険な物音を敏感にとらえる自在に動くアンテナのような耳、三百六十度もの視野をもつ目。歯は草食動物特有の鑿《のみ》のような形をし、爪は、広葉植物の葉をたぐり寄せたり――雄の場合は――子孫を残す作業の際に、雌の肩を押さえつけられるようにできている。

だが、いったん窮地に追いこまれ、逃げ場を失ったとなると、驚くほどの獰猛さを見せて反撃にでる。目を潰されたり、はらわたを抜かれて死んでいるキツネや山猫が、ハンターたちに発見されている。それは、愚かしくも野ウサギを洞窟の奥に追い詰めたり、相手をみくびって油断したまま強引に襲いかかった奢れる肉食動物の成れの果てなのだ。

犯人たちに立てこもられたときが、一番厄介だ、アーサー・ポターは人質・籠城事件を取りあげた講義で、くり返しそう語ってきた。人質をとった犯人は、いわば背水の陣を敷いた、犯罪者のなかでももっとも危険な存在なのだ。

その日、ポターはクロウ・リッジ人質事件現場の司令室の中で、《野生の王国》の話をみんなに聞かせたあと、ただこうつけ加えた。「というわけで、きみたちには、あそこにいる男たちがいかに危険かということを認識してもらわねばならない」

ポターはそこに集まった顔ぶれを見まわした。ヘンダースン、ラボウ、トビーはFBI。州警察側のメンバーとしては、バッド、その補佐たる副指揮官フィリップ・モルトー。モルトーは州警察の警官だが、小柄で無口、どう見ても高校生にしか見えない。だが、モルトーは分隊長のひとりでもある。そのほかのメンバー——男二人と女ひとり——は、およそユーモアなど通じそうもないくそ真面目な顔をしている。全員戦闘用具をフル装備し、体中に戦意をみなぎらせている。

クロウ・リッジの保安官ディーン・スティルウェルは、見るからに田舎者といった男だ。短すぎるスーツのジャケットの袖口からは長い腕がはみだし、ぼさぼさの髪はデビュー当時のビートルズといったところだ。

全員の顔がそろったときに、チャーリー・バッドがポターを紹介した。「こちらはFBIのアーサー・ポター捜査官だ。人質解放交渉の専門家として有名な方で、こういう方を今日ここに迎えられたことは、われわれにとってきわめて幸運なことと言える」

「ありがとう、警部」ポターがそこで口をはさんだ。放っておけば、まだひとしきり自分にたいする賛辞が続きそうだ。

「あとひと言」若い警部はふたたび口を開いた。ポターをちらりと見て、「言い忘れていたことがありまして。法務長官と連絡をとり合っていたんだが、今、州のHRU、つまり人質救出部隊を出動させる準備を整えているところだそうだ。したがって、われわれの任務は——」

ポターは穏やかな表情を変えずに、前に進みでた。「その、チャーリー、すまんが実は……」そう言って、そこに集まっている警官たちに向かってうなずいた。バッドは口をつぐんだまま、苦笑いをした。「今回の事件では、州のHRTの出番はない。現在、連邦政府による救出チームが編成されているところで、今日の午後遅くか、夕方早くにここに到着する予定になっている」

「そんな」ふたたびバッドが口を開いた。「しかし、法務長官は——」

ポターはバッドをちらりと見て、自信ありげににっこり笑った。「すでにここに来る途中の飛行機の中で、法務長官と知事には連絡をとって話をつけてある」

バッドが相変わらずの苦笑いを浮かべながらもうなずいたので、ポターは話の先を続けた。まずは事件発生からの経緯を説明しはじめた。その日の朝早く、三人の男が看守を殺して、オクラホマとの州境に近いカンザス州ウィンフィールド郊外の、カラナ重警備連邦刑務所から脱走した。脱走した囚人の名は、ルイス・ジェレマイア・ハンディ、シェパード・ウィルコックス、そして〝ソニー〟レイ・ボナー。三人は車で北に向かって逃走中、キャデラックに追突された。ハンディとその仲間はキャデラックに乗っていたカップルを殺し、食肉加工場まで逃げてきたところで、彼らを追跡してきた警官隊にとり囲まれた。

「ハンディは三十五歳、強盗、放火および殺人により、終身刑を宣告され、服役していた。七カ月前に、ハンディ、ウィルコックス、ハンディのガールフレンド、そしてもうひとりの仲間の四人で、ウィチトーの〈ファーマーズ&マーチャンツ信託銀行〉に強盗に入った。ハンディは二人の出納係を金庫室に監禁し、火を放った。建物は全焼し、銀行員二人は焼死した。一味のうち四人めの犯人は逃走中に死亡、ハンディのガールフレンドはそのまま逃走し、ハンディとウィルコックスだけが逮捕された。似顔絵はできてるか、ヘンリー」

ラボウは光学スキャナーで、立てこもっている三人の男たちの正面、横、そして斜め向きの顔写真をディジタル化し、目印になる顔の傷や身体特徴に印をつけて、一枚のポスターに合成していた。ちょうどそれが、今レーザープリンターから出てくるところだった。ラボウはバンの中に集合している警官たちに、ポスターを束にして配った。

「自分で一枚取って、残りは各自、部下に配布してくれ」ポターは言った。「外にいる警官たち全員に必ず一枚ずつ行き渡るようにして、写真の顔を覚えさせてほしい。犯人たちが投降してくることにでもなれば、現場に混乱が生じるかもしれず、ここには私服警官も大勢詰めているため、犯人がそのなかに紛れこんでしまう可能性もある。そういうわけで、犯人の顔を全員にはっきり覚えておいてもらいたい。

一番上がハンディ。二番めがシェパード・ウィルコックス。ハンディの親友とも言える男だ。三、四回、二人で組んで悪事をはたらいている。顎髭を生やして太っている一番下の男がボナー。ハンディがしばらく前からこの男と知り合いだったのは確かだが、二人が組んで犯行に及んだことはない。ボナーが検挙されたのは武装強盗でだったが、州をまたいで逃走したため、カラナに収容された。連続強姦事件の犯人とも目されているが、実際に立件できて逮捕にまでいたったのは、最後の犯行だけだ。そのときには、ボナーは被害者をめった刺しにしていた――これは、現行犯で逮捕された。被害者は一命を取りとめた。まだ十七歳だったその少女は、証言台に立つために、十一回めの形成手術の日取りを変更しなければならなかった。ヘンリー、人質についてわかったことは？」

ラボウの報告が始まった。「今のところ、おおまかなところしかわかっていない。中にいる人質は全部で十人。ここから西に十五マイルのところにあるカンザス州へブロンの聾学校ローラン・クレール校の生徒八人と教師二人だ。トピーカで開かれる聾者たちのリサイタルに向かう途中だった。全員女性だ。生徒の年齢は七歳から十七歳まで。じきに、また新たな情報が入ってくると思う。確認のために言っておくが、普通にしゃべったり聞いたりできる年長の教師を除いては、全員聴覚障害者だ」

手話通訳の手配はしたものの、これからいろいろ問題が生じてくることは、ポターには予測がついている。これまでに何度も海外で人質解放交渉に携わり、国内でもたびたび外国人を相手に交渉にあたった経験から、人の命がかかっているというときに、情報を素早く、正確に翻訳しなければならないという状況が、いかなる危険性を秘めているか――そしてまた、いかにフラストレーションのもととなるか――よくわかっている。

ポターは言った。「われわれはここに、わたしを含めた危機《T》管理《M》チーム《T》を結成することとなった。ヘンリー・ラボウは情報収集兼記録担当、トビー・ゲラーは通信担当、バッド警部は州警察との調整係、およびわたしの補佐として働いてもらう。わたしが総司令官だ。あとひとり、現場封鎖の監視にあたる者が必要だが、まだ誰にするか決めていない。

ＴＭＴの目的は二つある。ひとつは、ＨＴを投降させ、人質を救出すること。もうひとつは、武力による解決手段が採択された場合に、突入作戦に協力することだ。これには、人質《H》救出班《RT》のために情報を収集したり、ＨＴの注意をそらせたり、犠牲者の数をあくまで抑えた上でだが、ＨＴをうまくこちらの口車に乗せることも含まれる」

人質事件では、誰もがわれこそは、犯人たちと話し合い、彼らを降伏に導くヒーローたらんとする。だが、いかに平和主義を信奉する交渉担当者であれ、ときには唯一の解決方法が武力対決でしかあり得ないという場合もあるということを、心にとめておかねばならない。ポターがＦＢＩの人質解放交渉の講義で受講生に真っ先に言って聞かせることのなかに、こういう言葉がある。「人質をとられた場合、その事件はほぼ確実に殺人事件へと発展する」

ポターはバンに集まっている男女の表情をうかがいながら、他人が自分を評する言葉のなかで、比較的穏当な表現に〝冷血漢〟というのがあったことを思い出した。

「犯人、人質、および現場一帯のようすに関して、なにか情報が得られた場合には、ただちにラボウ捜査官に報告すること。状況によっては、わたしを飛ばして直接彼に言ってくれてかまわん。いいかね、どんなに些細なことであろうともだ。たとえば、犯人の誰かが洟をたらしていたとする。それを、報告するまでもないことだなどと、勝手に判断しないでもらいたい」現代っ子の若い警官二人が、顔を見合わせて目玉をぐるりとまわすのが、ポターの視界に入った。ポターはその二人をまっすぐ見つめて、「そういう場合、たとえば、風邪薬に睡眠薬を混ぜこむことができるかもしれない。あるいは、犯人がコカインの常用者だという可能性もでてくるのだから、その点をこっちがうまく利用できるかもしれないのだ」

若い警官たちに反省の色などかけらも見えなかったが、横柄な態度だけはなりをひそめた。

「さて、次は、包囲態勢を維持・監視する役目を誰にやってもらうかだ。バッド警部の話によると、きみたちのなかに、人質事件の収拾に携わった経験のある者がいるそうだが」ポターは自惚れ屋の若い警官たちの顔を見まわした。「誰かね、それは」

女の州警察官が真っ先に口を開いた。「はい、わたしです。NLEAの人質救出法の研修を受けました。交渉技術のトレーニングも受けています」

「実際に解放交渉の経験は？」

「ありません。でも、二、三カ月前に起こったコンヴィニエンス・ストアでの強盗事件の際に、交渉担当者の補助を務めました」

「そうなんです」バッドが言った。「サリーが作戦部隊を率いていました。みごとな成果をあげたんですよ」

女の警官は続けた。「そのときは、天井の防音タイルのあいだに狙撃手をもぐりこませたんです。狙撃手はそこから犯人全員の動きをとらえることができました。ですから、犯人をひとりも射殺することなく、全員投降させることができたんです」

「わたしも多少経験があります」年のころは三十代半ばの警官が、官給のオートマティックの銃握に手をかけながら言った。「トピーカで昨年起こった〈ミッドウェスト信託銀行〉で、窓口係を救出したチームの一員でした。犯人を全員射殺したのち、ひとりの負傷者もださずに人質全員を救出しました」

ほかにも、軍隊で訓練を受け、二度、突撃部隊に加わって人質救出を果たしたという警官がいた。「一度も発砲することなく、人質を救出しました」

いくぶん期待はずれといった表情で話を聞いていたピート・ヘンダースンが、ふいに口を開いた。「その役目はわたしにまかせてもらったほうがよさそうだな、アーサー。基礎課程の講義は受けているし、研修もこなした」ヘンダースンはにっこり笑った。「きみが書いた本も読んだしね。何度も。ベストセラーになってもおかしくない出来だったな。トム・クランシー顔負けの」そこでふいに真顔になると、穏やかな口調でこうつけ加えた。「わたしがやるべきだと思うんだ。なんといっても、わたしはFBIの人間なんだから」

ディーン・スティルウェルが顔をあげ、防弾チョッキを着てダークグレイの弾薬ベルトをつけた警官たちにちらりと目をやった。そのモップ頭が動いたのを、ヘンダースンにたいする返答を先送りにするチャンスと見たポターは、スティルウェルに話しかけた。「なにか意見でも、保安官？」

「いえ、わたしは別に」

「まあ、そう言わずに」ポターは促した。

「あの、わたしは一度も講義も研修も受けたことはありませんし、そういう連中——ええと、なんて言うんでしたっけ——そう、HT、人質をとった犯人を撃ったこともありません。でも、その類いの事件なら、クロウ・リッジでも何度か起こったことがあるんです」

警官たちのうち、二人が含み笑いをした。

「聞かせてもらおう」ポターは言った。

「二、三カ月前にも、そういった事件がありました。エイブ・ウィットマンとその妻のエマが引き起こしたんですが。場所はパッチン・レーンだったかな。バジャー・ホロウ・ロードを過ぎてすぐのところです」

含み笑いが、くすくす笑いに変わった。

スティルウェルも屈託なく笑った。「たしかに、笑ってしまいますよね。あなた方がいつも相手にしているようなテロリストとは大違いですから」

バッドがじろっと睨むと、警官たちはさっと口元を引き締めた。

「なにが起こったんだね」ポターは話の先を促した。

スティルウェルは目を伏せて言った。「その、エイブというのは酪農をやっている農夫なんです。生まれてこの方豚を飼う以外には、なにもやったことがないという」

今度はこともあろうに、SACのピート・ヘンダースンまでが必死に笑いをこらえていた。

バッドは無言のままだ。ポターは、話を続けるようスティルウェルに身振りで合図し、ヘンリー・ラボウはいつものごとく、ただじっと話に耳を傾けていた。

「去年の春、豚のわき腹肉の市場が危機的状況に陥って、エイブは大打撃をこうむったんです」

「豚のわき腹肉ですって？」女の警官が、あきれたように言った。

「価格が暴落しましてね」スティルウェルは彼女のひやかしに気づかないのか、無視したのか、そのまま話を続けた。「そんな状況だというのに銀行がローンの返済を迫るものだから、いよいよエイブは追い詰められちまったんです。もともとちょっとばかりおかしなところがあった男なんですが、そのときはもう完璧に頭がイカレた状態で、ショットガンと食事用にも使っていた豚をさばくナイフをもって、納屋に閉じこもってしまったんです」

「で、豚のわき腹肉を料理した？」警官のひとりが訊いた。

「いえ、もちろん、わき腹肉だけじゃないですよ」スティルウェルはなおも熱のこもった口調で続けた。「なにしろ豚ですからね。ほら、よく言うでしょう。〝豚は鳴き声以外はぜんぶ食べられる〟って」

そこにいたって、二人の警官は完璧に呆れ返った。ポターはスティルウェルを励ますようににっこり微笑んだ。

「とにかくわたしは、農場で何事か起こったという知らせをうけて、現場に駆けつけました。で、納屋の外でエマを見つけたんです。エイブと十年連れ添った奥さんです。下腹から胸骨まで、例のナイフで一気に切り裂かれ、両手首が切断されてました。夫婦には息子が二人いたんですが、エイブはその息子たちにも同じことをしてやると言うんです。八歳のブライアンと四歳のスチュワートにですよ。二人とも愛らしい子供たちなのに」

警官たちの顔から笑みが消えた。

「わたしが現場に到着したときには、エイブはスチュワートの指を一本ずつ切り落とそうとしてるところでした」

「なんてことを」女の警官はため息まじりに言った。

「それで、きみはどうしたんだね、保安官」

保安官は骨ばった肩をすくめた。「特になにをしたというわけでもないんです。実を言えば、どうしたらいいのか、自分でもわからなかったんで、とりあえず、じっくりエイブの話を聞いてみることにしました。あまり近づきすぎない程度に納屋のそばまで行きました。エイブとはハンティング仲間だったので、彼の射撃の腕前は知ってましたからね。飼い葉桶の陰にしゃがみこんで、話をしたんです。五十フィートほど先に、納屋の中にいるエイブの姿が見えました。地面に坐ってナイフを握り、自分の息子を押さえつけてました」

「どのくらいのあいだ話をしたんだね」

「かなりのあいだでした」

「具体的には？」

「十八時間か二十時間くらいでしょう。大声をだし合ってるうちに、二人とも声が嗄れてきましてね。部下を遣いにやって、携帯電話をもってこさせました」保安官は笑った。「使い方がわからなかったので、取扱説明書を読むところから始めましてね。でも、パトロールカーをそばまで乗りつけて、無線や拡声器を使うなんてことはしたくなかったんです。警官の姿がエイブの目にふれないに越したことはないでしょうし」

「それじゃ、きみはずっと携帯電話を片手にその場に？」

「ええ。毒を食らわば皿までですよ。まあ、途中二回ほど、生理現象を覚えて現場を離れましたがね。あと一回、コーヒーを取りに。動くときは、必ず頭を低くして」

「で、どうなった」

保安官はまたもや肩をすくめた。「エイブは外に出てきました。降参ってわけです」

ポターは訊いた。「子供たちは？」

「無事です、ぴんぴんしてました。母親の姿を見たときは別ですが。しかし、そればかりは、われわれにもどうすることもできませんから」

「保安官、ひとつ質問がある。子供たちを解放させる代わりに、自分が人質になることを考えたかね？」

スティルウェルは困ったような顔をした。「いいえ。まったく考えませんでした」

「なぜ」

「そんな提案をしたら、かえってエイブの関心が子供たちに向けられてしまうと思ったからです。わたしとしては、子供のことは忘れさせて、こちらに関心を引きつけておきたかったんです」

「一度も彼を撃とうとはしなかったようだが、それは、ターゲットをはっきりと目でとらえることができなかったからかね？」

「いいえ。何度もはっきりとエイブの姿が見えました。でも、自分でもよくわからないんですが、いよいよ最後の手段となるまでは、その手は使うべきじゃないだろうと思ったんです——死傷者はだしたくなかった。エイブであれ、わたしであれ、子供たちであれ」

「みごとだ、保安官。きみに包囲態勢の監視をまかせよう。承知してもらえるかね？」

「ええ、もちろん、わたしでよければ。光栄です」

ポターは不服顔の州警察の警官たちに目を向けた。「きみたち、およびきみたちの部下は全員、この保安官に報告を入れるようにしてくれ」

「ちょっと待ってください」バッドが口をはさんだが、そのあとどう続けるべきか、自分でもよくわかっていないらしい。「たしかに保安官はすばらしい人間です。お互い気のおけない仲ですし。一緒にハンティングに出かけたこともある。しかし……やはり、本来の役割分担というものがありまして。つまり、保安官は地元の郡警察所属ですし、ここにいるのは、ほとんどが州警察の人間です。州警察の人間を彼の指揮下におくことはできません。よくはわかりませんが、そういうことをするんでしたら、おそらく当局筋の許可かなにかが要るんじゃないでしょうか」

「それなら、わたしが許可する。これから先は、スティルウェル保安官はＦＢＩの人間だと思ってくれてかまわん」ポターはもっともらしく言った。「ＦＢＩの捜査官代理に任命されたわけだから」

ラボウが、そんな大見栄を切っていいのかと言わんばかりのまなざしを向けてきたが、ポターは肩をすくめただけだった。実際、二人とも、その場でFBIの捜査官代理を任命したなどという話は聞いたことがない。

ブリーフィングに参加しているメンバーのなかでただひとり、ピーター・ヘンダースンがいまだに笑みを浮かべていた。ポターが彼に言った。「きみもだぞ、ピート。情報収集、鑑識捜査、HRTとの連絡を担当する者を除いては、FBIの人間も全員スティルウェル保安官の指揮下に入るものとする」

ヘンダースンはゆっくりうなずいた。「ちょっといいかな、アーサー」

「あまり時間がないんだ」

「手間はとらせんよ」

ヘンダースンがなにを言いだすのか、よくわかっていたポターは、ほかの現場指揮官の前で話をすることは避けるべきだと判断した。そこで、こう言った。「外に出よう、かまわんだろう？」

車の影のなかに立つと、ヘンダースンは押し殺したささやき声で言った。「すまんが、アーサー、きみの評判は充分承知してはいるが、わたしの部下をあんな田舎者の下につけるわけにはいかんよ」

「わたしの評判など、この際関係ないと思うがね。肝心なのは、わたしに与えられている権限だ」

ヘンダースンはさも物分かりがよさそうにうなずいた。ぴんと糊づけされた真っ白いワイシャツとグレイのスーツに身を包んだこの男なら、キャピトル・ヒルから一マイル以内にあるどんなレストランでも歓迎されるだろう。

「アーサー、わたしもこの事件にはもう少し深く関わらせてもらってもいいと思うんだ。なにしろわたしはハンディを知っているし――」

「どうして彼を知ってるんだ」ポターは思わず口をはさんだ。そんな話は初耳だった。

「やつが逮捕されるときに、やつを尋問した。現場に部下を遣っていたんだ。あの信託銀行強盗事件のときだ。逮捕されたあとで、立件にあたって、連邦検事に協力したんだ。われわれの鑑識の調べで、やつをぶちこむことができたというわけだ」

ハンディは現行犯で逮捕されたうえ、実際に犯行を目撃した者もいたのだから、鑑識の調査といっても形式的なもので済んだはずだ。ポターは現場に向かうジェット機の中で、どうやらヘンダースンによるものと思われる尋問調書を読んでいる。それによれば、容疑者が口にした言葉は、事実上「くそったれ」だけだったはずだ。

「きみがハンディに関する情報を提供してくれるというのなら、大いにありがたい」ポターは言った。「しかし、きみには包囲態勢を維持・監視するために必要な経験がない」

「スティルウェルにはあるというのか？」

「彼は性格的にその仕事に向いているんだ。それに、判断力もある。無能なくせに目立ちたがる輩とは違う」

そしてまた、やたらに形式を重んじる官僚主義者でもない、ポターはそう思った。役立たずのくせして厄介なのが、そういった連中なのだ。

ついにふて腐れたのか、ヘンダースンは俯いて、ぬかるんだ地面を見つめた。そして、くどくど愚痴を並べはじめた。「勘弁してくれよ、ポター。わたしはこんなつまらん田舎に、もううんざりするほど長くいるんだ。事件といえば、アップルソースを盗んだだの、空軍基地からディクタフォンが紛失しただの、インディアンがミニットマンの地下ミサイル格納庫に小便をたれただの、そんなものばかりだ。だから、ぜひともたまにはまともな仕事がしたいんだ。やらせてくれ」

「きみは人質がからんだ籠城事件に関わった経験はない、ピート。きみの経歴はここに来る途中で読ませてもらった」

「きみが選んだあんなゴマー・パイル（テレビ・コメディ《マイペース二等兵》の登場人物）みたいな阿呆より、法の執行官としてはわたしのほうがずっとキャリアがある。ジョージタウン大学で、法律の学位だってとっているんだ」

「きみには後方部隊集結地の責任者としてひと働きしてもらう。野営病院、プレス・キャンプ、人質の家族のための宿泊施設の手配、それに包囲態勢の維持・監視にあたる警官たちやもうすぐ到着する人質救出班のための必需品の調達、やることはいろいろある」

ヘンダースンは愕然とした表情で、一瞬、同僚のポター――年上といってもわずか二、三歳違いの――の顔を見つめた。次の瞬間、心底軽蔑しきったような表情をちらりと見せると、ぞんざいにうなずき、冷ややかな笑みを浮かべた。「調子に乗るなよ、ポター。こっちはあんたのもうひとつの評判も、ちゃんと聞いてるんだ。独善主義者、とな」

「後方支援は重要な仕事だ」ポターはヘンダースンの憎まれ口など聞こえなかったように、話を続けた。「きみの力が最大に発揮される仕事だ」

「おためごかしはやめてくれ……要するに、あんたは自分が目立ちたいだけなんだ。自分より才能があって、カメラの前でいい格好ができて、見栄えのする人間が疎ましいんだ、そうだろ?」

「わたしがそんな理由で決定を下したのじゃないということは、わかっているはずだ」

「わかってる? なにを? わかってるのは、あんたが長官のお墨付きで意気揚々とここに乗りこんできて、おれたちに、あんたが飲むコーヒーを運ばせようとしてるってことだけだ。犯人たちと派手な銃撃戦をやらかしたあと——何人もの警官が命を落とし、人質もひとりや二人犠牲になるんだろうが——記者会見を開いて、手柄は全部自分のもの、失敗はすべておれたちのせいにするつもりなんだ。そして、あんたは帰っていく。あんたがここにたれ流していった糞は、いったい誰が始末するのか、わかってるのか? おれさ。このおれがそいつをやらされるんだ」

「ほかに話がないようなら——」

ヘンダースンはスーツのジャケットのボタンをかけた。「話なら、いずれまた聞かせることになるさ。心配するな」そう言うと、ヘンダースンは顔をあげ、ゆっくりした足どりで、悠然と歩み去っていった。犯人たちの格好のターゲットにされないよう、移動するときは姿勢を低くして、というポターのアドヴァイスを完全に無視して。

午前十一時三十一分

バンに戻ると、中に集合していた警官たちの探るようなまなざしがポターに注がれた。ヘンダースンとの話を聞かれたのだろうか、ポターはいぶかった。

「さて」ポターは話の続きを始めた。「次は、行動規則の話だ」

ポターはジャケットのポケットからファックスの用紙を取りだした。

グレンヴューからの飛行機の中で、ポターは電話会議を通じて、FBI長官と犯罪捜査担当の副長官、そしてHRT指揮官フランク・ダンジェロと四者会談を行ない、クロウ・リッジの人質事件現場における行動規則を文書に作成した。飛行時間の大部分を費やして書きあげたのが、シングル・スペースで二ページにおよぶ書類だった。そこでは、ありとあらゆる不測の事態が考慮され、状況に応じた対処方法について、具体的な指示事項が明示されている。あらゆる状況に対応できるよう、きわめて用意周到に対策が練られている。アルコール・タバコ・火器局とFBIは、ウェイコーで起こった事件の対応に失敗したことにより、世間の厳しい非難を浴び、さらには、九二年に起こったランドール・ウィーヴァーの籠城事件でもやり玉にあげられるという痛い経験をしている。ウィーヴァーの事件では、行動規則があまりにも大雑把であったため、狙撃手が与えられた指令の解釈を誤り、武装した成人を確実に射程距離内にとらえられた場合、誰かれかまわず射殺していいものと思いこみ、その結果ウィーヴァーの妻が殺されることになった。

もっぱらスティルウェルの顔を見ながら、ポターはファックスを読みあげた。「きみたちに与えられた任務は、人質をとっている犯人を包囲することだ。包囲態勢を確立することは、それ自体、戦術上の役割を担ってはいるが、あくまで受け身のものだ。人質救出等に関する行為には、一切関わってはならない」

「イエス・サー」

「わたしが定める包囲ライン内に、犯人を封じこめておくこととする。その範囲は、建物内だけかもしれないし、建物を中心にした周囲数百ヤードに及ぶ範囲かもしれない。いずれの場合でも、犯人が生きてそのラインを越えることがあってはならない。犯人のうちの誰であろうと、そのラインを越えた場合には、人質を連れていようといまいと、その時点できみにも許可がおりたことになる。どういう意味かわかるかな」

「発砲していいということです」

「そのとおり。そして、必ず息の根をとめるよう。生け捕りにする必要はない。威嚇射撃も不要。警告を与える必要もない。殺すか、なにもしないかのどちらかだ」

「イエス・サー」

「危機管理チームの誰かが正式な命令を下さないかぎり、仮に人質が脅威にさらされていることがわかっても、あいている窓や戸口から狙い撃ちをしてはならない」

それを聞いたバッドの表情が曇ったことに、ポターは気づいた。

「わかりました」スティルウェルがそう答えると、分隊長たちも渋々うなずいた。

「犯人側から発砲してきたとしても、反撃の許可が出るまでは、防御をかためるのみにとどめるものとする。きみ自身、もしくはほかの警官が、犯人からの攻撃によって生命を脅かされた場合にかぎり、応戦することが許される。だがあくまで、目前に危機的状況が迫っていると明らかに判断された場合にかぎる」

「目前に、か」警官のひとりが、皮肉まじりにつぶやいた。

この連中はカーニヴァルの射的でやるように、思いきり銃を撃ちまくりたいのだ、とポターは思った。ラボウのコンピューターの時刻表示に目をやり、「あと五分ほどで、交渉開始だ。包囲態勢がしかれていることは、わたしから犯人たちに伝え、犯人たちにその通告がなされたら、きみにはその旨知らせる、保安官。そのときをもって、わたしが説明した規則に従って、包囲態勢の維持に努めてほしい」

「イエス・サー」保安官は落ち着いた声でそう答えた。モップ頭を撫でつけると、よけいに髪がくしゃくしゃになった。

「当面、射殺ゾーンは建物外部全域だ。犯人のひとりが携帯電話を取りに外に出てきたあとは、休戦の白旗を掲げていなければ、もう誰も外には出てこられなくなるということだ」

スティルウェルはうなずいた。

ポターは続けた。「ここにいるヘンリーが、戦術上必要なデータをきみたちに供給する。武器の種類、犯人と人質のいる位置、脱走の可能性が考えられる出口などだ。保安官はHTと直接接触することにはならない。それから、わたしとハンディの会話に耳を澄ますのはご法度だ」

「わかりました。でも、なぜですか」

「それはだな、わたしはハンディとのあいだに信頼関係を築き、やつにとって話のわかる人間でなければならんが、きみには、へたにやつに共感など抱いてもらっては困るからだ。いざとなったら、迷わず彼を射殺しなければならないんだからな」

「わかりました」

「いいか、事故なんてのはごめんだぞ」ポターは言った。「すでにバッド警部のほうから、警官全員に、薬室は空にしておくよう指示が出されているはずだが。出してくれたろうな？狙撃手にも伝わっているな？」

バッドはうなずいた。口元が引き攣っている。どうやらかなり腹を立てているらしい。だが、事件が解決するまで、これからますます腹の立つことがでてくるはずだ。

「わたしの部下たちは」州警察官のひとりが、憤然とした口調で言った。「引き金を引きたくてうずうずしてるわけじゃありません」

「今はそうでないかもしれん。だが、いずれそうなる。あと十時間もすれば、自分の影に向かってでも引き金を引くようになる。ディーン、建物の中の反射光が見えるか。ライフルの照準器のように見えるかもしれんが、実際は、おそらくただの鏡だろう。ペリスコープ代わりに使って、あたりのようすをうかがっているというわけだ。犯人たちはムショ暮らしを経験しているから、ああしたテクニックを覚えたんだな。まあ、ざっとそんな具合だ。部下の警官たちにも、なにか光るものを見たとしても慌てないように言っておいてくれ」

「わかりました」スティルウェルはゆっくりと言った。そのひと言に、あなたのおっしゃることは充分理解し、納得しましたというメッセージがこめられていた。

　ポターは続けた。「最後にもう少しつけ加えておく。人質をとっている犯罪者は、概して扱いやすい。彼らはテロリストとは違う。その行為の目的は、誰かを殺すことではない。自分が逃げることだ。時間さえ充分与えてやれば、人質というものがきわめて厄介な荷物であり、万一人質が死んだりすれば、自分たちの足を引っ張る以外のなにものでもなくなるということに気づくはずだ。だが、たった今は、彼らは理性的に物事を判断できる心理状態にない。アドレナリンが全身を駆けめぐり、相当の興奮状態だ。疑心暗鬼になり、混乱している。

　したがって、彼らの極度の緊張状態を和らげてやる必要がある。理性的に行動しさえすれば、この状況から脱し、生きのびることができるのだと、ハンディに信じこませなければならない。時間はわれわれの味方だ。交渉期限を設ける必要はない。できるかぎり、交渉は引きのばす。のばせるだけのばすのだ。

　HRTがここに到着したら、実力行使による解決に向けて準備を進めるが、その手段に訴えるのは最後の最後だ。ハンディがわれわれとの交渉に応じているあいだは、人質救出に動くことはない。これからは〝豚のわき腹肉方式人質救出法〟と呼ぶことにしよう」ポターはスティルウェルに向かって笑いかけ、ふたたび話を続けた。「ここで一番肝心なのは、交渉成立までだらだらと時間をかけるということだ。そうすればHTは疲れ、退屈し、人質と接触する時間も長くなるのだから、当然彼らのあいだのつながりは深まる」

「ストックホルム症候群ですね」警官のひとりが言った。

「そのとおり」

「なんですか、それは」また別の分隊長が訊いた。

ポターがラボウに向かってうなずくと、ラボウが口を開いた。「人質事件の際に見られる感情移入の現象を、精神分析学のほうではそう呼んでいるんだ。そう呼ばれるようになった理由は、七三年にストックホルムで起こった銀行強盗事件に端を発している。犯人は四人の銀行員を人質にとって、金庫室に立てこもった。あとからそこに、犯人の以前のムショ仲間が加わった。彼らと五日間以上ともに過ごした人質たちは、ついに犯人が警察にたいして白旗を掲げて投降してきたときには、なかには犯人にたいして強い愛着を抱くようになってい た者もいた。彼らにとっては、悪者は犯人ではなく警察のほうになっていたんだ。同様に、主犯者もその仲間も、人質にたいして強い愛着を抱くようになっていて、彼らに危害を加えることなど、とうていできなくなっていた」

「さあ、仕事開始の時間だ」ポターが告げた。「保安官、包囲網のほうはよろしく頼んだぞ。わたしは犯人と第一回めの接触を試みる」

ディーン・スティルウェルは照れながらも、分隊長たちに指示を出した。「みなさんがそれぞれ持ち場につかれたら、部下の方たちの配置を少し変えてもらうかもしれませんが、いかがでしょう。よろしいでしょうか」

「豚肉野郎」誰かが小さな声でそう言った。それが唯一の返答だった。聞こえたのは自分だけだったろう、ポターはそう思った。

水がシャワーのように流れ落ちてくる。おそらく、以前に降った雨が屋根にたまっていて、それが、高い天井に走る亀裂から銀色の雨となって降りそそいでいるのだ。

雨水は、肉を吊るすのに使われていた錆びたフックやチェーン、ゴム製のコンベアベルト、半ば分解された機械類の上に滴り落ちている。そのすぐ隣の食肉処理室では、メラニー・キャロルが床に坐って少女たちを見つめていた。七歳になる双子の姉妹アナとスージーはメラニーにしがみついている。ベヴァリー・クレンパーは——十四歳だというのに、まだ赤ん坊のようにふっくらした頰をしている——苦しげに息をしながら、顔にかかった短いブロンドの髪をかきあげた。そのほかの子供たちは、処理室の奥の壁ぎわに固まっている。十歳のエミリー・ストッダードは泣きべそをかきながら、白いタイツについた赤錆のしみを憑かれたようにこすっている。

メラニーがミセス・ハーストローンとスーザン・フィリップスのほうを見ると、二人はしゃがみこんで、しきりに手話で会話を交わしていた。スーザンの黒髪に縁どられた顔は青白く、その表情は依然として怒りに満ちている。黒い瞳は、レジスタンスの闘士のそれだ、メラニーはふとそう思った。二人が話しているのは、生徒たちのことだった。

「みんながパニックに陥ってしまわないかと、それが心配だわ」スーザンは年長の教師に向かって言った。「あの子たちは全員固まって一緒にいさせましょう。もし誰かが逃げだしたりしたら、あいつらきっと、残った子供たちをひどい目に遭わせるわ」

まだ八歳という年齢のせいか、怖いもの知らずのキール・ストーンが言った。「みんなで逃げましょう！　こっちのほうがあいつらより人数が多いんだから。きっと逃げられるわ！」

スーザンとミセス・ハーストローンがキールの言ったことを無視すると、キールのグレイの瞳が怒りにきらりと光った。

そのあいだ中、メラニーはただ思い悩んでいた。どうしたらいいの、いったい。こんなことになってしまって、どうしたらいいの。

男たちは今のところ、少女たちにさほどの関心は向けていない。メラニーは立ちあがると、戸口に向かって歩きだした。見ると、男たちがキャンヴァス地の袋から、衣類を取りだしていた。メラニーを横目で見ながらTシャツを脱いだ〝ブルータス〟は、濡れるのもかまわず、滴る水の下へと歩いていき、薄暗い天井に顔を向けて目を閉じた。筋ばった筋肉、むだ毛のない体、ピンク色をした傷痕の残る肌。ほかの二人の男はいくぶんいぶかしげな顔で〝ブルータス〟を見たが、そのまま着替えを続けた。二人がワークシャツを脱ぐと、その下に着ていたTシャツに書かれている名前が見えた。〝イタチ〟はS・ウィルクッコス。〝熊〟はR・ボナーとあった。だが、〝熊〟のでっぷりした毛むくじゃらの体、〝イタチ〟のほっそりした体やずるそうな目を見ると、メラニーが第一印象で思いついた動物の名前ほど、二人にふさわしい呼び名はないように思える。

それは〝ブルータス〟に関しても同じことだ。降り注ぐ水の下に立ち、キリストのようなポーズで腕を差しのべている〝ブルータス〟の、いかにも腹黒そうな顔を見るに、L・ハンディなどという名前より、〝ブルータス〟のほうがはるかにぴったりしている。

〝ブルータス〟は流れ落ちる水の下から出てくると、古いシャツで体を拭き、ダークグリーンのフランネルのシャツを着た。石油用のドラム缶からピストルを取りだすと、またもや意味ありげな笑みを浮かべて人質たちを見つめた。それから仲間たちのところに戻り、三人一緒に正面の窓からそっと外をのぞいた。

これはきっと夢だわ。メラニーは心のなかでつぶやいた。こんなことになるなんて信じられない。みんながわたしの帰りを待っているのに。両親、明日手術を受ける兄のダニー。この一年のあいだに六回も行なわれた兄の手術のたびに、回復室に兄を見舞った。解放してくれなくちゃ困るわ、兄をがっかりさせるわけにはいかないんだから、メラニーは、男たちにそう訴えたいという馬鹿げた衝動を覚えた。

それに、トピーカでのリサイタル。

もちろん、そのあとにもいろいろ予定がある。

さあ、あの男になにか言ってやらなくちゃ。子供たちを解放してと頼むのよ。せめて、双子だけでも。キールとシャノンでもいい。エミリーでも。喘息の持病のあるベヴァリーがいいかもしれない。さあ、行くのよ。言わなければだめ。

メラニーは歩きだしながら、うしろを振り返った。処理室にいるほかの九人全員が、じっとこちらを見つめている。

スーザンは一瞬目を合わせると、戻ってくるよう合図を送ってきた。メラニーはそれに従った。

「心配しないで大丈夫よ」スーザンは少女たちにそう伝え、栗色の髪をした双子の小さな体を抱き寄せた。そして、にっこり笑い、「あの人たち、もうすぐどこかに行っちゃうわ。そしたら、みんな解放してもらえるのよ。だから、トピーカに行くのがちょっと遅れてしまうだけ。メラニーの詩の暗唱が終わったら、なにをしましょうか？　どうなの、みんな。さあ、なにがしたいか、言ってみて」

頭がどうかしたんじゃない？　解放なんかしてもらえるはず……そこでメラニーははたと気づいた。スーザンは本気でそう思っているわけではない。少女たちを安心させるために、ただそう言っただけなのだ。スーザンの言うとおりだ。現実がどうであれ、この際それにこだわってはいられない。子供たちを安心させ、おとなしくさせておく必要がある。男たちに、あの子たちに近づく口実を与えてはならない。〝熊〟がスーザンの胸をつかんだ場面、シャノンをあの太った体にきつく抱きよせたときのことが、ありありと思い出された。

だが、少女たちがスーザンの言葉に乗ってくる気配はない。そこで、メラニーは言った。

「食事に出かける?」

「ゲーム・センターに行きたい!」ふいにシャノンが手話でそう言った。「〃モータル・コンバット〃をやるの」

キールが身を起こした。「あたしは、本物のレストランに行きたいな。ポテトを添えたミディアム・レアのステーキとパイを——」

「丸ごとひとつ?」スーザンが驚き顔をつくってみせた。

涙をこらえていたメラニーは、言うべき言葉を思いつかない。力なく手を動かし、サインを送った。「そう。みんなに丸ごとひとつずつね!」

少女たちはちらりとメラニーに目を向けたものの、すぐさままたスーザンに視線を戻した。

「おなかをこわしますよ」ミセス・ハーストローンが大げさに眉をひそめた。

「だめよ」キールが言った。「パイを丸ごと食べるなんて、お行儀悪いわ」じろっとスーザンを見た。「そんなこととするの、ペリシテ人だけよ。ちゃんとカットしてあるのを頼まなきゃ。そのあとで、コーヒーを飲むのよ」

「コーヒーなんて飲ませてくれないわ」ジョスリンがようやく涙を拭うのをやめ、手話で言った。

「あたしもコーヒーがいいな。ブラックで」すぐに他人と張り合いたがるシャノンが言った。

「あたしはクリームを入れる」とキール。「ママがコーヒーを淹れてくれるときは、ガラスのカップに注いで、クリームを入れてくれるわ。雲みたいに、ふわふわ渦を巻くの。そう、あたしは本物のレストランで、コーヒーを飲むわ」

「あたしはコーヒー・アイスクリームがいいかな」ベヴァリーが肺に空気を送り込もうと喘ぎながら手を動かした。

「粒チョコをトッピングしてね」スージーが言った。

「トッピングして、それから〈リーシズ〉のキャンディも」アナは、自分よりも三十秒遅れて生まれてきたスージーに負けじと言った。「〈フレンドリー〉で出てくるのみたいに！」

またもやそこでも、メラニーは言うべき言葉が見つからなかった。

「あんなお店じゃないの。あたしが言ってるのは、もっとすてきなレストランのこと」キールには、どうしてみんなが本物のレストランにこだわらないのか不思議でしかたない。

スーザンがにっこり微笑んだ。「じゃあ、これで決まりね。とびきりすてきなレストランに行って、みんなでステーキとパイを食べて、コーヒーを飲む。ペリシテ人はお断り！」

そのとき、十二歳のジョスリンがふいにヒステリックに泣きだして立ちあがった。ミセス・ハーストローンもすぐに立ちあがり、ぽっちゃり太ったジョスリンの肩にそっと手をかけ、抱き寄せた。やがて、ジョスリンは少しずつ落ち着きをとり戻した。メラニーは、みんなの気が晴れる、なにか楽しいことを言おうと、手をあげた。そして、手を動かしてこう言った。

「みんなのパイに、ホイップクリームをのせてもらいましょうね」

スーザンがメラニーを見た。「まだ、詩の暗唱ができそう？」

年若い教師は自分の生徒をしばし見つめ返し、やがて微笑みながらうなずいた。

男たちが立ったまま顔を寄せ合って、なにやらひそひそやっている隣のメインルームを、びくびくしながら盗み見ていたミセス・ハーストローンが言った。「メラニーにまた詩を暗唱してもらいましょうか」

メラニーはうなずいたものの、頭の中は真っ白だった。舞台の上で暗唱できる詩のレパートリーは二十以上もあるのだが、今かろうじて思い出せるのは、「電線の上の鳥」と題した詩の、最初の節だけだった。メラニーは手をあげ、手話を始めた。

「闇のなか、八羽の灰色の鳥が羽を休めている。
容赦なく吹きつけてくる冷たい風に身をさらして。
電線にとまった鳥たちは、羽を広げ
雲の渦巻く空へと飛びたつ」

「すてきね、そう思わない？」スーザンがジョスリンの目をまっすぐ見つめて言った。ジョスリンはごわごわしたブラウスの袖で涙を拭うと、うなずいた。

「あたしも詩を書いたの」キールが胸を張って言った。「全部で五十もあるのよ。ううん、もっとかな。《ワンダー・ウーマン》と《スパイダーマン》の詩。ほかに、《X‐メン》のもあるわ。ジーン・グレイとリーダーのサイクロップスのことを書いたの。シャノンには見せたことあるんだ！」

シャノンがうなずいた。左の前腕には、ペンテルのマジックで自分で書いた、X－メンのまた別のメンバー、ガンビットの刺青が入っている。

「それじゃ、ひとつ暗唱してみて」スーザンがキールに言った。

キールはしばし考えたのち、まだ手を入れる必要があるから、もう少し待ってと言った。

「詩のなかの鳥は、どうして灰色なの」ベヴァリーがメラニーに訊いた。もどかしげに手話の手を動かすそのようすからすると、身をよじるほどに苦しい発作が起こる前に、訊きたいことは訊いておこうとしているようだ。

「誰でもほんのちょっとずつ、心の中に暗い部分をもっているからよ」メラニーはそう答えながらも、少女たちが少しずつ元気をとり戻し、自分たちがおかれている状況の恐ろしさを忘れつつあることに気づいて、驚いた。

「その鳥があたしたちのことなら、もっとかわいい小鳥にしてほしかったな」スージーがそう言うと、双子の片割れもうなずいた。

「赤い鳥にしてくれればよかったのに」ローラ・アシュレーの花柄プリントの服を着たエミリーが言った。エミリーの女の子らしさには、ほかの生徒たちが束になってもかなわない。

するとスーザンが——メラニーよりも物知りで、来年にはオールAの成績でギャローデット・カレッジ（世界で唯一の聾者のための総合大学）に進学する予定だ——赤い鳥といえば、雄のショウジョウコウカンチョウくらいしかいないと、少女たちに説明した。そしてその鳥の雌は、茶色っぽいグレイなのだと。

「じゃあ、その鳥は、ショウジョウコウカンチョウの雌なの？」キールが訊いた。

メラニーが答えないでいると、キールがメラニーの肩をたたいて、もう一度質問をくり返した。

「そうよ」メラニーは答えた。「そのとおり。ショウジョウコウカンチョウの雌なの。みんな、すてきなショウジョウコウカンチョウなのよ」

「賞状交換所って鳥はいないの？」ミセス・ハーストローンがそう言って、目玉をぐるりとまわした。それを見てスーザンが笑った。ジョスリンはうなずいたが、またジョークで先を越されてしまい、がっかりしているようだ。

クリストファー・パイクの大ファンであるお転婆娘のシャノンは、なぜクチバシが銀色で、爪から血を滴らせている鷹にしなかったのかと、メラニーに訊いた。

「だから、やっぱりあたしたちなのね」キールが訊いた。「あの詩に出てくるのは？」

「そんなところかしら」

「でも、あなたを含めたら、全部で九人いるのに」スーザンはいかにもティーンエイジャーらしい理屈をこねた。「それにミセス・ハーストローンもいれたら、十人よ」

「それじゃ」メラニーは答えた。「数を変えましょうか」そして、頭の中では必死になって考えていた。なにかしなきゃ。パイにホイップクリームですって？　なにをばかなこと言ってるの。しっかりしなさい！

行動を起こすのよ！

〝ブルータス〟に話をつけよう。

メラニーはだしぬけに立ちあがると、戸口に向かった。隣の部屋をのぞいた。それから振り返ってスーザンを見ると、スーザンが訊いてきた。「なにやってるの」

メラニーは男たちに視線を戻した。そして、考えた。ああ、あたしを当てにしないでちょうだい、みんな。とんでもない間違いよ。わたしにはとても無理だわ。年でいうなら、ミセス・ハーストローンのほうが上。それにスーザンのほうがしっかりしてる。スーザンがなにか言えば、健聴者であろうと聾者であろうと、ちゃんとあの子の話を聞いてくれる。

でも、わたしにはとても……

いいえ、大丈夫。できるわ。

その広い部屋に足を踏みいれると、雨漏りの水がぽつぽつ体に当たるのを感じた。揺れている肉を吊るすフックの下をくぐって、男たちに近づいていった。せめて双子だけでも。それとベヴァリーを。まだ年端もいかない七歳の少女たちですもの、解放してくれてもいいはずだわ。それに、喘息で苦しむ少女を哀れに思わない人がいるわけがない。

〝熊〟が顔をあげ、メラニーに気づいてにやっと笑った。クルーカットの〝イタチ〟はポータブル・テレビに電池を入れているところだったので、メラニーに注意を払わなかった。〝熊〟と〝イタチ〟から離れたところに立っている〝ブルータス〟は、窓の外を見つめている。

メラニーは立ちどまって、処理室のほうを見た。スーザンが眉をひそめている。また、手話でサインを送ってきた。「なにやってるの？」非難しているような表情だ。メラニーは自分が高校生にでもなったような気分だった。

とにかく、言うだけ言ってみよう。筆談で。小さな子供たちを解放してやって、と。

メラニーの両手はぶるぶる震え、心臓が固く膨れあがった。〝熊〟が大声でなにか叫び、メラニーはその声の振動を感じた。ゆっくりと〝ブルータス〟が振り向いた。

〝ブルータス〟はメラニーを見つめ、濡れた髪をかきあげた。

メラニーは〝ブルータス〟の視線を感じて凍りついた。それから、ペンをもつ仕草をした。

〝ブルータス〟が近づいてくる。メラニーは動けなかった。〝ブルータス〟はメラニーの手をつかむと、爪と右手の人差し指にはめている銀の指輪に目をとめた。それからメラニーの顔をのぞきこみ、声をあげて笑うと、メラニーをその場に残したまま、仲間たちのところに戻っていった。その背中は、おまえなんかになにもできっこない、一番幼い生徒よりもまだ幼く、存在していないにも等しい、と言っているように思えた。

殴られるよりも、屈辱的だった。

だが、もう一度〝ブルータス〟のところに行くのも恐ろしく、かといってすごすご食肉処理室に引き返していくのも恥ずかしい。メラニーはその場に立ちつくしたまま窓の外に視線を向け、ずらりと並んでいるパトロールカーや、しゃがみこんでいる警官たち、風になびく生い茂る草を見つめた。

ポターは司令室のバンの防弾ガラス越しに食肉加工場を見つめた。

まもなく交渉が開始される。すでにポターの心には、ルー・ハンディの存在が重くのしかかってきていた。人質解放交渉は、二つの危険性をはらんでいる。ひとつは、交渉を始める前に相手を過大評価して、最初から守勢にまわってしまう――ちょうど今、まさにポターもその罠にはまりそうになっている――ことだ（そして、もうひとつの危険性は――自分自身がストックホルム症候群にかかってしまうこと――これは、もっと時間が経過してから襲ってくる。こちらのほうは、症状が現われそうになったときに対処すれば、克服できるだろう。また、是が非でも克服しなければならないのだ）。

「電話の用意はできたか？」

「あとちょっとだ」トビーはコンソール上のスキャナーに数字を打ちこんだ。「無指向性マイクもセットしておいたほうがいいかな」

交信用の電話は軽量で頑丈な上、送信回路を二つ備えているので、その電話で交わされた会話と、どこであれ外部にかけた電話の電話番号が司令室に送られてくる仕組みになっている。普通、HTが話をするのは交渉担当者とだけだが、ときに共犯者や友人に電話をかけることがある。そうした会話の内容が、犯人との取引交渉に、あるいは建物の中に突入する際に役立つことがある。

場合によっては、小さな無指向性マイクを電話の中に仕掛けることもある。HTが電話を使用していないときでも、彼らの会話を盗聴できるからだ。立てこもった部屋の中で、どのような会話が交わされているかを知りたいというのが、交渉担当者の誰もが夢見ることだ。だが万一、マイクの存在を犯人に悟られるようなことになれば、それはすなわち相手からの報復行為が返ってくることを意味し、当然のこと、交渉担当者の信用も失墜する――こうした状況においては、信用だけが交渉担当者の財産たりえるのだ。

「ヘンリー?」ポターが訊いた。「どう思う。感づかれるだろうか?」

ヘンリー・ラボウはコンピューターのキーをたたいて、急速に内容を充実させてきているハンディの情報ファイルを呼びだし、画面をスクロールした。「大学に通ったことはないが、ハイスクール時代は、科学と数学でAの成績をおさめている。ちょっと待ってくれ、ええと……軍隊時代に、しばらく電子工学の勉強をしてるな。だが、軍隊生活はそう長続きはしなかったようだ。軍曹をナイフで刺している。だが、まあ、そんなことはどうでもいい……いや、やはりマイクはやめておいたほうがいい。気づかれてしまうかもしれん。工学系には相当強いようだ」

ポターはため息をついた。「マイクは入れるな、トビー」

「残念」

「まったくだ」

そこで電話が鳴り、ポターが応答した。アンジー・スカペーロ特別捜査官だった。アンジーはウィチトーに到着し、そのままヘリコプターでヘブロンにあるローラン・クレール校に向かい、手話通訳を務めるヘブロンの警官と一緒に、あと三十分ほどで現場入りするということだった。

ポターがラボウにそれを伝えると、ラボウはコンピューターにその情報をインプットした。情報担当官は言った。「あと十分で、ＣＡＤ（コンピューター援用設計システム）で作成した建物の見取り図が入手できるぞ」ラボウは、食肉加工場の設計図か見取り図を探しだすよう、現場捜査担当の捜査官に指示をだしていた。入手された情報は、司令室に送信され、ＣＡＤのソフトウエアで処理されてプリントアウトされることになる。

ポターがバッドに言った。「チャーリー、彼らをみんな一カ所に集めておくのがいいと思うんだ。つまり、人質のことだが。犯人たちは明かりをほしがるだろうが、わたしとしてはそれを供給したくない。やつらにはランタンひとつ渡せばいい。電池で明かりがつくやつだ。弱い明かりの。そうすれば、全員がひとつの部屋に集まる」

「そうする必要があると？」

ラボウが口を開いた。「犯人と人質を一緒にしておきたい。ハンディに人質と話をさせ、親しくさせるためだ」

「しかし、そううまくいくんでしょうか」バッドは言った。「人質の少女たちは聴覚障害者でしょう。その部屋の中は、相当異様な雰囲気になると思いますね。たったひとつの明かりを囲んで、犯人たちとひとつ部屋の中にいるとなると、おそらく……そうですね、うちの娘ならきっとこう言いますよ、〝びびっちゃう〟と」

「生徒たちがどう思うかなんてことまで、気にしちゃいられんよ」ポターは、ラボウが電子文字盤にメモの内容を打ちこむのを見ながら、半ば上の空で言った。

「とても良策とはいえないと思うんですが」バッドは言った。

だが、返事はなかった。

トビーはセル式の携帯電話を組み立てながら、一台のモニターに映っている六つのチャンネルの番組を見ていた。CBSは特別番組を放映し、CNNも同様だった。ローカルニュースはどこも人質事件を報じていた。デレク・エルブの神業によるものだ。スプレーで髪を固めた美男美女が、アイスクリーム・コーンのようなマイクを握り、熱のこもった口調でリポートをしている。ポターは、トビーがまるで自分がこの司令室のバンを設計したとでもいうように、慣れた手つきでコントロールパネルを操作しているのに気づき、ひょっとしたら、本当にそうなのかもしれないという気すらしてきた。トビーとデレクはすでにすっかり意気投合している。

「考えてもみてください」バッドはなおも食いさがった。「真っ昼間でも薄気味の悪いところなんですよ。それが夜になれば、どうなると思います？　想像するのもいやですね」

「たとえそうであっても」ポターが答えた。「どのみちこれからの二十四時間が、少女たちにとって楽しいものになろうはずがない。我慢してもらうしかないんだ。人質と犯人はまとめておく必要がある。そして、明かりがひとつしかないという条件が、それを可能にするんだ」

バッドは焦りに顔をしかめた。「具体的な問題が生じることも考えられます。あまり部屋の中が暗いと、人質がパニックを起こすかもしれません。逃げだそうとするでしょう。そうなったら、果たして無傷でいられるかどうか」

ポターは、乾いた血のように黒っぽい色をしている、古い建物のレンガの壁を見つめた。

「犠牲者は出したくないんでしょう？」バッドは、ポターではなくラボウに訴えかけるように、怒りもあらわにそう言った。

「だが、もしやつらに明かりを与えれば」ポターは言った。「やつらは建物全体を利用できることになる。ハンディは人質を十の部屋にばらばらにするかもしれない」無意識のうちに、雪でボールでもつくるように丸めた両手を合わせていた。「だが、犯人と人質は、なんとしても一緒にしておかねばならん」

バッドは言った。「発電機を積んだトラックを用意するという手もあります。そこから電力を供給するんです。そして、四つか五つ、自家発電灯を用意する。ご存じでしょう、あのカゴ入りでフックに吊るして使うやつです。あれを犯人たちに与えて、広いメインルームがどうにか明るくなるくらいの電力を送ればいいんです。突入命令が下ったら、いつでもすぐに電気をストップできます。電池式の明かりでは、そうはいきませんよ。それに、中にいる少女たちと話を通じさせなければならなくなったときには、どうするんです。あの子たちは耳が聞こえないんですよ。部屋が暗かったら、どうやって意思の疎通をはかるんです」

なるほど、言われてみればたしかにそのとおりだ。いざ突入となったときには、誰かが手話で少女たちを誘導しなければならないのだ。

ポターはうなずいた。「よかろう」

「わたしが手配します」

「部下を使え、チャーリー」

「そのつもりです」

トビーがキーをたたいた。車の中に、ざーっという雑音が響いた。「くそ」トビーはつぶやいた。ラボウに向かって、「〝ビッグ・イヤー〟をもってるやつを二人、もっと建物に近づけてくれ」〝ビッグ・イヤー〟というのは、条件さえ整えば、百ヤード離れたところでささやいている声でも拾うことができる小さなパラボラ・マイクのことだ。だがそれも、どうやら今日は役に立ちそうもない。

「いまいましい風だ」ラボウがぶつぶつ言った。

「携帯電話の用意ができたぞ」トビーはそう言って、黄色いバックパックをポターに差しだした。「ダウンリンク用の回線は両方受信できるようになってる」

「それじゃ、これから——」

電話がなった。ポターが受話器を取った。

「ポターだ」

「ポター捜査官？　いきなり電話して恐縮だが」心地よいバリトンの声がスピーカーから響

いてきた。「わたしはローランド・マークス、カンザス州の法務次官補だ」

「それで？」ポターはそっけない口調で言った。

「少々話したいことがある」

ポターはふいに苛立ちを覚えた。今はそんな話など聞いている暇はない。

「とりこみ中なんですが」

「州としての協力のことなんだが。ちょっとばかりこちらに考えがあるので」

州の人間ならチャーリー・バッドがいて、包囲にあたる警官隊がいて、司令室のバンがある。これ以上カンザス州にやってもらうことはない。

「今は都合が悪いんです」

「犯人が八人の少女を拉致したというのは本当かね」

ポターはため息をついた。「それと教師二人です。ヘブロンにある聾学校の。これから犯人との交渉に入るところで、時間の余裕がないんですよ。今はとても――」

「犯人は何人なのかね」

「詳しい状況をお話しする時間はないんです。州知事には報告がいってますし、この件担当のうちの捜査官ピーター・ヘンダースンに電話で聞いてくださってもかまいません。ヘンダースンのことはご存じだと思いますが」

「ああ、ピートなら知っているが」ためらいがちな口ぶりからするに、あまりヘンダースンを信頼していないようだ。「とにかく、この事件は一歩間違えば大惨事にもなりかねないんだから」

「ミスター・マークス、ですから、そうならないようにするのが、わたしの仕事なんです。失礼して、仕事に戻らせてもらえませんかね」

「実は、カウンセラーか牧師がいれば、なにかの役に立つんじゃないかと思うんだが。トピーカには州の職業斡旋所があって、トップクラスの――」

「とにかく、もう切らせてもらいます」ポターはむしろ陽気なくらいの口調で言った。「進捗状況に関しては、ピーター・ヘンダースンにお聞きください」

「ちょっと待って――」

かちゃっ。

「ヘンリー、ファイルを呼びだしてくれ。ローランド・マークス、法務次官補のだ。うるさいやつかどうか調べてくれ。なにかの選挙に立候補してるのか、なんらかの地位を狙ってるのかもだ」

「こういうときになるとよく口をだしてくる、慈善家ぶったお節介野郎だと思うがな」ユージーン・マッカーシーを筆頭に、一貫して民主党に投票してきたヘンリー・ラボウが不快そうな顔で言った。

「よし」次官補からの電話のことなどすぐさま忘れて、ポターは言った。「それじゃ、腕の力に自信のあるやつをひとり探すとするか。おっと、その前に、もうひとつやることがあったな」ポターはネイヴィーブルーのジャケットのボタンをかけると、バッドに向かって指を突きたて、ドアのほうを身振りで示した。「ちょっと来てくれないか、チャーリー」

外に出ると、二人は車の淡い影が射すところに立った。ポターは切り出した。

「いったいなにが不満なのか、聞かせてもらいたいんだが。わたしのことで気にいらんことがあるようだが」

「とんでもない」冷ややかな返事だった。「あなたは連邦組織の人間、わたしは州組織の人間です。憲法で定められていますからね。この上下関係は」

「いいかね」ポターはきっぱりと言った。「いちいち些細なことに気を遣っている暇はないんだ。言いたいことがあるんなら、すっかり吐きだせばいい。さもなくば、一切表にはだすな」

「いったい何なんです、これは。お互いバッジをはずして、思う存分やり合おうというんですか？」バッドは少しもおもしろくなさそうに笑った。

ポターはなにも言わず、片方の眉を吊りあげただけだった。

「わかりました。それじゃ、言わせてもらいます。たしかにあなたはこういうことには慣れてるし、成果もあげている。それに引き替え、わたしには人質解放交渉の経験など一度もない。あなたは自分のやっていることをちゃんとわかっていて、あれこれ命令をだしているんでしょうが、ひとつ忘れていることがありませんか」

「というと？」

「あそこにいる少女たちのことです」

「というと？」

「われわれが最優先させるべきは、少女たちを無事救出することだと、みんなにはっきり言っておくべきだったと思います」

「なるほど」そう言いながらも、ポターは上の空で、戦いの場となるあたりを見まわした。「だが、実はそれは最優先課題ではないんだ、チャーリー。行動原則ははっきりしている。わたしの任務は犯人を投降させること、投降しない場合には、人質救出班が突入し、武力行使によって相手をねじ伏せるのを支援することだ。人質救出に関しては、最大限努力するつもりだ。だからこそ、現場を仕切るのは、HRTではなくわたしでなければならないんだ。だが、犯人たちは、手錠を掛けられるか、もしくは死体袋に入らないかぎり、あそこから出ることはできん。そのために、人質を犠牲にしなければならないとなれば、犠牲になってもらうしかないんだ。さてと、ボランティアを探してくれないか――電話を投げこむだけの腕力があるやつを。それと、すまんが、そこにある拡声器を取ってくれ」

正午

食肉加工場の南側へと続いている浅い側溝を歩きながら、アーサー・ポターはヘンリー・ラボウに言った。「あの建物に手が加えられているとするなら、改築を請け負った建築業者からの届けを手に入れないとな。それと、環境保護庁《EPA》に提出されたものも。トンネルがあるかどうか、知りたい」

情報担当官はうなずいた。「今、手配中だ。地役権についても調べているところだ」

「トンネルというと？」バッドが訊いた。

ポターは、三年前にロード・アイランド州のニューポートで起こった鉄道王ヴァンダービルト邸籠城事件について話してきかせた。スチーム・トンネルを通じて地下室に侵入した人質救出班は、完全に犯人の不意を突くことができた。その屋敷をつくった二代目ヴァンダービルトは、暖房の音や煙でゲストに迷惑をかけないよう、家から離れたところに暖房炉を設置させたのだが、その配慮が奇しくも百年後に、イスラエル人観光客十五人の命を救うことになったのだ。

どうやらディーン・スティルウェルが警官と捜査官の配置をし直し、建物の周囲にはすでに適切な包囲網がめぐらされたようだ。ポターは食肉加工場に向かう途中、ふと足をとめて、遠くに見える川面のきらめきに目をやった。

バッドに向かって言った。「河川の交通はすべて遮断だ」

「しかし、あの、あれはアーカンソー川なんですが」

「そう聞いている」

「ですから、とても大きな川なんです」

「わかっている」

「でも、いったいなんのために？　犯人たちの仲間がいかだに乗って応援にやって来るとでも言うんですか」

「いや」ポターはそれっきり黙り、バッドに自分で答えを見つけさせようとした。そろそろバッドにも、自分の頭でじっくり考えるようになってほしい。

「まさか、川を泳いでいって、通りかかった艀《はしけ》に乗って逃亡するかもしれないと思ってるんじゃないでしょうね？　そんなことしたら、間違いなく溺れますよ。水の流れが急ですからね」

「だが、危険を承知でやるかもしれん。だから、可能性の芽は摘みとっておきたい。ヘリコプターを近づけないのと同じことだ」

「わかりました。わたしが手配しましょう。しかし、どこに連絡すればいいのか。沿岸警備隊でしょうかね？　このあたりの河川に、そんなものがあるとも思えませんが」その口調からするに、バッドが苛立っていることは明らかだった。「いったいどこと連絡をとればいいんでしょうか」

「さあな、チャーリー。それを調べるのも、きみの仕事だ」

ポターはセル式の携帯電話を使って、自分のオフィスに電話をかけ、河川の交通を管理している部署を調べるよう指示し、こう会話を締めくくった。「さあな。それを調べるのも、きみの仕事だ」

SACのピーター・ヘンダースンは後方支援にまわって、医療設備の準備を進めるかたわら、現地入りした警官隊や捜査官の調整にあたっていた。警察関係を除くと、ほとんどがアルコール・タバコ・火器局の捜査官と連邦裁判所の執行官だったが、それは、すでに犯人たちが火器所持法違反と連邦刑務所からの脱走という二つの犯罪を犯しているからだった。SACと話をしたとき、別れ際の捨てゼリフがいまだポターの頭にこびりついている。**話なら、いずれまた聞かせることになるさ。心配するな。**

ポターはラボウに言った。「ヘンリー、ローランド・マークスのことを調べるついでに、ヘンダースンのことも調べておいてくれ」

「うちのヘンダースンのことか？」

「そうだ。余計な仕事を増やしたくないが、ひょっとしたら何事か企んでいるかもしれん」

「わかった」

「アーサー」バッドが言った。「やつの母親を連れてきたらどうでしょう。ハンディの。あるいは父親でも兄弟でも」

ラボウがやれやれと言わんばかりに首を振った。

「なんでしょう。わたしがなにかおかしなことを言いましたか？」

情報担当官は言った。「映画の見すぎだ、警部。牧師だの家族だのなんてのは、およそ役に立ちやしない」

「どうしてです」

ポターが答えた。「そもそも、やつらが犯罪を犯した原因のひとつは、十中八、九、その家族ってやつなんだ。牧師にしても、犯人の機嫌を損ねるだけだ」そう言っても、バッドが叱責されたとはとらず、新たな知識を与えられたととらえているらしいことに気づいて、ポターは喜んだ。勉強熱心なバッドのことだ、きっとこの知識を頭の中に蓄えて役立ててくれるだろう。

「捜査官」風に乗って、ディーン・スティルウェル保安官の声が届いてきた。スティルウェルがくしゃくしゃの髪をかきあげながら、つかつかとこちらに向かって歩いてくる。「電話を運んでいってくれる男を見つけました。こっちに来てくれ、スティーヴ」

「きみか」ポターはうなずいて言った。「名前は？」

「スティーヴン・オーツです。みんなにはスティーヴと呼ばれています」ひょろっと背の高いその男は、警官というよりは、白いピンストライプのユニフォームを着て嚙みタバコをくちゃくちゃやりながら、ピッチャー・マウンドに立っているほうがよほど似合っている。

「よし、スティーヴ。防弾チョッキとヘルメットを着用しろ。きみがこれから行くと、わたしから犯人側に伝えておく。頭の位置を低くして、あそこの高台まで行け。見えるかね。あの古い家畜用の囲いまでだ。着いたら、屈んだ姿勢のまま、正面玄関に向かってできるだけ遠くに飛ぶよう、ナップザックを投げるんだ」

トビーがオリーヴ色の小さな布カバンをスティーヴに手渡した。

「岩にぶつかってしまったら、どうしましょう」

「電話は特別なつくりになっているし、カバンには内側にクッションが取りつけられている」ポターは言った。「しかし、まあ、あの岩に命中させられるようなら、警察をやめて、ロイヤルズの入団試験でも受けることだな。さてと、それじゃ――そろそろショーの幕をあけるか」

ポターは拡声器を握りしめると、腰をおとした姿勢で、食肉加工場の真っ暗な窓ガラスから六十ヤード離れたところにある高台に向かった。先ほどハンディに初めて呼びかけた場所だ。腹這いになり、呼吸を整えた。そして、拡声器を口元にもってきた。「ポター捜査官だ。これから電話をそちらに運ぶ。できるだけきみたちの近くに、電話を放り投げる予定だ。これは罠ではない。たんに携帯電話を渡すだけだ。部下をそっちに遣っていいか？」

反応はない。

「中にいるきみたち、こちらの声が聞こえるか？　きみたちに話がある。部下をそちらに派遣したい」

長い沈黙が続いたのち、窓のひとつで、黄色い布切れが振られるのが見えた。おそらく〝イエス〟ということなのだろう。〝ノー〟なら弾丸が飛んでくるはずだ。

「きみたちが電話を取りに外に出てきても、こちらから発砲することはない。約束する」

また黄色い布切れが振られた。

ポターはオーツにうなずいてみせた。「よし、行け」

警官は頭の位置を低くしたまま、草におおわれた高台に向かった。だが、建物の中からオーツを撃とうと思えば簡単にできるということは、ポターにはわかっていた。ヘルメットは防弾用のケヴラーでできているが、透明なフェイス・マスクには防弾効果はない。

食肉加工場をとり囲んでいる八十人の人間は、全員無言だった。聞こえるのは風のうなりと、遠くで鳴っている車のクラクションだけだ。ときおり、びっしり実った小麦畑の向こうから、〈ジョン・ディア〉と〈マッシー・ファーガスン〉の巨大なコンバインのエンジン音が聞こえてくる。その音は耳に心地よく響くと同時に、なぜか不安をもかきたてた。オーツは半ば地を這うようにして高台に向かった。目的地に達すると、俯せになって素早く顔をあげ、また伏せた。ごく最近まで、こうした場合に使われる携帯電話はかなり大きさもあり、交渉担当者の電話とケーブルでつながれていた。いかに腕の力が強い警察官でも三十フィート先まで投げるのが精一杯で、しかもコードが絡んでしまうこともしょっちゅうだった。セル式のテクノロジーの進歩によって、人質解放交渉は以前と較べものにならないほどスムーズに運ぶようになった。

オーツは熟練したスタントマンのように、ウシクサの草むらの中を移動した。バッファロー・グラスとアキノキリンソウの茂みにいったん身を潜めた。そして、ふたたび移動を開始した。

よし、今だ。ポターは心の中で叫んだ。

だが、警官は投げなかった。

オーツは今一度食肉加工場を見ると、高台を越え、腐ったフェンスや支柱や横木のわきを通りすぎ、さらに先に進んで、建物まであと二十ヤードというところまで接近した。いかにへたくそな狙撃手といえども、その距離なら、体のどの部分でも狙い撃ちできるはずだ。

「あの男、なにをやってるんだ」ポターはいらいらしながら小声で言った。

「わかりません」スティルウェルは言った。「任務の目的は正確に説明したはずなんですが。オーツは少女たちのことをえらく心配していましたから、失敗などしないよう、慎重すぎるくらい慎重にやるつもりなんでしょう」

「慎重どころか、あんなに接近したら撃たれるかもしれないんだぞ」

オーツはなおも食肉加工場に向かって接近しつづけている。

ヒーローになろうなんて思うな、スティーヴ、ポターは心の中でつぶやいた。だが、ポターが案じているのは、スティーヴが殺されたり、怪我をしたりすることだけではなかった。特殊部隊や情報将校とは違って、警官は拷問にかけられたときの対処法の訓練を積んでいない。ルー・ハンディのような男が、ナイフか安全ピンをちらつかせただけで、二分とかからないうちに、知っているかぎりのことをあっさりしゃべってしまうだろう。包囲陣の構成・配置、HRTの到着まであと数時間かかること、警官たちが所持している銃の種類など、ハンディが知りたがっていることが、なにからなにまで筒抜けになってしまうのだ。

電話を放るんだ！

オーツは二つめの高台に達すると、素早く顔をあげて食肉加工場のドアを見、すぐにまた伏せた。相手が撃ってこないことを確認すると、身をそらせ、低く放物線を描くように電話を放り投げた。案じていたように岩にぶつかることもなく軽々と飛んでいった電話は、ウェバー＆ストルツ食肉加工場のレンガでできたアーチ型の戸口からわずか三十フィートのところに着地した。

「すばらしい」ポターはスティルウェルのうしろで手をたたきながら言った。保安官は遠慮がちに誇らしげな笑みを浮かべた。

「こりゃ、幸先がいいな」ラボウが言った。

オーツは建物の黒い窓に背を向けずに、相手の視界の外に出るまで、そのままゆっくりと後退した。

「さて、一番度胸のあるやつはどいつだ」ポターがつぶやいた。

「どういう意味です？」

「あいつらのなかで一番肝っ玉が据わってて、かっと熱くなりやすいのは誰か、そいつを知りたいんだ」

「くじ引きで決めるのかもしれませんよ」

「いいや。おそらく、三人のうち二人は、どれだけ金を積まれても電話を取りにいくのは嫌だと言うだろう。だが、三人めはじっとしていられないはずだ。それが誰かを知りたい。だからハンディを指名しなかったんだ」

「わたしはぜったいハンディだと思いますね」バッドが言った。

だが、そうではなかった。ドアがあき、中から姿を現わしたのはシェパード・ウィルコックスだった。

ポターは双眼鏡をのぞいて、ウィルコックスのようすをじっと観察した。さりげない歩調。あたりの野原を見渡している。ウィルコックスはぶらぶらと電話に近づいてきた。ベルトの真ん中あたりに、ピストルの銃把が突きでている。「グロックのようだな」ポターが銃を見つめながら言った。

ラボウは小さなノートにポターの言葉をメモした。司令室に戻ったら、その情報をコンピューターにインプットするのだ。やがて、小さな声でこう言った。「マルボロのCMに出てくるような男だな」

「やけに自信たっぷりだ」バッドが言った。「たしかに、切り札を握っているのはあっちですからね」

「そんなものもってないさ」ポターは穏やかな口調で言った。「だが、もっていようといまいと、はったりをかませることはできるものだ」

ウィルコックスは電話の入ったバックパックのストラップを素早くつかむと、またもやずらりと並んだ警察の車を見つめた。にやにや笑っている。

バッドが笑いながら言った。「あれじゃ、まるで――」

ずどん、という音があたりの野原に響きわたったかと思うと、ぷすっという音とともに、ウィルコックスから十フィート離れた地面に弾丸が食いこんだ。ウィルコックスはすぐさま片手で銃を抜き、弾が飛んできた木立のほうに向けて引き金を引いた。

「やめろ！」ポターは叫ぶと、はじかれたように立ちあがり、野原に向かって走りだした。拡声器を口元にあてがい、パトロールカーのうしろに身を潜めて、銃を抜いたり、ショットガンに装填している警官たちに呼びかけた。「撃つな！」必死に手を振った。ウィルコックスはポターに向かって二度発砲した。一発めは曇り空に呑みこまれ、二発めは、ポターから一ヤード離れた岩を削った。

スティルウェルが喉あてマイクに向かって叫んだ。「撃ち返すな！　全隊、反撃はやめろ！」

だが、反撃は行なわれた。

ぴしぴしと弾丸が土を跳ねあげるなか、ウィルコックスは地面に伏せると銃の狙いを定め、パトロールカーのフロントガラス三枚を粉々に砕き、そこで弾丸を装填した。不意をくらった不利な状況下にあっても、ウィルコックスの射撃の腕は遺憾なく発揮された。食肉加工場の窓からも、セミオートマティックのショットガンがくり返し火を吹いた。しゅっと鋭く空気を裂いて、弾丸が飛んでいく。

ポターはその場に立ちつくし、両手を激しく振った。「撃つのをやめろ！」

と、ふいにあたりがしんと静まりかえった。つかの間風もやみ、あたりに静寂が舞いおりた。ひと声うつろに響いた鳥の鳴き声が、灰色の午後の静寂を引き裂いた。あたりには火薬と水銀の爆粉の甘いにおいが漂っている。

ウィルコックスは電話を握りしめ、食肉加工場へと戻っていった。

ポターはスティルウェルに向かって叫んだ。「誰が発砲したか調べろ。最初に発砲したやつは——司令室によこしてくれ。あとから発砲した連中は——現場から退去だ。命令に背くと、どういうことになるか、これでみんなへの見せしめになるだろう」

「イエス・サー」保安官はうなずくと、足早に立ち去った。

ウィルコックスが食肉加工場の中に入っていくときに、ちらりとでも内部のようすがうかがえないものかと、ポターはその場に立ちつくしたまま双眼鏡をのぞいた。一階に焦点を合わせて見ていると、ドアの右側にある窓から外をのぞいている若い女の姿が見えた。髪はブロンドで、年のころは二十代半ばといったところか。まっすぐポターを見つめている。一瞬目をそらせ、建物の中に視線を移したが、すぐにまた、外に顔を向けた。怯えたような目をしている。その口が不自然に動いている——やけに動きが大きい。ポターになにか伝えようとしているのだ。ポターはじっと娘の口元を見つめた。だが、なんと言っているのかはわからなかった。

ポターは横を向いてラボウに双眼鏡を手渡した。「ヘンリー、ちょっと見てくれ。あれは誰だ。わかるか？」

ラボウは人質に関して入手できた情報をコンピューターにインプットしている。人質の姿を見れば、それが誰だかわかるかもしれない。だが、ラボウがのぞいたときには、すでに娘の姿はなかった。ポターが娘の外見を話してきかせた。

「生徒なら、一番年上でも十七だ。たぶん、二人の教師のうちのどっちかだろう。おそらく若いほうだが。メラニー・キャロル、二十五歳だ。それ以外は、まだなにもわかっていない」

ウィルコックスが食肉加工場の中に入っていった。建物の中は真っ暗でなにも見えなかった。ドアがばたんと閉められた。もう一度先ほどの娘の姿が見えるかと、ポターは窓をざっと見渡した。だが、だめだった。そこで、声はださず、娘の口の動きを真似てみた。唇をすぼめ、下の歯で上唇に触れる。そのあともう一度唇をすぼめるが、今度はキスをするときのような口になる。

「電話をかけてみよう」ラボウが促すようにポターの肘に触れた。

ポターはうなずき、二人の男は無言のまま司令室のバンに戻った。バッドは、ウィルコックスに向かって最初に反撃の発砲をした警官のひとりをにらみつけながら、二人のあとを追った。スティルウェルがその警官に退去命令を言いわたしていた。

唇、歯、唇。いったいなんと言おうとしていたのだろう。ポターは考えた。

「ヘンリー」ポターは言った。「メモしておいてくれ。〝初めて人質とのコンタクトに成功〟」

「コンタクト？」

「メラニー・キャロルとな」

「で、内容は？」

「まだわからん。唇の動きが見えただけだ」

「それじゃ――」

「書いておいてくれ。〝メッセージは理解できず〟とな」

「オーケイ」

「それと、こうつけ加えておいてくれ。〝コンタクトの対象は、危機管理チームの責任者が応答する前に、視界から消えた〟」

「わかった」几帳面《まめ》で忠実なヘンリー・ラボウはそう答えた。

バンの中に入ると、なにがあったのかとデレクが訊いてきたが、ポターはそれを無視した。トビー・ゲラーから引ったくるようにして電話を受け取ると、さも大事そうに両手でくるんで目の前のデスクの上に置いた。

ぶ厚い窓ガラス越しに外を見ると、銃撃戦のあとの騒ぎも完全におさまっていた。前線は静まり返っている。命令を守らなかった警官――計三名――は、ディーン・スティルウェルに現場から退去を命じられたが、残った警官と捜査官たちは、いざ鬨の声をあげる時がくるのを、期待と恐怖の入り混じった思いで、武者震いしながら待っているのだ。それも無理からぬ話だ。なにしろ犯人ひとりにたいして警察側は三十名、ずらりと車を並べた警戒線の向こうで、各人防弾チョッキを身にまとい、ずっしり重い銃をわきにぶら下げ、居心地のいいわが家では、女房がビールと熱い鍋料理を用意して帰りを待っているのだ。アーサー・ポターは強風の吹き荒れる肌寒い午後の光景を見やった。夏も盛りの時期だというのに、ハロウィーンのころを思わせる。

いよいよ闘いが始まろうとしている。

ポターは窓に背を向けると、電話の短縮ダイアルを押した。トビーがかちっとスイッチを入れ、録音を開始した。それからまた別のボタンを押すと、頭上のスピーカーから割れた音が流れだした。

五回、十回、二十回、呼び出し音が鳴った。

ラボウがこちらに顔を向けるのがわかった。

トビーは人差し指と中指を交差させた。

そのとき、かちゃっという音がした。

「つながったぞ」トビーが小声で言った。

「なんだ」スピーカーから声が響いた。

ポターは大きなため息をついた。

「ルー・ハンディか？」

「そうだ」

「わたしはアーサー・ポター、FBIだ。きみと話がしたい。先ほどの銃撃だが、すまんルー、あれはこちらのミスだった」

「へえ?」

ウェスト・ヴァージニアの山岳地方のアクセントがわずかに残るその声に、ポターはじっと耳を傾けた。自信と、傲慢さと、疲労が感じられる。その三つが混じり合ったハンディの声に、ポターは内心震えあがった。

「木の上にひとり配置していたんだが、それが足をすべらせた。その拍子に銃が暴発したんだ。その男は任務からはずされることになった」

「銃殺刑か?」

「あれは事故だったんだ」

「事故ってのは、おかしなもんだな」ハンディはくすっと笑った。「二、三年前、おれがレヴンワース刑務所にいたときのことだが、洗濯室で働いてた間抜け野郎が、ソックスを六足口に突っこんで窒息してたことがある。あれもやっぱり事故だったんだよな。自分でわざわざソックスを口に突っこむ馬鹿はいないからな。だろう?」

氷のように冷静な男だ、ポターはそう思った。

「さっきのも、きっとこれと同じなんだろうな」

「よくあることだ。あれはどう見ても事故だ、ルー」

「まあ、どうだっていいが。これから人質のひとりに一発ぶちこもうかと思ってるんだ。さて、どいつにしようか……」

「聞いてくれ、ルー……」

返事はない。

「ルーと呼んでもかまわないかね？」

「あんたら、おれたちを包囲してるんだろ、え？　すぐに落っこちるような間抜けに銃をもたせて、木にのぼらせてよ。そんなあんたに、おれを名前で呼ぶ資格なんかあるのかね」

「聞いてくれ、ルー。今、われわれはきわめて緊迫した状況にある」

「おれは違うぜ。こっちは別に緊迫なんかしちゃいない。ブロンドのかわいこちゃんがいるんだ。おっぱいはたいしたことないけどな。そいつにしようかな」

やつはこっちをからかっている。言っていることの八割方ははったりだ。

「ルー、ウィルコックスは完璧に射程距離内に入っていた。照準器つきのM‐16をもった警官が、わずか八十ヤードのところにいたんだぞ。必要とあらば、千ヤード離れたところからでも、標的に命中させることができる連中だ」

「けど、今日はえらく風が強いからな。自信がなかったんだろ」

「こちらが殺すつもりなら、彼はとうに死んでた」

「そんなことはどうでもいい。いいか、事故だかなんだか知らないが」ハンディはうなるように言った。「少しはマナーってもんをわきまえろ」

はったりの割合は、六割にさがった。

落ち着け、ポターは自分に言いきかせた。視界の隅に、若いデレク・エルブが手のひらをズボンで拭い、ガムを口に放りこむのが映った。バッドは窓の外に目をやりながら、いらいらしたようにバンの中を行ったり来たりしている。

「事故の話はそのくらいにして、本題に入ろう」

「本題？」ハンディは驚いたような口ぶりだ。「本題って、いったいなんのことだ」

「いろいろあるさ」ポターは快活な口調で言った。「まず第一に、みんな無事かね？　怪我はなかったか？　負傷している者は？」

少女たちのようすを訊きだしたいのは山々だったが、交渉担当者はできるだけ人質のことを話題にするのを避けなければならない。人質には取引材料にするほどの価値はないのだと、犯人たちに思わせるためだ。

「ずばりお察しのとおり、シェパードはちょいとばかり怪我をしてるが、ほかのみんなはぴんぴんしてる。けど、五分後にまた訊いてみてくれ。そのときは、全員元気ってわけにはいかないだろうな」

ポターは考えた。あの娘はなんと言っていたのだろう。もう一度メラニーの口の動きを思い浮かべた。唇、歯、唇……

「救急用品をもっていかせようか？」

「ああ」

「なにが欲しい」

「メディヴァックのヘリを」

「またずいぶん大きく出たな、ルー。包帯やモルヒネなんかはどうだという意味なんだが。傷口が化膿しないように」

「モルヒネ？　まさかおれたちを眠らせようってわけじゃないだろうな？　あんたらにとっちゃ好都合だろうが」

「そんなにたくさんはやれないんだ、ルー。とにかく、なにか必要なものはないのかね？」

「あるさ。誰かに一発お見舞いすること、こいつがおれには必要だ。あのブロンドの娘がいい。ぺちゃんこのおっぱいのあいだに風穴をあけてやる」

「そんなことをしても、誰にもなんの得にもならないんじゃないかね」

　ポターは考えた。ハンディはおしゃべりだ。情緒不安定だが、人と話すことが好きだ。相手が話に乗ってくるかどうかが、常に最初のハードルとなり、これがときに越えがたいことがある。無口な犯人こそ危険であり厄介なのだ。相手の言葉、口調、なにひとつ聞き逃すまいと、ポターはスピーカーに耳を傾けた。ハンディの思考のなかに入りこまねばならない。相手の会話の運び方をつかみ、次になにを言うか、どう言うかを先読みするのだ。このやり取りは一晩中続くだろう。そして、どうころぶにしろ、事件が解決するときまでには、ポターの思考回路の一部はルー・ジェレマイア・ハンディのそれと同一のものになっているはずだ。

「あんたの名前、なんだったかな。もう一度言ってくれ」ハンディが言った。

「アーサー・ポターだ」

「アートって呼ばれてるのか」

「アーサーだ」

「おれのことを調べたか」

「ある程度は。そう詳しくじゃない」

ポターはハンディの答えを予測してみた。**おれは看守を殺して逃げてきた。**

「逃げるときに看守を殺してきた。知ってるか？」

「ああ、知ってる」

ふたたびポターは考えた。**だから、ぺちゃぱいの娘をひとり殺《や》るくらい、おれにとっちゃ屁でもない。**

「だから、ここにいるブロンドの娘を殺すくらい、おれにとっちゃなんでもない」

ポターは〝ミュート〟ボタンを押した――電話についている特別な機能で、相手にかちっという音を聞かれずに、こちら側の音声を遮断できるようになっている。「いったい誰のことを言ってるんだろう」ポターはラボウに訊いた。「ブロンドらしいが、十二歳かそれ以下の子供のことか？」

「まだわからんな」情報担当官は答えた。「建物内部がよく見えないし、充分な情報もない」

電話に向かってポターは言った。「どうしてそういう荒っぽいことがしたいんだ、ルー」

ハンディは話題を変えるはずだ、ポターはそう考えた。

だが、ハンディはこう言った。「いいだろ、別に」

理論的には、ポターが心掛けるべきは、どうでもいいことを話題にして話を長引かせ、相手を笑わせ、手なずけることだ。食べ物、スポーツ、天気、食肉加工場の内部のようす、冷たい飲み物、話題はなんでもいい。最初のうちは、直接事件のことに触れるのはご法度だ。だがポターは、ハンディが少女を殺す可能性は高いと見ている。それがはったりである確率は三〇パーセントにまで落ちているのだ。ハンバーガーやホワイトソックスの話をしている余裕はない。

「ルー、きみが人殺しをしたがっているとは思えんな」

「そりゃ、またどうしてだい」

ポターはわざとくすっと笑ってみせた。「それはだな、もしきみが人質を殺すなんてことをし始めれば、こちらとしては、きみが人質を全員殺すつもりでいるに違いないと考えざるを得ない。となると、人質救出班を突入させて、人質の救出にあたるしかなくなる」

ハンディは小さな笑い声をあげた。「その連中が今そこにいるんならな」

ポターとラボウは互いに顔を見合わせて、顔をしかめた。「もちろん、いるさ」ポターは言った。〝嘘〟と書かれた紙のほうを身振りで示すと、ラボウがそこに、〝ハンディに人質救出班が現地入りしていると話した〟と書いた。

「ブロンドを殺さないでくれと言いたいのか」

「誰であれ、殺さないでくれ」

「さあな。殺そうか、殺すまいか。自分でも本当はなにが欲しいのか、わからなくなることってあるだろ？　ピッツァにしようか、それともビッグ・マックがいいか。どうにも決められないってことが」

ポターは一瞬どきっとした。どうやらハンディは本音を吐いているようだ。どうしようか本当に決めかねている。ということは、もし少女を殺さなかったとしても、それはポターの説得が功を奏したからではなく、たんなるハンディの気まぐれにすぎないということだ。

「いいかね、ルー。さっきウィルコックスに向かって発砲したことは謝る。二度とあんなことは起こらないと約束する。その代わり、きみも少女を撃たないと約束してくれないか」

ハンディは賢い。常に頭を働かせ、計算している。ポターはそう判断した。少なくともポターには、ハンディが異常者とは思えない。そこで紙に〝ＩＱは？〟と書いて、ラボウに差しだした。

わからん。

ハンディの鼻歌が電話から聞こえる。昔聞いたことのある歌だ。だが、なんの歌かはわからない。やがて、ハンディの声が増幅されてスピーカーから流れてきた。「先にのばしてやってもいいぜ」

ポターはほっと息をついた。ラボウが親指を突きたて、バッドが微笑んだ。

「ありがとう、ルー。助かるよ。ところで、食料のほうはどうだ」

本気で言ってるのか？　ポターはハンディの返事を想像した。

「あんたいったい何なんだ。最初はおまわり、お次は看護婦、今度は仕出し屋かい」

「みんなが落ち着いてリラックスしてくれればと思っているだけだ。よければ、サンドイッチとソーダを届けさせようと思うが、どうだね」

「腹は空いてない」

「長い夜になるかもしれんぞ」

沈黙するか、さもなくば、そんなに長くはならないさ、反応はその二つのどちらかだ。

「そんなに長くなるとは思わんな。なあ、いいか、アート、食い物だの薬だの、あんたが思いつくかぎりのことをぺちゃくちゃやるのはかまわん。だが要は、おれたちはごたごたなしに、欲しいものを手に入れたいってことだ。それができなけりゃ、人質を殺す。ひとりずつな」

「わかった、ルー。その欲しいものというのは、なんだ」

「仲間と話し合ってからだ。あとで電話する」

「仲間というのは？」

「おいおい、やめてくれよ、アート。おれとシェパードとおれの二人の兄弟たちのことだろ」

ラボウがポターの腕をたたき、コンピューターのスクリーンを指し示した。そこにはこう書かれていた。

ハンディは三人兄弟。二十七歳のロバートには、裁判所から逮捕状が出されている。場所はシアトルのＬＫＡ。窃盗罪の裁判に出頭せず、裁判所の管轄地域から逃走した。長男のルディは、五年前、四十歳で殺された。何者かによって、後頭部に六発の弾丸を撃ちこまれた。容疑者としてハンディが挙げられたが、起訴にはいたらなかった。

ポターはさぞや込み入っているであろうハンディ家の複雑な家系図を思い描いた。ハンディはどんな顔をしているのか、誰の血をより濃く受け継いでいるのか。「兄弟だって、ルー？」ポターは言った。「たしか今そう言ったな。じゃ、中にいるのか？」

沈黙。

「それと、シェパードのいとこ四人だ」

「そいつはまたずいぶんな人数だな。ほかには？」

「ドク・ホリデイ、ボニーとクライド、テッド・バンディ、《モータル・コンバット》に出てくる悪党ども、それにルーク・スカイウォーカーだ。腹を空かせたジェフリー・ダーマーの幽霊もいるぜ」

「どうやら、きみに降参したほうがよさそうだな、ルー」

ハンディはまた笑った。ポターはその反応を喜んだ。さりげなく〝降参〟という魔法の言葉を口にだし、それをハンディの意識の片隅に植えつけられたことにも。

「わたしの甥が、スーパーヒーローが活躍する漫画を集めているんだ」ポターは言った。

「サイン集めも好きでね。まさかそこにスパイダー・マンはいないだろうな」

「さあな、いるかもしれないぜ」

ファックスが音をたてて紙を数枚吐きだしてきた。すかさずラボウがそれを取りあげ、素早く内容に目を通し、そのうちの一枚に目をとめると、その紙の一番上に〝人質〟となぐり書きした。そして少女の名前を指さしたが、その下には手書きの説明が書かれていた。アンジー・スカペーロからの中間報告だ。

人質解放交渉は、すなわちくり返し限界を試していくことにほかならない。ポターはファックスを読み、ある記述に目をとめた。さりげない口調で、ハンディにこう言った。「ルー、ちょっと頼みがあるんだが。そっちにいる少女たちのなかで、深刻な健康上の問題を抱えている子がいるようだ。その子を解放してもらえないだろうか」

そうした単刀直入な要望は、意外や驚くほどの確率で聞きいれられるものだ。頼み事をしたあとは、ただじっと黙っていればいい。

「へえ、本当かい？」ハンディはまんざら無関心ではないようだ。「病気ってわけか？　どこが悪いんだ」

「喘息だ」ジョークと漫画の主人公の話が、効果を発揮したようだ。

「どの子だ」

「十四歳、短いブロンドの髪の子だ」

ポターは電話の向こうの気配に耳を澄ました。間違いなく、ハンディは人質たちを見まわしているはずだ。

「薬がなかったら、その子は死んでしまうかもしれないんだ」ポターは言った。「その子を解放してくれたら恩に着る。これからむずかしい話し合いになるかもしれんが、借りは忘れん。どうだろう、その子を解放してくれたら、電気を供給するが。明かりを」

「電気を送ってくれるのか？」ハンディが飛びついてきたので、ポターは驚いた。

「調べてみた。その建物は相当昔のものだから、普通に電気を送っても、それを使えるような配線は施されていないんだ」ポターは〝嘘〟と書かれたボードを指さし、ラボウがそこに内容を書きこんだ。「だから、ケーブルを引いて、明かりがつくようにしよう」

「じゃ、やってくれ。話はそれからだ」

力のバランスがわずかにハンディ優位に変わっていきそうだ。となると、甘い顔を見せるのもこれまでだ。「わかった。もっともな話だ。だが、ルー、ひとつ警告しておくが、そこから逃げだそうなどと考えないほうがいい。そこら中に狙撃手が潜んでいる。中にいれば、ぜったい安全だ」

きっと怒りだすだろう、ポターはそう思った。腹をたて、罵詈雑言をわめきちらすに違いない。

「おれはどこにいたって安全さ」ハンディはささやくような声で言った。「弾丸はおれの体を突き抜けていっちまうんだ。おれの体は普通と出来が違うもんでな。で、いつ明かりをつけてくれるんだ」

「十分から十五分くらいで。ベヴァリーを解放してくれ、ルー。そうしたら――」

かちゃっ。

「くそ」ポターはつぶやいた。

「焦りすぎたな、アーサー」ラボウが言った。ポターはうなずいた。人質解放交渉に際しての、典型的な過ちを犯したのだ。向こうから、ああしてくれ、こうしてくれと言ってくるまでは、なにも言ってはならないはずだった。もちろん、ハンディがためらいを見せたときには、ここぞとばかりに強く出て、優位を確保した。だが、つまりそれは、相手を怯えさせたということだ。いずれにしろ、交渉の過程でいつかは必ず、ああしたやり取りが避けられなくなるときが来るのだ。ある程度犯人に譲歩させることはできるし、餌を与えて言うことをきかせることもできる。要は、飴と鞭をどう使い分けるかなのだ。

ポターはスティルウェルを呼びだし、犯人たちに食肉加工場から外に出ないよう警告したことを伝えた。「予定どおり、彼らを完全包囲だ」

「イエス・サー」スティルウェルは言った。

ポターはバッドに訊いた。「発電装置を装備したトラックはいつ到着する」

「十分もすれば」バッドはむっつり顔で窓の外をのぞいている。

「どうした、チャーリー」

「いえ、別に。ただ、さっきのあなたの説得はみごとだったなと思って。人質を撃つのを思いとどまらせたでしょう」

だが、バッドが考えているのは、そんなことではないとポターは察知した。「人質を撃つ、撃たないは、結局はハンディしだいだ。わたしの説得云々は関係ない。問題は、やつがそれを先のばしにした理由がわからないということだ」

ポターは五分待って、ふたたび短縮ダイアルを押した。

呼び出し音が延々と続いた。「もう少し音量をさげてくれないか」ポターは頭上のスピーカーを身振りで示した。

「わかった……オーケイ、つながったぞ」

「なんだ？」ハンディが怒鳴るように言った。

「ルー、あと十分で電気が使えるようになる」

沈黙。

「ベヴァリーの件、考えてくれたか？」

「あの娘は解放しない」そんなこともわからないのかと言いたげな、憮然とした口調だった。

一瞬、間があいた。

「しかし、電気を供給したら――」

「考えとく。だが、今のところはだめだ」

些細なことで言い争うのは、避けねばならない。「ほかに欲しいものはないか、仲間と相談は済んだかね？」

「あとでまた連絡する、アート」

「できれば――」

かちゃっ。

「通信終了」トビーが言った。

スティルウェルが色の浅黒い警官を連れてやって来た。警官はシェパードを撃ったライフルの遊底をスライドさせてロックし、戸口に立てかけると、ポターの前に進みでた。

「申しわけありませんでした。木にのぼっていたところに、突風が吹いてきまして。それでわたしは――」

「薬室は空にしておくよう、命令が出ていたはずだ」ポターはぴしゃりと言った。

警官はもじもじし、落ち着かなげにあたりを見まわした。

「さあ」スティルウェルが言った。J・C・ペニーのスーツの下にぶ厚い防弾チョッキを着こんでいる姿は、いささか滑稽に見える。「わたしに話したとおりに、捜査官にも報告するんだ」

警官は、新たに出された命令に不服顔で、スティルウェルに冷ややかな視線を向けた。そして、こう言った。「そういう命令は受けていませんでした。定位置について、最初から薬室に弾丸を送りこんでありました。それが標準作業手続きですので、サー」

スティルウェルは苦い顔をしたが、こう言った。「わたしの責任です、ミスター・ポター」

「そんな……」チャーリー・バッドが前に進みでた。「サー」改まった口ぶりでポターに言った。「実は――わたしが悪いんです。わたしの責任なんです」

ポターは問いただすようにバッドに指先を向けた。

「薬室を空にしておけとは、命令しなかったんです。あなたの命令どおり、そうするべきでした。ですが、外にいる警官たちを丸腰同然にしておくわけにはいかないと思ったんです。わたしのミスでした。部下に責任はありません。もちろん、ディーンにも」

ポターはしばし考えこみ、やがて狙撃手に言った。「きみは最前線から後退して、後方支援にまわるよう。責任者のヘンダースン捜査官のところに行って、そう報告したまえ」

「でも、木から落ちただけです。わたしの責任ではありません。事故だったんです」

「わたしの指揮下で事故は認めん」ポターは冷たく言い放った。

「しかし――」

「それまでだ」ディーン・スティルウェルが言った。「命令を聞いたろう。きみは狙撃手の任を解かれたんだ」警官はひったくるようにライフルを手にもつと、足音も荒くバンを降りていった。

バッドが言った。「わたしも任務をおります。申しわけありませんでした。本当に、言葉もありません。あなたのアシスタント役には、このディーンがいます。わたしは――」

ポターは警部をわきに呼び、ひそひそ声でこう言った。「きみの助けが必要だ、チャーリー。きみはさっき独断で命令を下したわけだが、きみにして欲しいのはそんなことじゃない。わかるな？」

「イエス・サー」

「まだここに残りたいか？」

バッドはゆっくりとうなずいた。

「オーケイ、それじゃ、あっちに行って、薬室を空にしておくよう、命令を出してくるんだ」

「サー」

「アーサーでいい」

「家に帰って、まっすぐ妻の目を見ながら、自分はＦＢＩ捜査官直々の命令に背いたと、告白しなければなりません」

「結婚してどのくらいだ」

「十三年です」

「というと、結婚したのは中学校のときか？」

バッドは苦笑いを浮かべた。

「奥さんの名前は？」

「メグ。マーガレットです」

「子供は？」

「女の子が二人です」バッドは相変わらず情けなさそうな顔だ。

「さあ、行け。言ったとおりにするんだ」ポターはじっとバッドの目を見つめて言った。

警部はため息をついた。「わかりました、サー。もう二度と同じ過ちはくり返しません」

「頭をさげていけ」ポターは微笑んだ。「他人まかせにしないで、ちゃんと自分の口から伝えるんだぞ、チャーリー」

「もちろんです。ひとりひとりに言い渡します」

バッドが重い足取りでバンから出ていくのを、スティルウェルが同情のまなざしで見送った。

トビーがオーディオ・カセットを積みあげていた。犯人との会話はすべて録音されることになる。録音に使われるレコーダーは特殊なもので、録音中、一分ごとに二秒の遅延装置が働くようになっている。その二秒のあいだに電子音声による時間が記録されていくのだが、その音声が入ることによって会話の録音が妨げられることはない。トビーは顔をあげてポターを見た。「〝敵に出会ったと思ったら、よく見ればその正体は自分たちだった〞これ誰が言ったんだっけ？　ナポレオン？　それともアイゼンハワーだっけ？」

「ポゴだ」ポターは言った。

「ポゴ？」

「新聞の連載漫画に出てくるフクロネズミの名前だ」ヘンリー・ラボウが言った。「おまえがまだ赤ん坊のころの話さ」

午後十二時三十三分

室内がしだいに暗くなってきた。

まだ午後も早い時間だが、空は黒雲におおわれ、さらには建物の窓は小さく、部屋の中には光が射しこんでこない。なんとしても電気が必要だ。それも今すぐ。ルー・ハンディは薄暗い部屋の中で目を凝らしながら、そう考えた。

影におおわれた天井からは、いくつもチェーンが下がり、水が滴り落ちてくる。上を見れば、そこら中、肉を吊るすフックとコンベア・ベルトだらけだ。そしてまた、下を見れば車の部品のような錆びた機械だらけ。巨人が遊んでいたおもちゃに飽きて、そこらに放りだしたといった感じだ。

巨人か、ハンディはひとり笑いをした。おれも馬鹿なことを考えるもんだ。

ハンディは建物の一階をさまよい歩いた。殺伐としたところだ。動物を殺して金を稼ぐというのは、どんな気分だろう。ハンディは転々と職を変えてきた。たいていいつも肉体労働だった。その二倍も三倍も給料をもらえるような、洒落た機械の操作を教えてくれる人間など誰もいなかった。どの仕事も、二、三カ月しか続かなかった。ボスと揉め、たらたら愚痴をこぼし、仕事仲間と喧嘩し、ロッカールームで酒を飲んだりの日々だった。自分はそこらの平凡な人間とは違うのだということを、誰もわかってくれなかった。ハンディには、そんな連中と折り合っていけるほどの忍耐力はなかった。おれは特別な人間なんだ。なのに、誰ひとり、わかっちゃくれない。

木でできた床はコンクリートのように頑丈だ。美しく張り合わされたオーク材。ルディのような職人肌の人間ではないが、ハンディにもいい仕事を見分ける目はある。兄のルディは床張り職人として生計をたてていた。そう考えて、ふいにハンディはポターに怒りを覚えた。あいつのせいで、ルディのことを思い出しちまった。あのポターの野郎、きっとこの仕返しをしてやるからな、ハンディは腹立ちまぎれにそう考えた。

人質を監禁している部屋に向かった。そこは半円形の部屋で、壁には陶器のタイルが張られ、窓はない。あるのは血抜き用の排出溝だけだ。部屋の真ん中で発砲などすれば、鼓膜が破れるくらいの銃声が部屋中に轟きわたるだろう。

もっともこの娘っ子どもには、そんなことは関係ない。ハンディはそう考えながら、人質たちを見まわした。不思議なことに、少女たちはほとんどが可愛らしい顔立ちをしていた。黒髪の一番年長の娘が、なかでもとびきり美しい。地獄に堕ちろとでも言いたげな顔で、こちらを見返してくるあの娘。年は十七か十八といったところだろう。ハンディはその少女に微笑みかけた。少女はただまじまじとこちらを見つめるばかりだ。ハンディはほかの少女たちのことも、よく見てみた。やはり、可愛い。ハンディは意外な感じがした。障害者といえば、どんなにきれいな顔をしていようが、どこかおかしい、まともじゃない、そんな印象を与えるものと思っていた。だが、ここにいる少女たちは、どの子も普通と変わらない。それにしても、よく泣くやつらだ。いらいらする……こいつらの泣き声には。耳が聞こえないくせに、なんで泣くときに声なんか出すんだ！

ふいに、ルー・ハンディの脳裡に兄の姿が浮かびあがった。

ルディの頭蓋骨と背骨が接するところに、赤い斑点が現われる。手の中で銃が跳ねるたびに、その赤い点の数がふえていく。武者震いするように肩を震わせたかと思うと、こわばった体でダンスでも踊るようにぎくしゃく手足を動かし、やがて倒れて動かなくなる。

ハンディは、自分でも意外なくらいにポターが嫌いになっていることに気づいた。

ぶらぶらとウィルコックスとボナーのところに引き返していくと、キャンヴァス地の袋からリモコンを取りだし、石油のドラム缶の上に置かれている電池で動くテレビのチャンネルを、次々に変えていった。ローカル番組のすべてと全国放送の番組ひとつで、事件を報道していた。あるニュースキャスターなどは、理由はともかく、ルー・ハンディはたったの十五分で有名人の仲間入りを果したと言っていた。警察の規制でリポーターたちが現場に近づけないため、流される映像はハンディにとって見るべきほどのものではなかった。O・J・シンプソン事件のときのことが思い出される。白いブロンコがハイウェイを走ってきて、シンプソンの自宅前でとまる映像だ。ヘリコプターがかなり低空飛行していたため、車を運転していた男と、ドライヴウェイに立っている警官の顔がはっきりと映しだされていた。刑務所の娯楽室でそれを見ていた白人の囚人は、誰もが腹のなかでは「自分の脳味噌をぶち抜いて死んじまえ、この黒んぼ」そう思っていた。そして黒人の囚人たちはみんな、「行け、O・J！　おれたちはおまえの味方だぞ！」そう思っていた。

ハンディはテレビの音量をさげた。まったくなんて場所だ。食肉加工場の中を見まわしながら、そう思った。腐肉のにおいがたちこめている。

そのとき、ふいに人の声がして、ハンディははっとした。「この子たちを解放して。わたしがここに残るから」

ハンディはゆっくりとタイル張りの部屋まで歩いていった。しゃがみこんで、女の顔をのぞきこんだ。「あんたは？」

「教師です」

「手話ができるんだな？」

「ええ」女教師はきっとした顔でハンディを睨みつけた。

「おお、怖《こわ》」ハンディは言った。

「この子たちを解放してあげてちょうだい。わたしが残りますから」

「黙れ」ハンディはそう言うと、その場を離れた。

窓の外をのぞいた。高台の上に車高の高い警察のバンが駐まっている。きっとアーサー・ポターはあそこにいるに違いない。ハンディはポケットから銃を取りだし、車の側面の黄色い四角形の窓に狙いを定めた。距離と風向きを測った。そして、銃をもつ手をさげた。「殺そうと思えば、おまえを殺せたとよ」ウィルコックスに向かって大声で言った。「あの男がそう言ってたぜ」

ウィルコックスも窓の外を見つめていた。「あいつら、すごい数だな」半ば呆れ、半ば感心しているような口ぶりだ。「あの男って、誰のことだ。おまえが話してた相手のことか?」

「FBIだ」

ボナーが言った。「おいおい、そんじゃ、あそこにFBIもいるのか?」

「おれたちが脱獄してきたのは連邦刑務所だぜ。追いかけてくるのは、FBIに決まってるだろ」

「《逃亡者》のトミー・リー・ジョーンズだな」ボナーは言った。大男は女教師をじっと見つめた。それから、花柄の服を着て白いストッキングをはいた少女に目を移した。

ハンディはボナーの目を見た。この野郎。「だめだぞ、ソニー。おまえの息子はそのぷんぷん臭うジーンズの中にしまっとけ、わかったな? さもなきゃ、そいつを失うはめになるぞ」

ボナーは不満げな顔だ。やましいことをしようとしているときに、他人に釘を刺されると、いつもかっと頭に血がのぼる。その素早さたるや、まるで敵に襲われたハリネズミだ。「うるせえ」

「こいつらのひとりに、ナニをぶちこめたらいいだろうな」ウィルコックスが言った。だが、いかにものんびり気の抜けた口調だった。ハンディがウィルコックスを気に入っている理由のひとつが、そこにある。

「ところで、こっちの手持ちは？」ハンディが訊いた。

ウィルコックスが答えた。「ショットガン二挺。弾は四十発くらいある。スミス&ウェッスンが一挺、弾は六発だけ。いや、五発だ。それにグロック。こっちは弾は一杯ある。三百発」

ハンディは水たまりを飛び越えながら、食肉加工場の床の上を行ったり来たり歩きまわった。

「あの泣き声、いらいらする」ハンディは吐き捨てるように言った。「どうにも勘に触る。あのデブめ、くそっ。あのガキを見てみろよ。外であいつらがなにやってるか、わからんが、おれが話したあの捜査官は、やけに物分かりがよさそうな口ぶりだった。信用ならねえ。ソニー、おまえはガキどもと一緒にいろ。シェパードとおれは、外のようすを見てくる」

「催涙ガスをまかれるかもしれねえぜ」ボナーは不安げな顔で窓の外に目をやった。「ガスマスクがないとな」

「あいつらが催涙弾を撃ちこんできたら」ハンディが言った。「キャニスターに小便をひっかけりゃいい」

「そしたら大丈夫なのか？　ガスが出ないのか？」

「ああ」

「へえ、そうだったのか」

ハンディはタイル張りの部屋をちらりとのぞいた。年長の教師が、虚ろなまなざしでじっとこちらを見つめている。反抗的とも見えるが、そこにはまた別の感情があるのかもしれない。

「あんた、名前は？」

「ドナ・ハーストローン。わたしは――」

「ドナ、あの娘の名前は？」ハンディはゆっくりそう言い、長い黒髪の一番年長の生徒を指さした。

教師が答えるより先に、少女はハンディに向かって中指を突きたてた。それを見て、ハンディは腹を抱えて笑った。

ボナーが少女のそばに行って、手をあげた。「このガキ！」

歯を剝いて拳を振りあげた少女の前に、ミセス・ハーストローンが慌てて飛びだした。少女たちはひな鳥が鳴くようにか細い声をあげ、怯えきったブロンドの教師は、哀れっぽく許しを請うように片手をあげた。

ハンディはボナーの手をつかんで押しやった。「おれがやれと言わないかぎり、こいつらに手を出すな」それから黒髪の少女を指さして、教師に言った。「この娘の名前は？」

「スーザンです。お願い、どうか――」

「こっちの女は？」ブロンドの教師を指さした。

「メラニー」

メラニーか。むかつく女だ。銃撃戦のあと、窓の外をのぞいているメラニーに気づいたハンディがそばに行って腕をつかむと、メラニーは恐怖に顔を引き攣らせ、殺されんばかりの反応を示した。最初は、ネズミのようにびくついているメラニーのようすがおかしかった。だから、こんな臆病な女、放っておいても、妙な真似をすることはないだろうと、自由にさせていた。だが、しだいに、メラニーの異常なまでの気の小ささに腹が立つようになってきた――あのおどおどした目を見ていると、いきなりそばでどんと足を踏みならして、飛びあがらせてやりたくなる。気の弱い女を見ると、ハンディは腹が立ってしかたない。

この女はプリスとは正反対だ。この女とプリスが取っ組み合いをしたら、さぞや見物だろう。プリスはときどきブラの中に入れておく鹿用ナイフを取りだす。左の乳房の温もりが残っているあのナイフをぱちんと開き、プリスがブロンドを追いかけまわしたら？　ブロンドはきっとちびってしまうだろう。あのスーザンという娘より、よほど子供っぽく見える。

そうだ、あっちの娘のほうがいい。スーザン。ドナばあさんの虚ろな目は、なにも訴えてこないし、若い教師の怯えきった目は、あらゆる感情をその下に隠しこんでいる。だが、このミス・ティーンエイジャーは……思っていることを言いたい放題その目に語らせ、あんたなんかになにを知られてもかまうものかといった、ふてぶてしさだ。この娘は、教師二人を足したよりもまだ知恵がはたらく、ハンディはそう思った。

それに、肝っ玉も据わってそうだ。

プリスと同じだ。ハンディは心の中で満足げにうなずいた。「スーザン」ハンディはゆっくりと言った。「あんたが気に入ったぜ。ガッツがある。おれの言ってること、あんたにゃわからないだろうな。けど、おれはあんたが気に入ったんだ」年上の教師に向かって言った。「娘に伝えろ」

一瞬、間をおいて、ミセス・ハーストローンが手を動かした。

するとスーザンがはっとした顔をハンディに向け、返事の手話を返した。

「なんだって？」ハンディが大声で言った。

「小さな子たちを解放してあげてと言ってるわ」

ハンディはミセス・ハーストローンの髪をぐいとつかむと、思いきり引っ張った。またも小鳥の鳴き声があがった。メラニーは目に涙をためて首を振った。「この小娘はなんと言ったんだ、正直に言え」

「〝くそくらえ〟と言ったわ」

ハンディはますます力を入れて髪を引っ張った。ヘアダイで染めた髪が束になって頭皮から抜け落ちた。痛みのあまりに、ミセス・ハーストローンは弱々しい悲鳴をあげた。「スーザンが言ったのは」なお喘ぎながら言った。「〝あんたは最低のくず野郎〟あの子はそう言ったのよ」

ハンディは声をあげて笑い、手荒く教師を床に突きとばした。

「お願い」ミセス・ハーストローンは言った。「この子たちを、生徒たちを解放して。わたしはこのままでいいから。人質なら六人もいなくてもひとりで充分でしょう」

「いいか、このアマ、六人いれば、ひとり二人撃ち殺したって大丈夫だってことなんだよ」

ミセス・ハーストローンははっと息を呑み、顔をそむけた。なにげなく部屋に入っていったら、裸の男が立っていて、いやらしい目でこちらを見ていたとでもいわんばかりに。

ハンディはメラニーのそばに行った。「おまえも、おれを最低のくず野郎だと思うか？」

ミセス・ハーストローンが手話でハンディの言葉を伝えようとしたが、メラニーはそれより先に、質問に答えた。

「なんて言った？」

「『どうしてわたしたちにひどいことをするの、〝ブルータス〟。わたしたちはなんにもしていないのに』と言ってるわ」

「〝ブルータス〟？」

「メラニーはあなたをそう呼んでるようね」

〝ブルータス〟。どこかで聞いたことのある名だが、ハンディには思い出せなかった。かすかに眉間にしわを寄せ、「その質問の答えなら、おまえにもわかってるはずだと伝えろ」ハンディは戸口に向かって大声で言った。「おい、ソニー。おれ、手話を覚えたぞ。ほら、見ろよ」

ボナーが顔をあげた。

ハンディは中指を突きたてた。男三人はひとしきりげらげら笑った。それからハンディとウィルコックスが食肉加工場の裏口に向かう廊下を歩きだした。迷路のような廊下を進み、処理室、加工室などをめぐりながら、ハンディがウィルコックスに言った。「あいつ、おとなしくしてると思うか？」

「ソニーのことか？　ああ、たぶんな。これが普通のときなら、とっくに雄鶏みたいに娘っこどもに飛びかかってるだろうがな。けど、何百人ものおまわりに外をとり囲まれてるとなっちゃ、さすがにやつの息子もしょんぼり下を向いてるこったろう。それにしても、いったい何なんだ、この場所は」ウィルコックスは機械類や長いテーブル、歯車、調速機、コンベアベルトなどを見まわしながら言った。

「なんだと思う？」

「さあな」

「屠畜場さ」

「じゃ、肉の加工ってことか？」

「動物を撃ち殺して、腸《はらわた》を取りだすんだ。そう、その加工ってことよ」

ウィルコックスは古い機械を指し示した。「あれはなんだ」

ハンディはそばに行って、しげしげとその機械を眺めた。やがて、にやっと笑い、こう言った。「すげえ。昔の蒸気機関だ。おい、見てみろよ」

「いったい何に使ってたんだ」

「いいか」ハンディは説明を始めた。「こういう具合だから、世の中堕落していくんだ。昔はな、ほら、このタービンってやつを使ってたんだ」すでにぼろぼろになりかけているファンがついている錆びた主軸を指さした。「昔はこんなもんだったんだ。こいつがぐるぐるまわって、機械が動いたんだ。まだ蒸気機関の時代、ガスの時代だったんだ。そのうち電気の時代になってくると、なにがどういう働きをしてるか、わからなくなってきた。蒸気や火なら目に見えるが、電気がなにしてるかなんて見えない。だから第二次世界大戦なんてもんが起こったんだ。今は電子の時代だ。コンピューターやらなんやらとなると、もうなにがどうなってるのかさっぱりわからん。コンピューターに使われてる半導体は目で見ることができるが、それがちゃんとやるべき仕事をやってると言われても、そいつは自分の目で確かめることなんかできない。もう人間なんかがコントロールできる状態じゃなくなっちまったんだ」

「めちゃめちゃだな」

「なにが？　人生がか、それともおれの言ってることがか？」

「さあな。とにかくめちゃめちゃでわけがわからねえ。人生のほうかな、たぶん」

二人は広くて薄暗い洞窟のような部屋にたどり着いた。倉庫として使われていた場所らしい。裏口のドアをすべて、紐で縛ったり楔《くさび》で留めたりして、あかないようにした。

「銃でもぶっ放されたら、破られちまうな」ウィルコックスは言った。「ちょっとぶったたいただけでも、あいちまうかもしれん」

「やろうと思えば、相手は原子爆弾だって落とせるんだ。どっちにしても、ガキどもは死ぬことになる。それでもいいとやつらが思ってるなら、やるだろうよ」

「エレベーターはどうする」

「あれはどうしようもないな」ハンディは大きな貨物用のエレベーターを見ながら言った。

「上から入ってきても、最初の五、六人くらいは片づけられる。いいか、首だぞ。首を狙うんだ」

ウィルコックスはハンディを見つめ、けだるそうに言った。「で、どうするつもりなんだ」

たしかにおれは、なにを考えてるのかわからないような顔をしてるらしい。ハンディはつかの間、物思いに耽った。プリスがいつもそう言ってた。くそっ、あいつが恋しくなっちまった。あの髪のにおいをかいで、あいつが車のギアを変えるときにたてるブレスレットの音が聞きたい。あいつのアパートメントの毛足の長いカーペットの上でセックスしてるときの、おれの下になってるあいつの体の感触を感じたい。

「ひとり解放する」

「ガキどもか？」

「そうだ」

「どいつだ」

「さあな。あのスーザンにするか。それがいい。おれはあの娘が気に入ってるんだ」

ウィルコックスは言った。「そうだな、一番てこずりそうなのがあの娘だ。それに、あの娘をボナーの手の届かないとこにやるのも、悪い考えじゃないかもな。きっとあいつ、陽も沈まないうちから、あの娘にべったりまとわりつくぞ。あの娘か、さもなきゃメラニーだな」

ハンディは言った。「だめだ。あの女は残しておく。おとなしいのは手元に置いておくんだ」

「もっともだ」

「オーケイ、スーザンに決まりだ」ハンディは笑った。「おれの顔をまっすぐ見て、くず野郎なんて言える女は、めったにいない。ああ、そうとも」

メラニーは、八歳にしては驚くほどがっしりしたキールの肩を抱き、さらに手をのばした、その隣にいる双子の片割れの腕をさすった。

少女たちはメラニーとスーザンのあいだにはさまれている。メラニーは、自分のしていることが、必ずしも年下の少女たちを慰めるためだけのものではないと、渋々認めざるを得なかった。自分自身、慰めが欲しいのだ。お気に入りの生徒を抱きよせて、ささやかながら満足感を味わいたかった。

メラニーの両手はまだ震えている。先ほど、外にいる警官に向かって窓からメッセージを送っていたときに、〝ブルータス〟に腕をつかまれてすっかり動転し、さらにはついさっき、指を突きつけられて名前を教えろと言われ、震えあがってしまった。

スーザンをちらりと見ると、彼女は怒ったような顔でミセス・ハーストローンを見つめていた。

「どうかしたの」メラニーは手話で問いかけた。

「あたしの名前。あいつらに教えてしまった。そんなことすべきじゃなかったのに。言いなりになんか、なっちゃだめなのよ」

「おとなしく言うことをきいておかないと」ミセス・ハーストローンが手話で言った。

メラニーも言い添えた。「あの人たちを怒らせないようにしないと」

スーザンはふんとばかりに笑った。「じゃ、怒らせなかったら、どうだっていうの。どっちみち同じじゃない。あんなやつらの言いなりになっちゃだめよ。くず野郎なんだから。最低の人間なのよ」

「でも――」メラニーが言いかけた。

〝熊〟がどんと足を踏みならした。メラニーはその振動を感じて、びくっとした。〝熊〟のぶ厚い唇が動いたが、メラニーに理解できたのは、「静かにしろ」という言葉だけだった。メラニーは思わず顔をそむけた。黒い顎髭の毛先が外側に跳ね、毛穴が開いている〝熊〟の顔は、正視に耐えがたかった。

〝熊〟の視線はちらちらミセス・ハーストローンに注がれている。そして、エミリーにも。

〝熊〟の視線がよそを向いている隙に、メラニーはゆっくりと手を胸のところにもってきて、アメリカ式手話《ASL》から指文字を使った英語逐語手話《SEE》へとサインを切り替えた。会話をするには、まどろっこしいやり方だ――言葉をいちいちスペルで示し、英語の語順どおりに並べなければならないからだ。だが、手の動きが小さくて済むので、ASLのように大げさな身振り手振りの必要がない。

「あの人たちを怒らせちゃだめよ」メラニーはスーザンに言った。「そんなにカリカリしないで」

「あいつら、くずよ」スーザンはASLから切り替えようとしなかった。

「そのとおりよ。でも、刺激しちゃだめ！」

「どうせなにもできやしないわ。あたしたちに死なれたら困るんだから」

メラニーの焦りと苛立ちはつのった。「殺すまではいかなくても、なにをするかわからないでしょう」

スーザンはむすっとして、ただ顔をそむけただけだった。

それじゃスーザンは、わたしたちにどうしろと言うの？　メラニーは憤然として考えた。あの男たちの銃を奪って、撃ち殺してしまえと？　だがまた、同時にこうも思った。ああ、スーザンのようになれたらどんなにいいかしら。あの目を見て！　なんという気丈さ！　八歳も年下だというのに、あの子と一緒にいると自分が子供のように思えてくる。

メラニーがそうした嫉妬とも羨望ともつかぬ感情を抱くのは、スーザンがいわゆる生え抜きの聾者だということも原因している。スーザンは言語を習得する以前から耳が聞こえなかった――生まれながらの聾者なのだ。しかもそれだけではない。彼女の両親もそろって聾者だ。十七歳にしてすでに、聾者の権利を守る活動に積極的に参加し、全額給与の奨学金を獲得してワシントンD・Cのギャローデット・カレッジに入学を許可され、難聴者に発話訓練を課す口話主義（難聴者間のコミュニケーションをもっぱら読唇術と発話訓練によって行なおうとする理念）に猛反発し、頑なにSEEを退けてASLに固執している。スーザン・フィリップスは美貌と強い精神力に恵まれた、現代的で洗練された若い女性の聾者だ。メラニーからすれば、こうした状況下において、並の男が束になって味方についてくれるよりも、むしろスーザンのような人間がひとりそばにいてくれるほうが、よほど心強く感じられる。

メラニーは小さな手が自分のブラウスを引っ張っているのに気づいた。

「大丈夫、心配しないで」アナに手話を送った。双子は頬をすり寄せ、ひしと抱き合い、一杯に見開いた愛らしい目に涙を浮かべている。ベヴァリーはひとりぽつんと坐り、膝に両手をのせて悲しげな顔でじっと床を見つめているが、いかにも呼吸が苦しそうだ。

キールが言った。「ジーン・グレイとサイクロップスが助けにきてくれないかしら」《X-メン》に登場するキールのお気に入りのヒーローたちだ。「きっとあいつらを八つ裂きにしてくれるわ」

するとシャノンがこう言った。「違うわ、こういうときはビーストよ。ほら、だって目の見えないガールフレンドがいたじゃない？」ジャック・カービーのコミックスの絵を熱心に研究しているシャノンは、将来はスーパーヒーローを描く漫画家になるつもりだ。

「ガンビットもね」シャノンの刺青を指さしながら、キールがそう言った。

シャノンが描く漫画には――八歳にしては驚くほどうまい、とメラニーは思っている――目が見えない、耳が聞こえないといった障害をもつキャラクターが登場する。彼らはそれぞれのハンディキャップを武器に変え、強きをくじき弱きを助けるのだ。二人の少女――ひょろひょろした痩せっぽちで浅黒い肌のシャノンと、引き締まった体つきにブロンドのキール――は、今の自分たちを救ってくれる武器として一番適しているのは、レーザー銃、プラズマ銃、あるいはサイキック・ブレードのどれかという議論を始めた。

エミリーはしばらくのあいだ、黒と紫の花柄のドレスの袖に顔を埋めて泣いていたが、やがて頭をたれて祈りだした。メラニーが見ていると、エミリーは両手を拳にして胸の前にもってきて、その手を外に向けて開いた。ASLでは〝犠牲〟を意味するサインだ。

「大丈夫、心配しないで」メラニーはエミリーを見つめている少女たちに向かって、同じ言葉をくり返した。だが、誰もメラニーの手話に目をとめるものはいなかった。少女たちが誰かに注目するとすれば、それはスーザンだった。だがスーザンは、食肉処理室の入り口近くに立っている〝熊〟をじっと見つめるばかりで、その手は動いていない。みんなを励まし、勇気づける力をもっているのはスーザンだけだ。スーザンがいるからこそ、みんなもくじけず頑張れるのだ。メラニーは泣きそうになるのを必死にこらえている自分に気づいた。

夜になれば、ここは真っ暗になる！

メラニーは処理室から身を乗りだして窓の外をのぞいた。草が風になびいている。情け容赦なく吹きつけるカンザスの風。父親から聞いたエドワード・スミス船長の話が思い出される。一八〇〇年代にウィチトーにやって来たスミスは、コネストーガ・ワゴン（大型の幌馬車）に帆をつけるというアイディアを思いついた――文字どおり草原を走るスクーナー（二本マスト、ときに三本以上のマストをもつ縦帆式帆船）というわけだ。本当の話かどうかもわからないながら、メラニーはそのアイディアに声をあげて笑い、さらに父親がおもしろおかしく語ったその物語にも大笑いしたものだ。ふとその話を思い出したメラニーは、嘘でも本当でも、この処理室にいることを忘れさせてくれるおもしろい話がなかったろうかと必死になって考えた。

そのとき、ふいにあることを思い出した。そうだ、外にいたあの男の人は？　あの人は警察の人なのかしら。

〝ブルータス〟が窓の外に向かって発砲し、〝熊〟がでっぷりした腹を揺すって逃げまどいながら、慌てて弾丸が入っている箱をあけようとしていたあのとき、高台の上に立っているあの男の人の姿に、なぜかほっと心慰められるような気がした。あの人は高台の天辺に仁王立ちになり、両腕を振って撃ち合いをやめさせ、事態を収拾しようとした。その彼が、まっすぐ自分のほうを見つめてきたのだ。

あの人のことはなんと呼ぼう。動物の名前は思いつかない。かといって、颯爽としたヒーローというわけでもない。年をとっているし――きっとわたしの倍くらいの年齢だろう。それにあの冴えない格好。メガネのレンズはぶ厚そうだし、少しばかり体重もオーバーだ。

そのとき、ふとひらめいた。ドゥ・レペ。

それがいい。十八世紀フランスの聖職者で、歴史上初めて聾者のことを真剣に考え、その人格を認めてくれたシャルル・ミシェル・ドゥ・レペにちなんで。ドゥ・レペはＡＳＬの前身ともなるフランス式手話を考案した人物でもある。

草原にいたあの男の人にぴったりの名前だ。フランス語の素養があり、その名前が剣の一種を指すものだということを知っているメラニーはそう思った。彼女にとってドゥ・レペという名は、勇者の代名詞でもある。耳の聞こえない人間は知的障害者であり精神異常者であると決めつけていた教会や一般の人々に、聖職者ドゥ・レペが堂々と反論したように、あの人は高台の上に立ち、まわりを飛び交う弾丸をものともせず、〝イタチ〟や〝ブルータス〟に敢然と立ち向かう姿勢をみせた。

そう、だからわたしはあの人にメッセージを送った——あれは、ある意味では祈りでもあった。祈りでもあり警告でもある。あの人はわたしの姿に気づいてくれたろうか。気づいたにしても、わたしの言っていることをわかってくれただろうか。メラニーはしばし目を閉じ、ドゥ・レペに意識を集中させた。だが、心静かに瞑目するメラニーが感じとったのは、しだいに下がってきている室内の温度、自分が抱いている恐怖心、そして——男ひとり、いや二人が、オークの床をゆっくりこちらに近づいてくる足音から伝わる振動だった。メラニーはぎょっとした。

〝ブルータス〟と〝イタチ〟が戸口に姿を現わすと、メラニーはちらりとスーザンに目をやった。スーザンはまたもや険しい表情で、男たちを見あげている。

わたしも厳しい顔をしなければ。

そう思って試みてみたものの、顔の筋肉が震え、またもや泣き顔に戻ってしまった。

スーザン！　だめだわ、とてもあなたのようにはなれない。

〝熊〟が仲間のそばにやって来た。メインルームのほうを身振りで示した。部屋の中は薄暗く、読唇術というあやふやな手段では、彼らがしゃべっていることを逐一理解することはできない。だが、どうやらなにか電話のことを言っているらしい。

〝ブルータス〟が言った。「電話をかけろ」

不思議なことに、泣きたいという気持ちがおさまってきた。なぜ〝ブルータス〟の言葉だけこんなにはっきりわかるのかしら。ほかの二人はこうはいかないのに。

「人質をひとり解放する」

すると〝熊〟がなにやら質問をした。

〝ブルータス〟が答えた。「耳の聞こえないミス・ティーンだ」スーザンを見ながらうなずいた。それを聞いて、とたんにミセス・ハーストローンは安堵に顔をほころばせた。

まさか、そんな、メラニーは絶望に駆られた。スーザンを解放するなんて！　あの子がいなくなって、わたしたちだけがここに残るの？　スーザンがいなくなる。そんなのいや。メラニーは嗚咽《おえつ》を嚙み殺した。

「立つんだ、ハニー」〝ブルータス〟は言った。「おまえの……日だ。家に帰れるぞ」

スーザンは首を横に振った。ミセス・ハーストローンのほうを向いて、きびきびした手振りで矢継ぎ早に、〝ブルータス〟の言ったことに抗う内容の手話のメッセージを送った。

「帰らないと言ってるわ。代わりに双子を解放してほしいと」

〝ブルータス〟は笑った。「その娘、おれに逆ら……」

〝イタチ〟が言った。「さっさと……」強引にスーザンを立ちあがらせた。

メラニーの心臓がどきどきしはじめ、顔がかっと熱くなった。自分でも恐ろしいとは思ったものの、そのとき真っ先にこう思ったのだ。どうしてわたしじゃいけないの。

お許しください、神さま。ドゥ・レペも、どうかわたしを許して！　だが、すぐにまたその浅ましい考えが頭をもたげた。それをまた押さえこんでも、なお。その思いはメラニーの頭の中をぐるぐるまわりだした。家に帰りたい。ポップコーンの入った大きなボウルを抱えて、画面の隅に手話通訳が現われるテレビをひとりゆっくり見たい。〈コス〉のヘッドフォンをつけて、音楽の振動を感じたい。ベートーヴェン、スメタナ、ゴードン・ボク……

スーザンは〝イタチ〟の手を振りきり、代わりに双子を前に押しやった。だが〝イタチ〟は双子をわきに押しのけ、手荒くスーザンの両手をうしろ手に縛った。〝ブルータス〟は半分あいている窓から外を見つめた。「ここで待ってろ」そう言ってスーザンをドアのわきの床の上に突き飛ばした。そして振り返り、「ソニー、そっちの嬢ちゃんたちの相手をしてろ……そのショットガンをもってな」

スーザンは処理室を振り返った。

メラニーには、その顔にこう書かれているような気がした。心配することないわ。みんなもきっと大丈夫よ。あたしが保証するわ。

メラニーはしばしまじまじとスーザンを見つめたが、やがて視線をそらせた。スーザンに自分の胸の内を見透かされるのではないか、そこにわだかまっている浅ましい考えを見抜かれてしまうのではないかと怖かったからだ。どうしてわたしじゃいけないの。なぜなの、どうして。

午後一時一分

司令室のバンの黄色っぽい窓ガラス越しに、アーサー・ポターは食肉加工場とそれを囲む草原をじっと見つめていた。警官が建物の玄関まで電気ケーブルを通していた。ケーブルの端には防護ネットのついたライトが五つ下がっている。警官がうしろに退がると、銃を片手にウィルコックスがふたたび外に出てきて、ケーブルを建物の中に引きこもうとした。ケーブルをドアから中に引きこんでくれれば、つかの間ではあってもドアが開け放たれ、中のようすがうかがえるかもしれないというポターのひそかな期待ははずれ、ウィルコックスは窓からケーブルを中に送りこんだ。それから建物の中に戻り、ぶ厚い金属製のドアがばたんと閉まった。

「ドアは今でもびくともしそうもないな」ポターがなにげなくそうつぶやくと、ラボウが言葉どおりにタイプした。

さらにファックスが送られてきた。ハンディや、人質の少女たちに関する情報が徐々に集まってきている。ラボウは素早くファックスの内容を読みとると、しかるべき情報を〝プロファイル〟のコンピューターにインプットした。建物の見取り図も送信されてきた。だが、なんの役にも立たなかった——建物への突入がいかに困難かということがわかったという以外には。食肉加工場に通じるトンネルもなく、一九三八年の改築許可書の記載が正しいとすれば、建物の屋上には大がかりな工事が行なわれていて——四階の増築が予定されていた——ヘリコプターを使った空からの突入もきわめて困難だということになる。

ふいにトビーが身を固くした。「やつら、電話のカバーをあけやがった」その目はずらりと並んでいる計器の文字盤をじっと見つめている。

「まだ使える状態か？」

「今のところはね」

盗聴器を捜しているに違いない。

トビーの顔にほっと安堵の色が浮かんだ。「カバーを閉めた。どうやらこの手の装置の仕組みをよくわかっているらしい」

「ヘンリー、誰がやったと思う」

「まだわからん。おそらくハンディだろう。軍隊経験があるからな」

「通信が入ったぞ」トビーが言った。

さあ、果たして誰がかけてきたか、ポターはそう言わんばかりに片方の眉を吊りあげてラボウを見ながら、鳴っている電話を取りあげた。

「やあ。きみか、ルー？」

「ライトは受けとった。マイクなんかついてないかどうか、調べたぜ……電話もな。なにも出てこなかった。嘘じゃなかったな」

相手を褒める。そこにはなにかしらハンディの計算があるはずだ。そう思ったポターは、褒め言葉の裏にある真意を探ろうとした。

「なあ、アート、あんたの肩書は何なんだ。上級捜査官？　それとも主任捜査官か？　あんたら、そういう呼び方するんだろ？」

交渉担当者自身が重要な判断を下せる立場にあると、犯人に思わせてはならない。いざというときには、上司に相談するという口実のもとに、時間稼ぎができるようにしておかねばならない。

「いや。平の捜査官だ。たまたまおしゃべりが好きだというだけでね」

「さあ、どうだかな」

「嘘は言わん、わかってるだろう？」ポターは〝嘘〟のボードをちらりと見ながら言った。

友好ムードをつくりあげる頃合いだ。お互いに慣れ親しんで。「ところで、食べ物はどうだ、ルー。ハンバーガーならすぐにでも用意できるぞ。肉の焼き具合はどうする？」

血がしたたるくらいのやつがいい、ポターはそう返事が返ってくると予測した。

だが違った。

「なあ、いいか、アート。あんたにも、おれがどんなにいい人間かってことを、わかってもらおうと思ってな。人質をひとり解放する」

それを聞いて、ポターは出端をくじかれたような気分になった。妙なことに、ハンディが自発的に寛容な態度に出たことで、自分たちが守勢に立たされたような気がしてきたのだ。見事な戦略だ。これでポターはハンディに借りができ、またもや肉食獣と獲物の立場が入れ替わったのだ。

「おれもまるっきりの悪じゃないってことを、わかってもらいたくてな」

「そりゃ、もちろん、そうしてくれればありがたいよ、ルー。で、ベヴァリーかね？　あの病気の子か？」

「さあて、どうしようかな」

ポターを始め警官たちは首をめぐらせて外を見た。ドアがあいて、そのわずかな隙間から明かりが漏れ、やがてぼんやりと白いものが見えた。

やつの注意を人質からそらさなければ、ポターは考えた。「ほかになにか欲しいものがないか、仲間たちと話し合ってみたかね？　そろそろ腰をすえて交渉に入ろうじゃないか。どうだろう、ル――――」

かちっという音に続いて、ざーという雑音が聞こえてきた。

ふいにバンのドアが勢いよくあいた。ディーン・スティルウェルが顔をのぞかせた。保安官は言った。「ひとり解放するそうです」

「わかっている」

スティルウェルはふたたび外へと姿を消した。

ポターは回転椅子をくるりとまわした。外のようすがはっきり見えない。雲が重く垂れこめ、野原は薄暗い。ふいに日食が起こったとでもいうように、なにもかもが影に包まれている。

「ヴィデオを使ってみよう、トビー」

ヴィデオのスクリーンがぱっと明るくなったかと思うと、食肉加工場の正面がちらつく白黒画像になって映しだされた。ドアはあいている。どうやら五つのライトをすべてつけているようだ。

トビーが感度を調整すると、画面のちらつきがおさまった。

「誰だ、ヘンリー」

「一番年長の生徒スーザン・フィリップス、十七歳だ」

バッドが笑った。「どうやら、案外簡単にいきそうですね。こうやってすんなり人質を解放してもらえるなら」

スクリーン上では、スーザンが戸口を振り返っている。建物の中から手が出てきて、スーザンを前に押しやった。そして、ドアが閉まった。

「やったぞ」ラボウが熱のこもった口調で言い、ポターと頬を擦りあわさんばかりに顔を寄せて、窓の外をのぞいた。「十七歳。生徒のなかでは一番の年長者だ。中のようすをたっぷり聞かせてもらえるぞ」

少女は建物からまっすぐ司令室のバンに向かって歩いてくる。ポターが双眼鏡をのぞいてみると、少女はやけに苦々しげな顔をしている。両手をうしろ手に縛られているが、数時間の監禁による疲労の色は見えない。

「ディーン」ポターは無線マイクに向かって言った。「部下のひとりを迎えに行かせてくれ」

「わかりました」保安官はごく普通の口調で喉あてマイクに向かって話をした。ようやくその装置に慣れてきたようだ。

防弾チョッキにヘルメット姿の州警察の警官がひとり、パトロールカーの陰から抜け出し、腰を落とした姿勢で少女に向かって慎重に前進しはじめた。少女は食肉加工場の建物から五十フィートのところまで来ている。

そのとき、アーサー・ポターの口から声のない悲鳴が漏れた。

なにが起こるのか、それを悟ると同時に、凍った水に飛びこんだときのように全身が激しく震えた。

おそらくそれは直感であり、数多くの人質・籠城事件に関わるうちに培われた勘のようなものだったろう。まだろくに交渉が始まってもいない段階で、犯人が自発的に人質を解放したことなど、これまでに一度もない。そしてまた、ハンディは冷酷無情な殺人犯なのだ。

いったいなにが原因だったのかはわからない。だがポターは、これから起ころうとしていることに、心臓が縮むほどの恐怖を覚えた。「やめろ!」ポターは弾かれたように立ちあがり、大きな音をたてて椅子がひっくり返った。

ラボウがちらりとポターに目をやった。「まさか、そんな! ああ、なんてことだ」

チャーリー・バッドが素早く交互に二人の顔を見較べた。そして、押し殺した声でこう言った。「どうしたんです。いったい何事です」

「やつはあの娘を殺すつもりだ」ラボウがかすれた声で言った。

ポターは手荒くドアをあけると、外に走りでた。心臓の働きが体の動きについてこない。地面に置かれていた防弾チョッキをひったくるようにつかみ取ると、二台の車のあいだをすり抜け、ディーン・スティルウェルが派遣した警官を追い抜き、荒い呼吸に喘ぎながら少女に向かって一目散に走っていった。そのただならぬようすに、まわりに待機していた警官たちは不安を覚えたものの、なかには、肥満体の中年男が重い防弾チョッキを片手に、白いクリネックスを握ったもう一方の手を振りまわしながら走っていく姿を苦笑しながら見ているものもいた。

スーザンは、ポターから四十フィートほど離れた草の上を、落ち着いた足どりで歩いてくる。そして、ポターに向かってわずかに進路を修正した。

「伏せろ、伏せるんだ！」ポターは叫んだ。クリネックスから手を放すと、ティッシュ・ペーパーは風にあおられながらポターの目の前でふわふわと宙に舞った。ポターは身振りをまじえて必死に叫びつづけた。「伏せろ、地面に！」

だが、スーザンにその声が聞こえるはずもなく、当然彼女は、ただいぶかしげな顔をするだけだった。

ポターの叫びを耳にした数名の警官が、盾代わりにしていた車の陰から抜けだし、ためらいがちに銃に手をのばした。ポターの叫びに、ほかの者も声をそろえた。ひとりの婦人警官が、スーザンに向かって必死の形相で手を振った。「だめよ、だめ！　伏せて、お願い、地面に伏せて！」

だが、スーザンにはその呼びかけが理解できるわけもなかった。おそらく草におおわれて外からは見えない井戸や、地面を這うケーブルに足をとられないよう注意しろと警告してきているのだろうと、立ちどまって注意深く足元を見まわした。

激しく喘ぎ、ガタのきた心臓を酷使しながらも、ポターはスーザンとの距離を十五フィートにまで縮めていた。

あともう少しというそのとき、一発の弾丸がスーザンの背中を直撃し、彼女の右胸に暗紅色の大輪の花を咲かせた。弾丸が肉に食いこむときの胸の悪くなるような音に続いて、声を出すことに慣れていない喉の奥から、声とも音ともつかぬものが漏れた。

と同時に、スーザンはぴたりと足をとめ、体を回転させながら地面に倒れこんだ。

なんてこった、どうして、こんな……

ポターは少女に駆けより、その頭に素早く防弾チョッキをかぶせた。スーザンを迎えに出ていた警官が走りより、そばにしゃがみこむと、呆然とした顔でくり返しこうつぶやいた。「ひどい、ひどすぎる」やがて、食肉加工場の窓に向けてピストルの狙いを定めた。

「撃つな」ポターは言った。

「しかし──」

「やめろ！」ポターはスーザンの生気を失った目から食肉加工場へと視線を移した。玄関ドアの左側の窓に、ルー・ハンディの頬のこけた顔がのぞいた。ルーの右側、三十フィートほど離れた建物の中に、愕然とした表情の若いブロンドの教師の姿が見えた。名前はすぐに出てこないが、先ほど謎のメッセージを送ってきた教師だ。

音は体で感じることができる。

音とは、たんに空気が変動し、それによって生じる振動にすぎない。波のように押しよせてきては、恋人の手のように優しく額に触れる。その刺激的な感触に、人は涙することすらある。

メラニーは胸の奥に、なおも銃声を感じていた。

嘘よ、メラニーは思った。嘘だわ。こんなことあり得ない。

こんなこと、**ぜったいに**……

だが、はっきりと自分の目で見たのだ。声は当てにはならないが、目で見たものに、ほぼ間違いはない。

スーザン、生まれながらの聾者。

スーザン、わたしよりもはるかに勇敢な子。

スーザン、聾者の世界を制覇し、健聴者の世界をも足元に踏み敷いていた。

それなのに、恐ろしい〝外の世界〟に出ていって、殺されてしまった。もう帰ってこない、永遠に。背中にあいた小さな穴、衝撃に跳ねあがったあの黒髪。あそこを歩くのが自分だったらと、メラニーがさもしくも歯嚙みして羨んだあの場所で、スーザンはふいに歩みをとめた。

メラニーの呼吸が浅くなり、視界の隅が真っ暗になった。部屋が傾き、顔からうなじにかけてどっと汗が吹きだした。そっと首をめぐらせて〝ブルータス〟を見ると、彼はいまだ硝煙のたちのぼる銃をズボンのウェストにはさみこむところだった。メラニーは絶望に駆られた。〝ブルータス〟のその顔には、満足感も欲望も悪意も、なにも浮かんではいなかった。〝ブルータス〟はただたんに、予定どおり成すべきことを成したと思っているだけ――ひとりの少女が死んだという事実すら、すでに忘れかけているのだ。

〝ブルータス〟はふたたびテレビをつけ、処理室にちらりと目を向けた。その戸口のところでは、立っている者坐っている者、七人の少女たちの頭がでこぼこのラインを描いていた。メラニーを見つめている者もいれば、力なく床に坐りこみ、髪をかきむしりながら顔をくしゃくしゃにして泣いているミセス・ハーストローンをじっと見つめている者もいる。ミセス・ハーストローンは銃声を聞いて、なにが起こったかを悟ったようだ。だが、少女たちは違う。ジョスリンは顔にかかる自分でカットした不揃いの黒髪を払った。それから両手を胸にもってくると、くり返し手話のサインをつくった。「いったいどうしたの。ねえ、なにがあったの。どうかしたの」

この子たちに事実を告げなければ、メラニーはそう思った。

だが、できなかった。

年齢ではスーザンの次にくるベヴァリーは、なにか恐ろしいことが起こったということは察知したようだが、それが何なのかはわかっていないらしい——あるいは、まさかと思っているのか。ジョスリンのふっくらした手を握ると、メラニーをじっと見つめてきた。深々と息を吸って、病んだ肺に空気を送りこむと、ひしと抱き合ったままの双子を空いている手で抱きよせた。

メラニーはスーザンの名を綴ることはしなかった。なぜか、そうすることができなかった。ただ〝彼女〟を意味するサインだけをつくって、身振りで野原のほうを示した。

「彼女は……」

いったいなんて言えばいいの？　ああ、わからない、どうしよう。〝殺された〟を意味する手話のサインを思い出すのに、しばし時間がかかった。のばした右手の人差し指を、手のひらを下にして握った左手の下にもってくる。

この人差し指は、体を貫こうとしている弾丸そのものだわ、メラニーはそう思った。

だが、そうは言えなかった。弾丸が体を貫いた瞬間に、スーザンの髪が跳ねあがるのを見てしまったから。ゆっくりと地面に崩れおちるあの姿を見てしまったから。

「彼女は死んでしまったの」ついにメラニーはそう伝えた。〝死んだ〟というサインは〝殺された〟というサインとはまた別だ。手のひらを上にして開いた右手を、逆さにして伏せるのだ。同時に、左手で逆の動作をする。自分の右手を見ていたメラニーは、その手の動きが、土をすくって墓に土盛りする動作に似ていることに気づいた。

ぼろぼろ涙を流し、驚愕に息を呑み、あるいは恐怖に顔を引き攣らせ、と、少女たちの反応はさまざまだったが、その胸の内は同じだった。

メラニーは両手を震わせながら、窓を振り返った。ドゥ・レペがスーザンの遺体を抱きあげ、警察の包囲ラインに向かって引き返していくところだった。だらりと垂れたスーザンの腕、流れ落ちる滝のような黒髪、片方の靴が脱げた足。

美しいスーザン。

スーザン、もし生まれかわれるなら、あなたのようになりたかった。

やがてドゥ・レペは警察の車の中に姿を消し、音のないメラニーの世界がいっそうその静寂を深めた。それこそが、メラニーにとってもっとも耐えがたいものだった。

「この仕事からおろさせてください」チャーリー・バッドは静かに言った。

ポターは、ディーン・スティルウェルの部下が気をきかせて調達してきてくれた新しいシャツに着替えようと、バンのトイレに入った。血がしみついたシャツをごみ箱に捨て、新しいシャツを身につけた。スーザンの命を奪った弾丸は、ポターのシャツをも血まみれにしていた。

「なんだと、チャーリー？」ポターはトイレを出てデスクに向かって歩きながら、半ば上の空で訊き返した。コンソールを前にして坐っているトビーとデレクは、じっと黙っている。

ヘンリー・ラボウでさえタイプする手をとめ、窓の外にじっと目をやった。だが、ラボウが坐っている位置からは、黄色っぽい色をしたぶ厚い窓ガラス越しに遠くに広がる小麦畑が歪んで見えるだけのはずだ。

そして反対側の窓からは、少女の遺体を乗せて遠ざかっていく救急車のライトが見える。

「やめさせていただきます」バッドは続けた。「あなたの補佐役も、包囲部隊の統括責任者の任務も」落ち着いた口調だ。「非はわたしにあります。三十分前のあの発砲が災いしたんです。狙撃手に薬室を空にしておくよう言わなかったのがいけなかったんです。トピーカに連絡を入れて、代わりの者を派遣するよう手配してもらいます」

ポターは糊のきいたシャツをズボンの中に入れながら、うしろを振り返った。「まあ、そう言うな、チャーリー。きみが必要だ」

「そんなことはありません。わたしはミスを犯しました。責任をとります」

「きみがへまをして、責任をとらなけりゃならなくなることは、まだこれから夜が明けるまでに、いくらでも出てくるかもしれん」ポターは穏やかに言った。「だが、さっきの発砲の件は、それには当たらない。ハンディがやったことは、あのこととはなんの関係もない」

「それじゃ、なぜです。どうしてやつはあんなことをしたんですか」

「手持ちの札を並べてみせたんだ。甘く見るなよ、というわけだ。安値じゃ取引に応じないぞ、とな」

「冷酷無残に人質を撃ち殺すということが、その意思表示だと?」

ラボウが言った。「今回の事態を見るに、これはもっとも交渉が難航するケースだ、チャーリー。目の前で人質を殺されたとなると、残りの人質をひとりでも生きて救出しようとするなら、総力をあげての奇襲をかけるしかないかもしれん」

「リスクが大きいな」デレク・エルブがつぶやいた。

大きいなんてものじゃない、アーサー・ポターは考えた。やれやれ、とんでもない一日になりそうだ。

「通信が入った」トビーがそう言うと、一瞬遅れで電話が鳴った。それと同時に、自動的にテープレコーダーが回りはじめた。

ポターが受話器を取った。「ルーか？」落ち着いた口調で言った。

「わかってもらわなけりゃならないんだが、アート、この娘っこどものことなんか、おれは屁とも思っちゃいないんだ。昔、よくうちの裏庭のポーチで撃ち殺して遊んだ小鳥と同じだ。おれはここを出る。そのために、残り九人を殺さなけりゃならないとなったら、そうするまでだ。わかったか？」

ポターは言った。「わかった、ルー。だが、ひとつだけはっきりさせておきたいことがある。おまえをそこから生きて出してやれる人間は、唯一わたしだけだ。ほかには誰もいない。おまえが相手にするべきは、このわたしだ。わかったな？」

「また電話する。こっちの要求はそのときだ」

午後一時二十五分

事は慎重を要する。危険だ。再選を果たせるか否か、そんな問題とは違う。秩序と人の生命に関わることだ。

ダニエル・トリメインはそう自分に言い聞かせながら、州知事の私邸に足を踏みいれた。カバの木のようにぴんと背筋をのばし、その驚くほど簡素な内装が施された家の広々とした書斎に入っていった。

秩序と人命。

「やあ、きみか」

「はい、失礼します」

カンザス州知事A・R・ステップスはおぼろに見える地平線を眺めていた。空との境目に見えるのは、父親が経営する保険会社にたっぷり蓄えられているものとそっくり同じ黄金色の小麦畑だ。そのおかげで、ステップスも公僕の長たる地位に昇りつめた。ステップスは理想の知事だとトリメインは思っている。ワシントンに顔がきき、だがそこに群がっている連中のことを安易に信用せず、犯罪が多発するトピーカの現状と、ミズーリ州が自州の刑務所からあふれだした犯罪者どもをカンザス・シティに押しつけてくることに激怒しつつも、甘んじて事態を受けいれ、カンザス州立大学のローレンス校で教鞭を執り、妻と一緒にスカンディア航路をクルージングする慎ましやかな定年後の生活を夢見ている。

そこに起こったクロウ・リッジでの事件。

知事はファックス用紙から目をあげると、トリメインの頭の天辺から足先まで、じろじろと見まわした。

見たけりゃどうぞ。お気の済むまで。撃ち落とされたカモが描かれている額縁入りの版画が飾られ、〈レモン・プレッジ〉の洗剤で磨きあげられたマホガニーのアンティークに囲まれた部屋に、ブルーと黒の戦闘服はたしかに場違いなものに映る。ステップスの視線は、トリメインが椅子に坐るときに位置をずらした大きなオートマティックのピストルに、ちらちらと注がれている。

「ひとり殺したのか？」

トリメインは薄くなりつつあるクルーカットの頭をこっくりさせてうなずいた。知事が着ている淡いブルーのカーディガンの肘に小さな穴があいているのに気づいた。そしてまた、知事がひどく怯えていることにも。

「で、なにがあった」

「どうやら前もって計画されていたことのようです。じきに詳しい報告書が届くはずですが、これといった理由はないようです。いかにも解放すると見せかけて少女を外に出し、背中を撃ったんです」

「なんということを。その少女はいくつだったのかね」

「生徒のなかでは最年長ですが、まだ十代です。ですが、まだ……」

知事は銀器のセットのほうを見てうなずいた。「コーヒー？　それとも紅茶？……なに、どっちもいらない？　きみはここは初めてだったな？」

「こちらのお屋敷にですか？　ええ、そうです」屋敷というほどのものではない。住み心地のよさそうな、いかにも家庭といった雰囲気の家だ。

「この件に関して、知恵を借りたい。きみの専門知識をな」

「わたしにできることであれば、なんなりと」

「異常な事態だ。連邦刑務所から囚人が脱走し……いったい、どういうことなのかね、警部」

「ごもっともです、知事。カラナの刑務所は、なにぶんにも出入りの激しいところでして」

トリメインは過去五年間に起こった、五件の脱走事件を思い起こした。自分の部下が追跡逮捕した脱獄囚は多数にのぼり、高給ベビーシッターも同然の連邦執行官の達成記録をはるかに上回っている。

知事は十一月の氷の上に踏みだすように慎重に口を開いた。「ということは、名目上彼らは連邦刑務所からの脱走者として扱われるが、同時に、州の裁判所から言い渡される刑にも服することになる。もっとも、連邦裁判所が科した刑期を務めあげるのに、紀元三千年までかかるだろうが、いずれにしろ、州で扱うべき重罪犯でもある」

「しかし、包囲態勢の維持管理はＦＢＩが行なっています」トリメインは、この件には首を突っこむなと法務次官補からはっきりと言い渡されていた。州政府組織内の序列などよくわからないものの、知事の直接の指揮下で働くのは法務長官とその部下だということは、小学生でも知っている。要するに、執行部というわけだ。「もちろん、ＦＢＩには従わねばなりません。そのほうが万事うまくいくでしょうし」

知事は言った。「このポターというのは優秀な人物で……」口を閉じる気配はなかったが声はしだいに尻すぼみになり、最後には大きなクエスチョンマークに姿を変えた。

ダニエル・トリメインは根っからの法の執行者だ。封鎖された建物の窓から内部に突入し、左右両側から攻撃を浴びせかけられた場合にいかに対処するかを学ぶより先に、のちのち揚げ足をとられるようなことは決して口にしてはならないということを学んだ。「ＦＢＩの誇り、だそうです」おそらくそんなことはないだろうが、どこか近くでテープレコーダーが回っているつもりで言った。

「だが？」知事は片方の眉を吊りあげた。

「強気で勝負を打つつもりのようです」

「ということは？」

窓の外では脱穀機が前後に動いている。

「つまり、ハンディを消耗させ、降伏させるつもりだということです」

「最終的には実力行使にでるんだろうか。必要とあらば？」

「彼はただの交渉担当者です。ＦＢＩの人質救出班がこちらに向かっています。早朝には到着するでしょう」

「ハンディが降伏しなければ、そのチームが建物内部に突入し……」

「彼を殺す」

丸い顔がほころんだ。知事は懐かしげに灰皿を見つめ、それからトリメインに視線を戻した。「到着してから突入するまで、どのくらいかかるだろう」

「原則として、突入は最後の手段です。ランド・コーポレーションが数年前に行なった調査によると、まずい事態になれば――つまり、実力行使にいたった場合――人質の九〇パーセントが殺されるという結果が出ています。こんなことを申しあげるのも、なんですが」

「かまわん。率直に言ってくれ」

知事のブルーのカーディガンの下から、紙切れがのぞいている。トリメインにはそれが自分の履歴書であることがわかった。州警察官としての自分の経歴に自信と誇りをもってはいるが、もしその簡単な履歴書のなかに〝有事相談役〟としてのキャリアが記されていなければ、果たして知事は自分をここに呼んだろうかと考えた。その資格ゆえに、海兵隊を退いたのち、トリメインはアフリカとグァテマラ勤務を経ることになったのだ。

「ランド・コーポレーションの調査結果はきわめて正確なものです。しかし、今回の事件の場合、ほかの要素が加味されてきます。つまり、包囲態勢が整ってから早い時期に人質が殺されたとなると、交渉が成功する確率はきわめて低くなりますので。HT——人質をとって立てこもっている犯人——には、失うものはもうほとんどありません。ときに、犯人が非常に強気になり、どんどん要求をつりあげてきて、とうていその要求を満たすことができないという状況も生じ得ます。そうなると、そこに犯人が人質を殺す口実ができてしまうのです」

　知事はうなずいた。

「ハンディにたいするきみの評価は？」

「こちらに伺う途中ファイルを読み、おおよその輪郭はつかめました」

「それで？」

「ハンディは精神異常者というわけではありません。ですが、道徳観念に欠けていることは間違いありません」

　知事の薄い唇が一瞬横に広がったのをトリメインは見逃さなかった。金で雇われて人を殺す傭兵のこのわたしが、〝道徳観念に欠ける〟という言葉を使ったからか。

「おそらく」トリメインはゆっくりと先を続けた。「ハンディはさらに人質の少女を殺すつもりでしょう。最終的には全員、かもしれません。そしてまた、彼が活路を見いだし逃走したとしても、やることはまったく同じだと思います」

　まったく同じ。いかがかな、知事殿。その履歴書の学歴の部分を見てみるといい。こっちはローレンス校を第三位優等で卒業し、幹部候補生育成コース《OCS》ではトップの成績をおさめているんだ。

「もうひとつ検討を要する点があります」警部は続けた。「今朝、仲間と一緒のところを州警官に発見されましたが、ハンディは本気で逃げようとはしませんでした」

「逃げようとしなかった？」

「相手は警官ひとり、犯人側は三人、そして銃と人質を手にしていました。どうやらハンディの目的は逃走することではなく、ただ少し時間を稼いで……」

「時間を稼いでなにをするのかね」

「つまり人質がいましたので。この意味、おわかりになりますでしょうか。人質は全員女でして」

知事は椅子から立ちあがり、どっしり重い体を窓ぎわに移した。外ではコンバインが平らな地面をならしていた。その不格好な機械のうち二台が、ゆっくりと同じ場所を目指して互いに近寄っていく。知事はふかぶかとため息をついた。

なんともあきれ果てた道徳観念の欠如ぶりでしょう、知事？

「とにかくやつは普通の人質事件の犯人とは違うんです、知事。ハンディにはサディスティックな傾向が見られます」

「それじゃ、きみの考えでは、いずれあの男は少女たちに……手荒な真似をすると？　わたしの言う意味、わかるな？」

「ええ、間違いありません。同時に窓の外にもちゃんと目を光らせていられるならば。それに、あの建物の中に一緒にいる仲間のひとりソニー・ボナーですが、この男はレイプでぶちこまれていました。それと、州をまたいでの禁制品の輸送でも。しかし、この男の主な罪状はレイプです」

知事のデスクの上には、ブロンド揃いの家族と黒いラブラドール・リトリーヴァ、そしてイエス・キリストの写真が並んでいる。

「きみのところのチームは優秀なのかね、警部?」ほとんどささやき声になっている。

「はい、きわめて」

知事は眠そうな目をこすった。「人質を救出できるか?」

「はい。予測される犠牲者の数をはじき出すためには、暫定的に作戦を練り、それによって生じる被害を査定しなければなりませんが」

「どのくらい時間がかかる」

「カーファロー警部補に現場付近一帯の地図と建物の図面を入手するよう言ってあります」

「警部補は今どこに」

トリメインは腕時計に目をやった。「ちょうど今こちらに来ておりますが」

知事の目がまたもやぴくっと動いた。「中に入るよう言いたまえ」

一瞬後には、ずんぐりした若い警部補が、知事の目の前で地図と古い設計図を広げていた。

「警部補」トリメインがどなるように言った。「きみの査定結果を聞かせてくれたまえ」

ずんぐりした指が、設計図上の数カ所を指し示した。「ここと ここから侵入可能です。そっと中に忍びこみ、スタン手榴弾（大きな音や強力な光を発し、相手を傷つけずに無力化させる弾）を使い、一斉射撃ゾーンを設定します」若い警部補が陽気な口調で言うと、知事はまたもや不安をつのらせたようだった。無理もない。カーファローは、薄気味悪い小さなイタチといった感じの男だ。警部補はなおも続けた。「銃撃戦開始まで六から八秒と見ています」

「つまり」トリメインが言い添えた。「ドアがぶち破られてから、三人を捕捉する——要するに、犯人全員に銃を突きつける——までが六秒ということです」

「いい手際だと？」

「申し分ありません。六秒ならば、人質に犠牲者が出る可能性はきわめて低い、もしくはゼロということになります。もちろん、犠牲者を出さずに済むと保証することはできませんが」

「何事も百パーセント確実などということはない」

「はい、そのとおりでして」

「ご苦労だった、警部補」知事は言った。

「よし、退がれ」トリメインが命じると、若い警部補はさっと顔から表情を消し、くるりと向きを変えて部屋を出ていった。

「ポターはどうなのかね」知事は訊いた。「とにもかくにも、現場で指揮をとっているのはポターだが」

トリメインは答えた。「それと、それに関連した問題ですが——実力行使にゴーサインを出せる状況が生じる可能性もあります」

「そう、その口実がな」知事は安易にそう考えた。そこでふっと顔をしかめ、カーディガンの袖口からほつれているブルーの毛糸を引っ張った。

「ポターとハンディ、それと現場に詰めている警官たちのコミュニケーションを分断し、しかるのちに、当方のチームから、食肉加工場内でただならぬ事態が生じつつあるとの見解を示す。つまり、ポターが対応できないような事態ということですが。わたしとしましては、いざとなればわれわれがあの建物に突入して、現場の安全確保に努めるというのは、正当——かつ合法的——な行為であると考えます」

「うん、うん、なるほど。たしかにそれはそうだろう」知事は片方の眉を吊りあげ、一瞬逡巡したが、やはり率直に自分の考えを言っておいたほうがいいだろうと判断した。デスクの上をぴしゃりとたたいた。「よし、警部。わたしからの命令だ。きみは州警察の人質救出部隊を動員し、できうるかぎりポター捜査官の支援に努める。なんらかの理由により、ポター捜査官が現場の指揮をとりつづけられなくなり、犯人たちが人質もしくは警官……あるいは誰にとってであれ、差し迫った脅威となる恐れがでてきた場合には、きみがその状況の鎮静化に乗りだす権限を認めるものとする」

なんなら今の言葉をテープに録音したまえ。この言葉の正当性、周到さには、誰も文句はつけられんはずだ。知事はそう言いたげな顔だ。

「了解いたしました」トリメインは地図と設計図を丸めた。「ほかにはなにか？」

「ぐずぐずしている暇はないというのは、わかっているが」知事は、これが最後のテストだぞと言わんばかりに、神妙な顔をした警部にゆっくりと嚙んで含ませるように言った。「少しばかり祈りに時間を割くことくらい、できると思わんかね？」

「ごもっともです」

そして、兵士たるトリメインは支配者たる知事の手を取り、二人してひざまずいた。トリメインはその射すようなブルーの目を閉じた。ウェバー&ストルツ食肉加工会社の工場の中で、死の恐怖にさらされている哀れな少女たちの命運を思って、胸を痛めている全能の神の御心が、あたかもそのまま言葉となって流れ出したとでもいうように、早口だがはっきりと明瞭な発音で発された言葉が、部屋の中を満たした。


だから、おまえ、家に帰ってくるだろう？

メラニーは大柄な女性を見つめながら考えた。よくもそんなに泣けるものだ。ミセス・ハーストローンの腕を軽くたたいてみたが、先輩教師はいっそう激しく泣くばかりだった。

メラニーたちは依然、殺伐とした処理室にいた。床にできた油混じりの濁った水たまりには、虹のような色彩の輪が浮いている。汚れた陶製タイルに囲まれた窓のない部屋。黴と排泄物のにおいがたちこめている。そして、時を経てなおも残る動物の腐臭。メラニーは『シンドラーのリスト』に出てくるシャワールームを思い出した。

どうしても部屋の真ん中に目がいってしまう。血を洗い流す溝がクモの足のように放射状に広がっている大きな排水溝。どこもかしこも茶色のしみだらけだ。ずっとずっと昔に流された血。ただならぬ鳴き声を発しながら必死にもがく若い牛が喉をかき切られ、どくどくと流れでるその血が排水溝を伝っていく光景が脳裡に浮かぶ。

メラニーは泣きだし、するとまたもや去年の春に父が言った言葉が耳の奥に蘇ってきた。**だから、おまえ、家に帰ってくるだろう。家に帰ってくるだろう、帰ってくる……**

そこから思いは兄に飛んだ。六百マイル離れた病院のベッドに横たわっている兄。今ごろもう聞いているだろう。キャデラックに乗ったカップルが殺されたこと、そして誘拐事件のことも。きっと死ぬほど心配している。ごめんなさい、ダニー。兄さんのそばにいてあげたい！

空中に飛び散る血……

ミセス・ハーストローンはうずくまって身を縮め、震えている。顔は真っ青だ。スーザンの死を目のあたりにしたときの恐怖が、ミセス・ハーストローンが発作を起こすのではないかという恐怖と、一瞬入れ替わった。

「お願い」メラニーは手話で話しかけた。「子供たちが怯えているわ」

だが、ミセス・ハーストローンはそれに気づかず、気づいていたとしても、まったく反応を見せなかった。

だから、おまえ……

メラニーは涙を拭いて、両腕に顔を埋めた。

……家に帰ってくるだろう？

両親の望み（というより、父親の望みだ。父の意向が両親の意向なのだから）どおり、家に帰っていたなら、今ごろ自分はここにはいなかった。

この子たちの誰も。

スーザンもまだ生きていたはず。

ああ、もう、やめなさい！

〝熊〟が処理室を通りかかり、中をのぞいた。半分腹の肉に隠れた股間を握り、シャノンに向かって何事かわめいた。膝を突きだし、またおれを蹴飛ばしたいか、というようなことを言った。シャノンは〝熊〟を睨みつけようとしたが、結局そうはせず、自分の腕を見おろして、すでに消えかけている自分で描いたスーパーヒーローの刺青をこすった。

〝ブルータス〟に声をかけられ、〝熊〟は顔をあげた。大男は〝ブルータス〟を恐れている。〝熊〟の目の表情を見て、ふいにメラニーはそう気づいた。〝熊〟はわざとらしく笑った。一度ちらりとミセス・ハーストローンを見たが、その視線はほぼずっと、少女たちにまとわりついている。特に双子、そしてエミリーとそのドレス、白いストッキングと黒いエナメルの靴に。エミリーが着ているドレスは、メラニーがカンザス州主催の聾者による朗読の発表会に出演する、この日のために新調されたものだ。〝熊〟はやけに長いこと少女たちを見つめていたが、やがて渋々、メインルームに戻っていった。

あの子たちを逃がさなければ、メラニーはそう考えた。たとえどんな手を使ってでも、あの子たちをここから脱出させなければ。

そうは言っても、わたしにはできない。そんなことをしたら、きっと〝ブルータス〟に殺されてしまうだろう。レイプされるかもしれない。悪魔のような男、〝外の世界〟の人間。スーザンのことを考え、メラニーはまたもや泣きだした。言われたとおりにしておけばよかった。お父さんの言うとおりだった。

だから、おまえ、家に帰ってくるだろう？

そうしていれば、スーザンは生きていた。

トピーカでのリサイタルが終わったあとの、秘密の約束などというものもなかったはずだ。嘘をつく必要もなければ、思い悩むこともなかったろう。

「退がって、壁のところに」メラニーは少女たちに手話のサインを送った。子供たちを〝熊〟から遠ざけ、目につかないところに置いておかねばならない。少女たちは言われたとおり場所を移動した。どの子も泣き顔だ。なおも反抗的に怒りをあらわにしている痩せっぽちで気の強いシャノンを除いては。そしてキールも——こちらは反抗的態度でもなければ膨れっ面でもなく、不気味なくらいおとなしいが。メラニーはキールのことが気になった。あの子のあの目の表情は、いったいなに？　スーザンそっくり。大人の女の顔をした子供。まあ、たいへん、あの目には復讐心と燃えるような憎しみがこもっている。スーザンの後継者はあの子なのだろうか。

「あいつ、マグネトよ」〝ブルータス〟にちらりと目をやりながら、キールがさりげなくシャノンにサインを送った。それがキールがハンディにつけたあだ名なのだ。だが、シャノンはそれに同意しなかった。「違うわ。〝陰険男〟よ。同胞団の仲間なんかじゃないわ。最低最悪の男よ」

キールはそう言われて考えた。「でも、やっぱり――」

「ちょっと、あなたたち、やめなさいってば！」ベヴァリーがふいに会話に割りこんだ。苦しげに上下する胸の動きに合わせたように、両手をしきりに上げ下げしている。「ふざけてる場合じゃないんだから」

メラニーはうなずいた。「もう、おしゃべりはやめよ」ああ、ミセス・ハーストローンたら。メラニーは内心腹立たしさで一杯だった。お願いだから……いいかげん、泣くのはやめて！　赤くなったり青くなったりしながら、ぶるぶる震えている。いいかげんにしてちょうだい！　メラニーの両手があがった。「わたしひとりじゃ、どうしようもないわ」

だが、処置なしだった。ミセス・ハーストローンは処理室のタイルの床に横たわり、子牛や小羊の熱い血が流れ、消えていった溝に頭をもたせかけたまま、ひと言も言葉を発しない。

メラニーは顔をあげた。少女たちが自分を見つめている。

なにかしなければ。

だが思い出すのは、去年の春、玄関ポーチのブランコに坐って父が言った言葉――亡霊のようにつきまとって離れない――だけだ。晴れ渡ったあの日の朝、父は言った。「ここはおまえの家だし、いつでも帰ってきていいんだぞ。人間は誰でもどこかしら属する場所が必要だからな。そう、ここがおまえの場所だ。自分が抱えている問題に煩わされずに済む場所で、自分にできることを一生懸命にやる、それが神が望まれていることだ」

（あのとき、なんと完璧に父の言葉を読みとれたことだろう。普通は読みとることが不可能な摩擦音やわかりにくい破裂音まで。今、ちょうどあのときのように、ハンディ――〝ブルータス〟――の言葉をよく理解できる）

父は最後にこう言った。「だから、おまえ、家に帰ってくるだろう？」そして、メラニーがいつももち歩いているメモ用紙に返事を書く間も与えず、立ちあがってアンモニアのタンクを車につなぎに行った。

そのときふいに、メラニーはベヴァリーの頭が小刻みに上下しているのに気づいた。間違いない、喘息の発作だ。ベヴァリーは青ざめた顔で苦しげに目を閉じ、息をしようと激しくもがいている。メラニーはベヴァリーの湿った髪を撫でた。

「なにかしなくちゃ」ジョスリンがぽっちゃりした指でサインを送ってきた。

しだいに部屋の奥へ奥へとのびてくる機械類や配線の影が、一段と濃くなったかと思うと揺らぎだした。メラニーは立ちあがり、つかつかと隣の部屋に入っていった。そこでは〝ブルータス〟と〝イタチ〟が明かりの調節をし直していた。

ひとつくらいわたしたちにもライトを分けてくれるかもしれない。どうか、お願い……

「あんなやつ死んじまえ、大嫌いよ、あいつ」気の強いブロンドのキールが怒りもあらわにサインを送り、丸顔を憎しみに歪めながら〝ブルータス〟を見つめた。

「静かに」

「あんなやつ死んじまえ！」

「やめなさい！」

ベヴァリーは床に横たわり、サインを出した。「お願い、助けて」

隣の部屋では、〝ブルータス〟と〝イタチ〟が揺れるライトの下に寄り添うようにして腰をおろしていた。〝イタチ〟の淡い色のクルーカットの髪に明かりが反射している。二人は次々にチャンネルを変えながら小型テレビを見ている。〝熊〟は窓辺に立ち、なにやら数を数えている。警察の車だ、メラニーはそう思った。

メラニーは男たちに向かって歩いていった。手前十フィートほどのところで立ちどまった。〝ブルータス〟の視線が、メラニーが身につけている黒っぽいスカートから、バーガンディのブラウス、そしてゴールドのネックレス――兄のダニーからのプレゼント――へと移っていった。あの下卑た笑みを浮かべて、〝ブルータス〟はじっとメラニーを見つめている。

〝熊〟と違って、胸や脚をじろじろ見はしない。ただ顔を、それも特に耳をじっと見つめてくる。その目つきが、うちひしがれているミセス・ハーストローンを見つめていたときと、そっくり同じだということにメラニーは気づいた。悲劇のコレクションに加える一品を見定めているような目だ。

メラニーは文字を書く仕草をした。

「なんだ」〝ブルータス〟はゆっくりりと、メラニーに音の振動が伝わるほどの大きな声で言った。「言ってみろ」

メラニーは自分の喉を指さした。

「しゃべることもできないのか？」

メラニーはしゃべらない。声帯にはまったく異常はないのだが、しゃべらない。かなり成長したのちに聴覚を失ったので、メラニーは基本的な言語能力は身につけている。それでも、スーザンの例にならって口話法を使うのを避けている。スマートなやり方ではないからだ。聾者の世界では、両方の世界——聾者と健聴者の世界——に二股かけて生きている人間は嫌われるものだ。メラニーはもう五、六年のあいだ、ひと言たりとも声を発しようとしたことはない。

メラニーはベヴァリーを身振りで示し、胸を押さえて荒い呼吸をしてみせた。

「ああ、あの病気の……あのガキがどうかしたか？」

メラニーは薬を飲む仕草をした。

〝ブルータス〟は首を横に振った。「そんなこと、こっちの知ったことか。戻って坐ってろ」

メラニーは祈るように両手をきつく合わせて、懇願した。〝ブルータス〟と〝イタチ〟は笑った。〝ブルータス〟がなにやら〝熊〟に声をかけると、こちらに近づいてくる〝熊〟の足音のはっきりした振動がメラニーに伝わってきた。と思うと、〝熊〟の腕が胸にまわされ、メラニーはそのまま床の上を引きずっていかれた。〝熊〟の指先がきつく乳首をつかんだ。

メラニーはその手を必死に払いのけたものの、またもや目に涙が浮かんできた。処理室に戻ると、〝熊〟を押しのけて床にしゃがみこんだ。メラニーは、こっそりと床に置かれていたライトのひとつをつかみ取っていた。油にまみれた熱いそれをしっかりと胸元で握りしめた。手が焼けそうに熱くなったが、救命具にしがみつくようにライトをしっかり抱えこんだまま放さなかった。〝熊〟がこちらを見おろし、なにやら質問を発しているようだ。

だが、あの春の日、田舎の家のポーチで父を前にしたときのように、メラニーは返事をしなかった。そのまま魂を遊離させた。

去年の五月のあの日、メラニーはぎーぎー軋む階段をあがり、自分のベッドルームの古いロッキング・チェアに腰をおろした。今、メラニーは処理室の床に横たわっている。双子よりもまだ幼い子供に戻ったような気がする。せめてもの慰めに目を閉じ、魂を遊離させた。そのようすを見れば、誰もがメラニーは気を失ったと思うだろう。だが、気を失ったのではなく、メラニーはその場にいなくなっているのだ。どこか他所《よそ》に、誰も知らない安全な場所に行ってしまったのだ。

人質解放に向けて犯人と話し合う交渉担当者を募集したときに、アーサー・ポターは自分のコピー人間と面接しているような奇妙な気分に陥った。どれもこれもぱっとしない中年の、呑気そうな警察官ばかりだった。

一時期は、交渉担当者には心理学者を起用すべきだと考えられていた。だが、封鎖された現場での交渉がいかに患者相手のセラピー・セッションと似ていようと、心理療法士では役に立たなかった。彼らは何事も分析の対象とし、診断をつけることに重点をおきすぎる。なぜ犯人と話し合うかといえば、それは相手がDSM‐Ⅳに一致するかを判断するためではなく、両手をあげて降伏するよう説得するためなのだ。この作業には常識と集中力、鋭い思考力、忍耐（これに関してはアーサー・ポターは自信がある）、健全な自己把握能力、巧みな話術、そして聞き上手であることが要求される。

特に重要なのが、交渉担当者は感情の抑制がきかねばならないということだ。そのときアーサー・ポターが悪戦苦闘していたのが、まさにそれだった。ポターは、目の前でスーザン・フィリップスの胸に穴があき、熱い血の滴が自分の顔に飛んできたときの光景を頭の中から追い払おうとあがいていた。長年のあいだにポターが仕事をしてきた人質事件の現場では、多くの人々が命を落としてきた。だが、今回のように、間近で、あれほど無残な死を目にしたのは初めてだった。

ヘンダースンから電話が入った。銃声を聞きつけたリポーターたちが、情報をくれと騒いでいるというのだ。「三十分以内に声明を発表すると言っておいてくれ。ここだけの話だぞ、ピート。実は、やつがひとり殺した」

「なんということを」だが、その口ぶりからするに、ヘンダースンは少しも動じていないらしい。むしろ、ほとんど喜んでいるといっていいくらいだ――おそらく、台本なしで始まったこの悲劇の演出を一手に引きうけているのはポターだからだろう。

「少女を処刑したんだ。背中を撃った。いいか、ひょっとするととんでもなくまずい事態が生じるかもしれん。ワシントンに連絡して、人質救出班の出動を急かしてくれ、いいな？」

「なぜやったんだろう」

「特に理由などない」ポターはそう言って電話を切った。

「ヘンリー？」ポターはラボウに言った。「ちょっと知恵を貸してくれ。どんな話題は避けるべきだろうか？」

交渉担当者は個人的な話題に触れて、犯人と気心を通じさせようとする。だが、不用意にへたなことに触れれば、犯人を激高させ、殺人行為に走らせることにもなりかねない。

「ほとんどデータがない」情報担当の捜査官は答えた。「わたしなら軍隊経験に関する話は避けるな。それと、兄貴のルディのことも」

「両親は？」

「そのあたりの関係はわかっていない。もう少し情報が入ってくるまでは、一般原則に従ったほうが無難だろう」

「ガールフレンドは？　名前はなんというんだ」

「プリシラ・ガンダー。そこなら問題ない、と思う。よくいるボニーとクライドだ」

「ただし」バッドが指摘した。「ハンディが刑務所送りになった時点で、やつを捨てています」

「なるほど、見過ごせない点だな」ポターはそう言いながら、ハンディがガールフレンドの話題をもちだすよう仕向け、なにを言おうが、ただ調子を合わせるだけにしようと考えた。

「前妻のことはぜったいに避けるべきだ。どうやら相当関係は悪化していたらしい」

「それじゃ、人間関係については全般的に避けたほうがいいんだな」ポターは大雑把にひとくくりにした。人質事件の犯人に典型的に見られる傾向だ。普通、情緒障害のある犯人は、いまだ未練を残している前妻のことをしゃべりたがるものだ。ポターは食肉加工場のほうを見て、きっぱり言いきった。「人質をひとり解放するよう説得してみたい。誰にしたらいい？　これまでに人質に関してわかったことは？」

「とりとめのないことがいくつか。アンジーが到着しないと、役に立ちそうなことはなにもわからない」

「あの、考えたんですが……」バッドが口を開いた。

「なんだ、言ってくれ」

「あの喘息もちの少女のことです。前にあなたがその少女を解放してくれるよう頼みましたが、やつはその子が発作を起こして激しく咳きこむ――たぶん、そうなるんだと思いますが――ところを見ているはずです。ハンディはその手のことにすぐにいらいらする男のようですから、おそらく、その子を厄介払いするつもりでいるんじゃないでしょうか」

「いい点に気づいたな、チャーリー」ポターは言った。「だが、心理学的な効果を鑑《かんが》みた上での交渉のルールとしては、一度拒絶反応が返ってきたら、ほかの話題、ほかの人間を試すべきなんだ。当分のあいだ、ベヴァリーは交渉の対象とするわけにはいかない。彼女に執着すれば、こっちの弱みを見せることになるし、やつのほうとしても、一度は拒絶したことで譲歩するのは、やはり自分の弱みを見せることになる。ヘンリー、ほかの少女のことで、なにかきみにわかることは？」

「そうだな、このジョスリン・ワイダーマンだが、抑鬱症でときどきカウンセリングを受けているという情報がアンジーから入っている。よく泣くし、ヒステリーの発作を起こすこともあるそうだ。パニックを起こして逃げだそうとするかもしれない。そうなれば殺される」

「やはりその子でしょうね」バッドが言った。

「よし。そのジョスリンでいこう」ポターは言った。「電話が入ったぞ」

電話に手をのばしながら、トビーが手をあげた。

電話が鳴り、レコーダーが回りはじめた。

「わたしだ」ポターが言った。

沈黙。

「そっちのようすはどうだね、ルー」

「悪くないな」

すぐわきにぶ厚いガラスがはまったバンの窓があるにもかかわらず、ポターは顔をあげて、ラボウがスクリーンに映しだしたものに目をやった。ＣＡＤによる食肉加工場の設計図だ。人質救出班にとっては、まさしく悪夢ともいうべき代物だった。今ハンディがいると思われる場所は、家畜を収容しておくのに使われていた広い部屋だ。だが、食肉加工場の裏は、小さなオフィス、切り分け・包装室、ソーセージ製造室、貯蔵室などが狭い廊下によってつながれている三階建ての建物になっていることがわかった。

「きみたちもさぞや疲れてきてることだろうな」ポターは言った。

「いいか、アート、これからこっちの要求を出す。そっちじゃ、ちゃんとテープレコーダーが回ってるはずだが、あんたはそんなことは素振りにも見せないつもりだろう」

「たしかに、一語一句録音している。嘘をつくつもりはない。こういうときのやり方は、きみもわかっているだろう」

「だがな、おれはテープに録られた自分の声が嫌いなんだ。前にある裁判で、やつらおれの供述テープを法廷で聞かせやがった。そのとき聞いた自分の声が気に入らなくってな。まあ、それを言うなら、なんだって自白なんてしちまったのか、そもそもそいつがわからないんだが。たぶん、自分があの女にしたことを、とにかく誰かにしゃべりたくてしようがなかったんだろうな」

ハンディのすべてを把握したいと考えていたポターは、こう訊いた。「じゃ、そのときみはいったいなにをしたのかね、ルー?」ハンディの返事を予測してみた。**とんでもなくたちの悪いことさ。きっとあんた、聞いたら後悔するぜ。**

「まあ、聞いて愉快なことじゃないことは確かだ。いい気はしないぜ。けど、おれは自分のやったことを誇りに思ってるがな」

「この下種野郎」トビーがつぶやいた。

「誰だって、テープに録られた自分の声は気に入らないと思うがね、ルー」ポターはくだけた口調で続けた。「わたしも年に一度、研修セミナーをやるが、いつもそれをテープに録られる。嫌だね、それを聞くのは」

よけいなことをべらべらしゃべるな、アート。こっちの話を聞いてりゃいいんだ。

「そんなこた、おれにはどうだっていいんだ、アート。いいから、ペンを用意して、よく聞け。ヘリコプターが欲しい。でっかいやつだ。八人乗りの」

人質九人、犯人三人、それにパイロットがいる。ということは、五人余るということになる。その五人をどうするつもりだろう。

ラボウはハンディの言葉をすべてコンピューターに打ちこんだ。音をたてないよう、キーボードには綿布をかけてある。

「わかった、ヘリコプターだな。警察とFBIが所有しているのは二人乗りだけだ。八人乗りを調達するには、少しばかり時間が――」

「言ったろ、アート。そんなことおれの知ったこっちゃない。ヘリコプターとパイロットだ。それがこっちの要求のナンバーワン。わかったか？」

「ああ、わかっているとも、ルー。しかし、前にも言ったとおり、わたしは一介の捜査官にすぎん。ヘリコプターを調達するまでの権限は、わたしにはない。ワシントンと連絡をとらなければならないんだ」

「アート、わかってないんだな、あんた。そいつはあんたの問題だ。おれにとっちゃ、今日一日のテーマだ。だから、〝知った〟、〝こっちゃ〟、〝ない〟。時間はどんどん経っていくぜ。ほんの数マイル先の空港に電話するなり、ヴァティカンの法王に電話するなり、さっさとやりゃいいだろ」

「わかった。先を続けてくれ」

「食い物が欲しい」

「わかった。特に注文は？」

「マクドナルドだ。たっぷりとな」

ポターがバッドに目配せすると、バッドは電話を取りあげ、小声でハンバーガーを注文した。

「じきに届く」

やつの考えを読め。やつの頭の中に入りこむんだ。次はきっと酒を要求してくる、ポターは考えた。

「それと、十二番径の散弾百発、防弾チョッキ、それとガスマスクだ」

「いや、それはちょっと。その要求は呑めんな、ルー。わかるだろう」

「ぜんぜんわかんねえ」

「武器を与えるわけにはいかないんだ、ルー」

「ガキを渡すと言ってもか？」

「そうだ、ルー。武器と弾薬は、こういう際には禁制品扱いになってるんでな。すまん」

「あんた、やたらおれの名前を口にするな、アート。なあ、たとえばおれたちが馬の売買をするとしよう。あんた、どのガキが欲しい。特にどれがいいって希望はあるか？　さっきの武器の話はなかったとして」

ラボウが眉を吊りあげ、うなずいた。バッドがポターに親指を突きたててみせた。

メラニー。ポターはとっさにそう思った。だが、ここはひとつラボウらの判断に従って、今一番危険にさらされている少女にオファーを出すべきだろう。情緒的な問題を抱えているジョスリンだ。

特に解放を求めたい少女がいる、ポターはハンディにそう言った。

「よし、言ってみろ。どいつだ」

ラボウがくるりとコンピューターを回転させた。ポターはスクリーンに表示されている鮮明な文字を読みとった。「短い黒髪、少々肥満ぎみ。十二歳。名前はジョスリンだ」

「あれか？　あの泣き虫のガキ。脚の骨を折った犬っころみてえに泣きやがる。厄介払いできて、せいせいだ。いいのを選んでくれたな、アート。よし、五分後に撃たれるのはそいつだ。あんたが武器と弾薬を突っぱねたからだ」

かちゃっ。

午後二時

くそっ、やられた。ポターはテーブルに拳を打ちつけた。

「あの野郎」バッドがつぶやいた。そして、「くそ、なんてこった」

ポターが双眼鏡をのぞくと、食肉加工場の窓にひとりの少女の姿が見えた。丸々と太っていて、ぽっちゃりした頰には涙が光っている。ショートカットの頭に銃口を突きつけられると、少女は目を閉じた。

「カウントをとれ、トビー」

「四分三十秒」

「あの子か？」ポターはささやき声でラボウに訊いた。「あれがジョスリン？」

「そうだ」

「あの散弾銃は十二番径だな？」ポターは落ち着いた声で訊いた。

ラボウはそうだと答えた。「おそらく弾薬の手持ちはたいした量はないんだろう」

デレクは二人をちらりと見て、平然と交わされている会話にショックをうけた。

「たいへんなことになった」バッドがかすれた声で言った。「なにか手を打たないと」

「たとえば？」ポターが言った。

「やつにもう一度電話して、弾薬を与えると言うんです」

「だめだ」

「四分」

「しかし、やつはあの子を撃つと言ってるんですよ」

「やるとは思えん」やる、それともやらない？　ポターは考えた。だが、これについてはまったく読めない。

「やつを見てください」バッドが言った。「あれを！　あの子は銃を頭に突きつけられてるんですよ。ここからでも、泣いてるのがわかります」

「われわれに見せつけるのが、やつの目的だ。落ち着け、チャーリー。武器や弾薬など、ぜったい渡すわけにはいかんのだ」

「でも、やつはあの子を殺しますよ！」

「三分三十秒」

「ひょっとして」ポターは内心の焦りを抑えながら言った。「もう弾薬は一発も残ってないかもしれん。あっちにあるのは、空っぽのピストル二挺と散弾銃だけだとしたら？」

「でも、もしかしたらあと一発だけ残っていて、それをあの子に使おうとしてるのかもしれません」

人質をとられた籠城事件は、殺人事件に発展する可能性がきわめて高い。

ポターは少女の哀れな顔をじっと見つめつづけた。「今の時点で、すでに九人の死者——中にいる少女たち——が出ていると考えるべきだ。そこに十二番径の弾薬百発だと？　そんなことをしたら、犠牲者の数は倍になる」

「三分」トビーが大声で言った。

外ではスティルウェルがもどかしげにしきりに姿勢を変え、モップヘアを自分の手でくしゃくしゃにしている。バンのほうを見たかと思うと、食肉加工場に視線を移す。ポターたちのやりとりが聞こえているわけではないが、ほか全員の警官と同様、スティルウェルにも窓の向こうにいる哀れな少女の姿が見えているのだ。

「二分三十秒」

「空の銃を届けましょう。あるいは、口径の合わない弾薬を」

「いい考えだ、チャーリー。だが、そんなものは用意してない。やつもまだこの段階でまたひとり人質を無駄づかいするはずはない」本当にそうだろうか？　ポターは考えた。

「無駄づかい？」また別の声が——技術担当のデレク——バンの車内に響いた。そしてポターの耳に、「くそったれが」と小さな声が続いて聞こえたような気がした。

「二分」トビーが冷静な声で告げた。

ポターは前屈みになって窓をのぞいた。ずらりと並んだ車の防衛線のうしろにいる警官たちの姿が見える。何人かは、不安げにバンのほうを振り返って見ている。

「一分三十秒」

ハンディはどうするつもりなのか。なにを考えているのか。読めない。もう少し時間が必要だ。もっと話をしてみなければ。やつがあの子を殺すかどうか、これがあと一時間経ったあとならわかるだろう。だが今は、見えるのはもやもやした煙、感じるのは危険だけだ。

「一分」トビーが大声で告げた。

ポターは電話を手に取った。短縮ダイアルを押した。

かちゃっ。

「つながったぞ」

「ルー」

「アート、決めたぜ。グロックの弾薬も百発欲しい」

「だめだ」

「じゃ、グロックの弾薬百と一発にしよう。あと三十秒で一発使っちまうからな。穴埋めが必要だ」

「弾薬はだめだ、ルー」

デレクが前に飛びだし、ポターの腕をつかんだ。「イエスと言うんだ。頼むから！」

「巡査部長！」バッドが叫び、デレクを引き離して隅に押しのけた。

ハンディは続けた。「あのヴェトコンの野郎が撃たれたのを憶えてるか？　あれは映画だったっけ？　ほら、あの頭にずどんと？　噴水みたいに血が噴きだしたよな」

「無理だ、ルー。聞こえるか？　どうも接続が悪いようだが」

「あなたが交渉担当者なんですよ！」バッドがひそひそ声で言った。「やつに話しかけるんです」どうやら、デレク・エルブを引き離したことを後悔しているようだ。

ポターはバッドの言うことを無視した。

「十秒だ、アーサー」トビーが言った。落ち着かなげにしきりにイヤリングの穴をいじりまわしている。大事なダイアル盤に背を向け、窓の外をのぞいた。

十分か、はたまた一時間か、刻々と時が流れ過ぎていった。電話回線に生じているノイズが、血のようにスピーカーから流れでる以外、車内はしんと静まり返っている。ポターはわれ知らずのうちに息を殺していた。それに気づいて、ふたたび呼吸を始めた。

「ルー、聞こえるか？」

返事はない。

「ルー？」

ふいに銃がさがり、誰かの手が少女の襟首をつかんだ。少女は口をあけたまま、窓辺から建物の奥へと引きずり戻された。

ポターは次の会話を予測した。よう、アート、なにしてんだ、え？

「やあ、アート、調子はどうだ」ハンディの陽気な声がスピーカーから流れてきた。

「まあまあというところだ。そっちは？」

「上々だ。いいか、こうしよう。ヘリコプターを用意してくれるまで、一時間にひとりずつ撃ち殺していく。四時から始めて、きっかり一時間おきだ」

「しかし、ルー、四時と言うが、大型ヘリコプターを調達するには、どうしてももっと時間がかかってしまうんだ」

ポターは考えた。こっちの知ったことか。いいから、言われたとおりにしろ。

だが、ハンディは冗談半分脅し半分の口調で、こう言った。「あとどのくらいだ」

「二時間。それだけあれば、たぶん――」

「だめだ。五時までだ」

ポターは慎重にひと呼吸おいた。「なんとかしてみよう」

耳障りな笑い声。続いて、「それと、話はぜんぜん違うんだがな、アート」

「なんだね？」

一瞬の間、つのる緊迫感。ようやくハンディがうなるように言った。「ハンバーガーと一緒に、〈フリトズ〉（トウモロコシ・チップス）もよこしてくれ。どっさりだぞ」

「わかった。だが、あの少女を解放してくれ」

「あの、ちょっと」バッドが小声で言った。「あまりしつこくやらないほうが」

「どのガキだ」

「ジョスリンだ。窓のところに連れてきてたろう」

「ジョスリン、か」ハンディがふいに明るい声になって言うので、ポターはまたもや面食らった。「おかしな名前だな」

ポターはぱちんと指を鳴らし、ラボウのコンピューターを指さした。情報担当の捜査官がハンディのプロファイルをスクロールし、二人は一緒にジョスリンという名前に関する記述を探した。母親、姉妹、保護観察官。だが該当する者はいなかった。

「その名前のどこがおかしいんだ、ルー」

「十年くらい前だったが、ジョスリンって名のウェイトレスと一発やって、えらく楽しい思いをさせてもらったことがあるのさ」

ポターは脚から肩にかけて悪寒が走るのを感じた。

「いかす女だったぜ。もちろん、プリスにゃかなわなかったがな」

ポターはそういうハンディの口ぶりに耳を澄ました。目を閉じ、考えた。**そいつも人質だったんだ、そのジョスリンって女。で、おれはその女を殺した。どうしてかというと……そ**の先ハンディがなにを言うかは、想像つかなかった。

「あの女のことを思い出したのは、ずいぶん久しぶりだな。そのジョスリンも、ここにいるジョスリンと同じ人質だったんだ。で、おれの言うことに逆らった。言うことをきかなかったんだ。だから、おれはナイフを使ったというわけだ」

いくぶんはったりも含まれているだろう、ポターはそう考えた。いかにも愉快そうな口ぶりでナイフの話をした。だが、ハンディが言ったことには、なにかしら意味がありそうだ。**おれに逆らった**。ポターはその言葉を書きとり、コンピューターに入力するようにとラボウに差しだした。

「あの子を返してほしいんだ、ルー」ポターは言った。

「心配するなって。今はプリスがいるからな。浮気なんかしないさ」

「食べ物が届いたら、人質と交換だ。どうだろう、ルー」

「まったくろくでもないガキだ、アート。小便でも漏らしやがったらしい。さもなきゃ、あんまり風呂に入らないかだな。あのボナーでさえ、あのガキのそばには近寄らないんだぜ。知ってるだろうが、あいつはメスときたら見境なしの男なのにな」

「今ヘリコプターの手配をしているし、食べ物はもうすぐそっちに届けられる。人質ひとり分、きみはわたしに借りがある、ルー。ひとり殺したからな。それはわたしにたいする借りだぞ」

バッドとデレクが唖然とした顔でポターを見つめた。

「いいや」ハンディは言った。「そうは思わないな」

「ヘリコプターには人質は四、五人しか乗れない。いいだろう、ひとり返してくれ」ときには下手にでるのも必要だが、ときには強気にでるのも必要だ。ポターはぴしゃりと言った。

「いいかげんにしろ、ルー。いざとなればおまえが平気であの子たちを殺すことはわかっている。おまえの要求は通したろうが。だから、あの子を解放しろ、いいな？　食べ物をもたせて警官をひとりそっちに遣る。その警官と一緒にあの子を返してくれ」

一瞬の間。

「どうしてもあのガキが欲しいのか？」

ポターは考えた。**実を言えば、返してほしいのは全員だ。**

ジョークを飛ばしてもいいころか？　それとも早すぎる？

ポターは勝負に出た。「正直言えば、全員返してほしいな、ルー」

重苦しい沈黙。

やがて、スピーカーからしゃがれた笑い声が聞こえてきた。「あんた、なかなかいいやつだな、アート。オーケイ、あのガキを返してやる。ここらで時間を合わせることにしようぜ。時間はどんどん過ぎていく。あのデブのガキと食い物と引き換えだ。十五分以内だ。さもないと、こっちの気が変わるかもしれないぜ。それと、午後五時にでかくて格好いいヘリコプターだ」

かちゃっ。

「やった！」トビーが叫んだ。

バッドはうなずいている。「よかった、アーサー。本当によかった」

むっつり顔でコントロールパネルを前にして坐っていたデレクも、ついににっこり微笑み、詫びを言った。若さゆえの向こうみずなまでの正義感のなせる技、ポターも喜んでそれを許し、デレクと握手を交わした。

バッドはいかにもほっとしたという顔で微笑みながら言った。「ウィチトーは中西部の航空路線の中枢にあたっています。きっと三十分でヘリコプターを調達できますよ」

「やつにヘリコプターはやらん」ポターは言った。〝約束／嘘〟のチャートを身振りで示した。ラボウがそこに書きこんだ。〝八人乗りヘリコプターの到着、五時から一時間ずつ約束の時間を引きのばす〟

「やつにヘリコプターを渡さない？」バッドがささやくように言った。

「むろんだ」

「それじゃ、嘘を？」

「だからこそ、ボードの〝嘘〟のほうに入っているんだ」

ふたたびタイプを始めながらラボウが言った。「やつに機動力を与えるわけにはいかない。特にヘリコプターはだめだ」

「しかし、そんなことをしたら、やつは五時にまたひとり殺しますよ」

「たしかにそう言ってる」

「そんな――」

「これはわたしの仕事だ、チャーリー」ポターは堪忍袋の緒が切れそうになるのを、どうにかこらえた。「やつを説得すること、それがここでのわたしの仕事なんだ」

そう言うと、ステンレスのポットから、どうしようもなくまずいコーヒーをカップに注いだ。


ポターはポケットに携帯電話をすべりこませて外に出ると、食肉加工場からは死角に入る側溝にたどり着くまで、腰を落として進んでいった。

途中までバッドが一緒だった。ハッチンスン警察が河川の交通をストップさせ、通常そこを行き交うウィチトー行きの貨物チャーター船数隻のオーナーから、激しい怒りをかっているということは、すでにその若い警部の耳に入っていた。なにしろ、一時間船を走らせるだけで、二千ドルのコストがかかるのだ。

「誰もかれもが喜ぶやり方はできん」交渉担当者は半ば心ここにあらずで言った。

気温はさらに下がり――温度はせいぜい二十三度と、七月にしては妙な気候だ――おそらく近くで使われている脱穀機や刈り取り機、あるいはコンバインの排気ガスのせいだろうが、あたりには濃厚な金属質のにおいが漂っている。ポターはスティルウェルに手を振った。スティルウェルは警官たちのあいだを行きつ戻りつしながら、定位置につくよう指示をだしていた。

バッドと別れたポターは、FBIの車に乗りこみ、後方部隊集結地に向かった。すでに全国ネットの放送局、周辺三州のローカル局の中継車を始めとして、リポーターや大手の新聞社、通信社の記者たちが集まってきていた。

ポターは手短にピーター・ヘンダースンと言葉を交わしたが、ヘンダースンは――なんだかんだと言いながらも――駐車場、物資貯蔵場所、プレス・テントを兼ねた、機能的な後方部隊集結地の設営を、手際よく済ませていた。

ポターはマスコミには名前と顔を知られているため、車からおりると、リポーターたちが一目散に交渉担当捜査官めがけて押しよせてきた。相変わらずの連中だった。横柄で、ユーモアのかけらもなく、小賢しく、そして騒々しい。ポターがこの仕事について以来、まったく変わりない。彼らに囲まれたときにポターが最初に思ったことは、いつものごとく、こういう連中と結婚するやつの気が知れない、だった。

ポターはヘンダースンが用意した壇の上にあがり、あたりを埋めつくすテレビカメラの白いライトの向こうに目を凝らした。「今朝八時三十分ごろ、三人の脱走犯が、カンザス州ブロンのローラン・クレール聾学校の教師二名、生徒八名を誘拐し、人質とした。犯人たちは本日、それ以前に、カラナ連邦刑務所から脱走したものである。

現在彼らは、クロウ・リッジの町はずれにあたる、ここから一マイル半ほど離れたアーカンソー川沿いにある廃棄された工場に立てこもり、数百名に及ぶ州、郡の警察、および連邦執行官らによって包囲されている」

実際には百名程度だが、犯人たちがニュースを見たときのことを考えて、彼らに自信を与え、増長させないよう、マスコミには水増しして発表することにしている。

「人質にひとり犠牲者がでており……」

リポーターたちは息を呑み、表情を引き攣らせた。一斉に質問を口にしだしたが、ポターはこう答えただけだった。「犠牲者および残りの人質の身元については、全員の家族に事件の知らせが行きとどくまでは公表されない。われわれは現在、人質解放の条件について犯人たちと交渉に入っている。その犯人たちとは、ルイス・ハンディ、シェパード・ウィルコックス、そしてソニー・ボナーだ。交渉が行なわれているあいだは、現場封鎖が行なわれている区域へのマスコミの立ち入りを禁止する。われわれの元に新しい情報が入れば、随時そちらにもその情報を提供するものとする。今のところ、言えるのはそれだけだ」

「ポター捜査官――」

「今はいかなる質問にも答えられない」

「ポター捜査官――」

「ポター捜査官、ちょっとだけでいいんですが――」

「例のコレシュがウェイコーで引き起こした事件と比較して、どうなんでしょう」

「取材用のヘリを飛ばしたいんです。当社の弁護士がすでに長官と連絡をとり――」

「数年前のあのウィーヴァー事件と同じような状況なんでしょうか――」

ポターはスティール・カメラの無音のフラッシュとテレビカメラ用のぎらつくライトの明かりのなかを進み、プレス・テントをあとにした。車のすぐそばまで来たときに、何者かに呼びとめられた。「ポター捜査官、ちょっといいかな?」

ポターが振り向くと、こちらに近づいてくる男の姿が目に入った。脚を引きずっている。典型的なマスコミ人間とは一味違っているように思える。風采はあがらずむっつり顔で、攻撃的な印象をうけるが、憤慨しているようには見えないことから、ポターのその男にたいする評価はわずかながら上がった。ほかのマスコミ連中よりは年長で、浅黒い肌の顔には深いしわが刻まれている。どうやら本物のジャーナリストのようだ。エドワード・R・マローのような。

ポターは言った。「個人的に言うことはない」

「別にそんなものを訊こうと思ってるわけじゃない。言い遅れたが、カンザス・シティKFALのジョー・シルバートだ」

「すまんが、忙しいので――」

「あんた、陰険な野郎だな、ポター」怒りというよりは、疲労感が伝わってくる口調でシルバートは言った。「取材用ヘリを許可するつもりなんか、もちろんこれっぽっちもないはずだ」

さて、どう答えるか、大きな賭けだ。ポターは考えた。「新しい情報はいずれみんなの前で発表する」

「まあ、待て。あんたたちは、われわれマスコミのことなど無視していればいいと思っているんだろう。ただうるさいだけの連中だと。だが、こっちにはこっちで、やらなけりゃならない仕事がある。こいつは大事件だ。あんたにだって、それはわかっているはずだ。今さっきの記者会見だかなんだかわからない、あんな席で公表される以上の情報が必要なんだ。じきに〝提督〟にせっつかれるようになって、ウェイコーのときはまだしもだったと思うようになる」

その階級を口にしたときの口ぶりからするに、シルバートはFBIの長官を個人的に知っているようだ。

「わたしにできることはなにもない。現場の保全対策は万全であるべきだ」

「率直に言って、あんまり規制が厳しすぎると、若い連中は、あんたらの陣地の中に入りこもうと、無謀なことをするかもしれんぞ。通信を傍受するディスクランブラーを使うだろうし、警官に変装したり――」

「すべて違法行為だ」

「連中が陰でしゃべっていることを、あんたに言ったまでだ。誰もかれも不満だらけだ。もちろん、こっちとて、違法行為も辞さないというジャーナリズム学校卒のひよっこに、スクープをさらわれてたまるかと思っている」

「あの建物が見える範囲内に、警察、FBI以外の人間が立ち入ったら、ただちに逮捕せよと命令をだしてある。もちろんリポーターも例外ではない」

シルバートはぐるりと目玉をまわした。「アーネットはバグダッドではうまくやれたんだがね。くそくらえだ。あんたは交渉担当者だろう。こっちの交渉にも応じてくれたっていいだろう」

「もう戻らないと」

「待て！　いいから、おれの提案を聞いてくれ。共同取材の態勢をつくりたいんだ。一度にひとりか二人、ジャーナリストを前線近くまで入れてくれ。カメラ、無線機、レコーダーはなしだ。携帯できるのはタイプライターかラップトップ式のコンピューター、あるいはペンか鉛筆のみということにして」

「ジョー、こちらの動きに関する情報が犯人たちに漏れるかもしれない危険を冒すことはできないんだ。わかっているだろう。連中は中に無線機をもちこんでいるかもしれないんだ」

シルバートの口調に嫌な予感を感じさせる響きが加わった。「いいか、そっちが押さえこむつもりなら、こっちにも考えがあるぞ」

数年前マイアミで起こった籠城事件では、ポータブルラジオを携帯していた犯人たちに、ニュースキャスターが報じる人質救出班《HRT》の現場突入の知らせを聴かれたため、状況が著しく悪化した。ニュースキャスターはたんなる見込みを報じただけだったのだが、犯人たちはそれを事実と思いこみ、人質に向けて発砲しはじめたのだ。

「そいつは怖いな」ポターは冷静な口調で言った。

「トルネードほどじゃないさ」シルバートは応じた。「だが、それもまた避けようのない自然現象だ。なあ、ポター、どう言えば、あんたはわかってくれるんだろう」

「すまんが、どう言っても無駄だ」

ポターは車のほうに向きなおった。シルバートはため息をついた。「くそっ。じゃ、こういうのはどうだ。おれたちが原稿を送る前に、あんたが目を通す。つまり検閲するってわけだ」

前代未聞だ。ポターが交渉担当者として現場に乗りこんだ数多くの籠城事件で、米国憲法修正第一条の遵守と人質および警官の身の安全の確保を両立させようとして、マスコミとは手を握ったこともあれば、揉めたこともある。だが、記事を検閲してくれと申しでてきたジャーナリストは、これが初めてだ。

「それでは事前抑制（出版その他の表現をあらかじめ禁止すること）にあたる」ロースクールを四番で卒業したポターは

言った。

「包囲ラインを突破しようと画策しているリポーターは、すでに何人もいる。ほんの一、二名の代表者を中に入れてくれるだけで、そういう事態が避けられるんだ。みんな、おれの言うことなら聞いてくれる」

「で、きみがその代表者のひとりになりたいと、そういうわけだな」

シルバートはにやっと笑った。「そりゃ、もちろんそうだ。さらに言えば、最初のひとりになりたい。あと一時間で締め切りだ。さあ、どうなんだ。あんたは、どう思う」

どう思う？　ポターが今思うことといえば、ウェイコーで生じたごたごたの半分は、マスコミ対策だったということ、人質、警官、同僚捜査官の身の安全はもとより、FBIそのものの名誉と尊厳を守るのが自分の責任であり、いかに自分が交渉術に長けているとはいえ、FBI内部で政治力を発揮する手腕には欠けているということだ。連邦議会、司法省のお偉方、そしてホワイトハウスでさえも、現場の状況を知るのはCNNと《ワシントン・ポスト》紙の報道を通してだということもわかっている。

「わかった」ポターは言った。「きみにまかせる。チャーリー・バッド警部と相談の上、細かいことは決めてくれ」

腕時計に目をやった。そろそろ食料の用意ができるはずだ。急いで戻らねば。ポターはバンに戻る途中、バッドに声をかけて、プレス・テントの裏にもうひとつ小さいテントをつくり、ジョー・シルバートと合同取材の取り決めについて話し合うよう指示した。

「わかりました。ところで食料はまだなんでしょうか」バッドはしきりに道路の先を見渡しながら訊いた。「もうすぐ時間です」

「まあまあ」ポターは言った。「少々のずれは大丈夫だ。一度犯人側が人質解放に同意したら、最大の難関は突破したと思っていい。ハンディもすでにジョスリンのことは手放したくらいの気持ちでいるはずだ」

「そうなんですか？」

「プレス・テントの設営のほうを進めてくれ」

バンに引き返しながら、ポターは、食料やヘリコプターやルイス・ハンディのことではなく、いつしかメラニー・キャロルのことを考えている自分に気づいた。交渉担当者としての自分にとって、人質としての彼女が重要な存在であるとか、事件解決のための戦略上きわめて利用価値が高いとかいったことではなかった。メラニー・キャロルに関して自分が知り得たほんのささやかな情報、彼女にたいして抱いたかすかな印象を、心の中で反芻していたのだ。食肉加工場の曇った窓ガラス越しに、自分に向かって話しかけていた彼女のあの口の動きが思い出される。

いったいなんと言っていたのだろう。

彼女と会話を交わしたら、どんな気分がするものだろう。そのときポターは、ほとんどそんなことばかりを考えていた。他人の話を聞き、しゃべることを仕事とし、名を成してきた自分と、聾者の彼女。

唇、歯、唇。

ポターはメラニーの口の動きを真似てみた。

唇、歯……

わかった、ふいにポターはひらめいた。その瞬間、脳裡に言葉が響いた。「くれぐれも注意されたし」

ポターは口にだして言ってみた。「くれぐれも注意されたし」

そうだ、これだ。それにしても、どうしてこんな古くさい言い方を？　もちろん、理由は決まっている。その言葉だからこそ、ポターにも唇を読みとれたのだ。口の動きをオーバーに、はっきりと伝えることができるからだ。「気をつけて」や「油断しないで」、あるいは「あの男は危険よ」では、そうはいかない。

くれぐれも注意されたし。

ヘンリー・ラボウにこのことを伝えなければ。

ポターがバンに向かって歩きはじめると、手前わずか二十フィートほどのところで、いきなりうしろにリムジンが現われた。リムジンに追い越されたそのとき、ポターは、その車が行く手を遮るように、わずかに車体を斜めにしたような気がした。やがてリムジンのドアがあき、浅黒い肌の大柄な男が車から降りたった。「こうして見てみるに」男は迫力のある大声で言った。「さしずめDデイといったところかな。連隊は上陸した。準備はいいな、アイク？　確かか？　すべて掌握したろうな？」

ポターは足をとめ、振り返った。男はつかつかと近づいてきた。同時に、それを笑みと言えるならの話だが、男の顔に浮かんでいた笑みが消えた。男は言った。「ポター捜査官、話がある」

午後二時二十分

だが、男はすぐには話しださなかった。

側溝を通して吹きつけてきた冷たい突風に、ダークスーツの前を合わせ、ポターを通りこして大股で高台にのぼっていき、食肉加工場を見おろした。

ポターは州の公用車であることを示すリムジンのライセンス・プレートに気づき、果たして何者だろうと、嫌な予感を覚えつつ考えながら、なおもバンに向かって歩きつづけた。

「わたしならうしろに退がるが」男に向かってそう言った。「そこは充分に射程内に入る」

握手を交わすとき、男の大きな左手がのびてきてポターの腕をつかんだ。男は法務次官補ローランド・マークスと自己紹介した。

なるほど、この男か。ポターは先ほどの電話での会話を思い出した。浅黒い肌の男は、なおも射程内にとどまったまま、ふたたび工場に目をやった。「わたしなら、そんなところにのんびり立ってはいませんがね」ポターは苛立ちを覚えながら言った。

「やつらはライフルをもっているそうだな。レーザー照準器付きなのかね？　フェイザー銃や光量子魚雷ももってるかもしれんな。まるで《スター・トレック》だ」

そういう話につき合っている暇はないんだが。ポターは内心そう考えた。

長身でたくましい、ローマ鼻のその男の存在は、原子炉で青く光るプルトニウムのようなものだ。ポターは言った。「ちょっと失礼」バンに乗りこみ、片眉を吊りあげた。

トビーが食肉加工場を見ながらうなずいた。「静かなもんだ」

「食料は？」

あと数分で届く、バッドがそう言った。

「マークスが外に来ているんだ、ヘンリー。彼について、なにか知ってるか？」

「マークスがここに？」ラボウは顔をしかめた。「何度か電話で話はした。かなりの強硬論者だ。飛んでくる鞭のようにやることが素早い。ホワイトカラー犯罪の専門家だ。有罪判決を勝ちとった確率もきわめて高い」

「やるとなったら徹底的にやるタイプか？」

「まさしく。だが、野心家でもある。一度、議員に立候補したことがある。落選したものの、噂によると依然としてワシントンに食指を動かしている。おそらく、この状況を利用して、マスコミにアピールしようとしているんだろう」

人質事件には盛大な広報活動が付きものであり、したがって人命同様、へたをすれば自分のキャリアをも危うくするということを、ポターはとうに学んでいた。

「そうだ、ちょっと書いておいてくれ。人質からのメッセージが解読できたんだ。〝くれぐれも注意されたし〟たぶんハンディのことを言ったんだろうが」

ラボウはしばし一点を見つめ、それからうなずくと、キーボードに向きなおった。

ポターはふたたび外に出て、カンザス州法曹界で第二の実力者たるマークスと向き合った。

「で、どういうご用件でしょう」

「では、本当だったんだな？　あの噂。犯人が人質をひとり殺したというのは」

ポターがゆっくりうなずくと、男は目を閉じてため息をついた。悲痛な面持ちで唇を噛んだ。「いったいどうしてそんな馬鹿なことをしたのかね」

「こっちは本気だぞと伝える、やつなりのデモンストレーションです」

「それにしても、なんとまあ」マークスは大きく無骨な手で顔をこすった。「法務長官とよく話し合ってみたんだが、ポター捜査官、詳しい状況がつかめず、そこでわたしが急ぎこっちに出向いて、州としてなにかできることはないかと訊いてみることになった。きみのことは聞いている、ポター。評判はかねがね。きみのことはみんなが知っている」

ポターは無表情のままだった。電話で話をしたときには、いかにもうるさいとばかりに、マークスに無礼な態度をとったはずだ。だが、どうやらマークスにとっては、電話での会話はなかったも同然らしい。

「できれば不必要に危険を冒すことは避けたい、そうだろう？　だが、どうやらそうも言っていられないらしい。ポーカーのゲームをやるのと同じだ。賭け率の高いポーカーを」

危険性はきわめて高い。またもやポターはそう考え、早くこの男が帰ってくれればいいのだがと思った。「先ほども言いましたが、特に今のところ州になにかしてほしいというようなことはありません。現場封鎖には州警察があたっていますし、チャーリー・バッドが副司令官としてわたしを補佐してくれています」

「バッド？」

「ご存じで？」

「ああ、知ってるとも。優秀な警察官だ。もっとも優秀な警察官は大勢いるが」そう言って、まわりを見まわした。「軍関係者はどこかね」

「人質救出のための？」

「今ごろは現場に出動してきていると思ったが」

トピーカからの風がどんな具合に吹いているのか、ポターには依然としてよくつかめなかった。「州のＨＲＴを使うつもりはありません。ＦＢＩのＨＲＴが召集され、あと数時間もすればこちらに到着します」

「それは困ったな」

「どうしてです」ポターは空とぼけて訊いた。相手が州の救出班を実践部隊として使いたがっていることは百も承知だ。

「きみは実力行使にでることは考えていないとは思うが。しかし、ウィーヴァー事件を考えてみたまえ、それにウェイコーのときのことを。罪のない人たちが死んでいった。あのようなことがここで起こってほしくない」

「誰だってそう思ってますよ。実力行使は最後の手段です」

マークスの顔から険しい表情が消え、代わって凄みすら感じさせるほどの真剣な表情になった。「きみが現場の指揮官だということはわかってる、ポター捜査官。しかし、法務長官があくまで平和的解決を望んでいるということは、了承しておいてもらいたい」

十一月の第一火曜まで、あと四カ月もないからな。ポターはそう考えた。

「われわれも平和的解決を望んでいます」

「で、犯人はどういうことを要求してきているのかね」マークスは訊いた。

そろそろ綱を引く頃合いだろうか。いや、まだだ。ローランド・マークスを怒らせれば、まずいことになりかねない。ポターはそう判断した。「例によって例のごとしです。ヘリコプター、食料、弾薬。ただし、与えるのは食料だけです。わたしとしては、HRTが介入する前に、やつを降伏させるか、少なくともできるだけ多くの人質を解放させるつもりです」

法務次官補は続けた。「こういう手はどうだろう――やつに人質を手放させ、ヘリコプターを与えるというのは。よくスパイ映画で見るような、便利なものをヘリコプターに乗せておいて、着陸したときに一網打尽にしたらどうだね」

「だめです」

「それはまたどうして」

「でき得るかぎり、やつらに機動力を与えることは避けねばなりません」

「トム・クランシーを読んだことないかね？　盗聴器やらトランスポンダーやら、ああいったものをうまく利用すればいいじゃないか」

「それでも危険が大きすぎます。すでに犠牲者がひとり出ています。いよいよとなれば、やつは残り九人の人質を皆殺しにし、さらにHRTにもひとり二人の犠牲者が出る可能性があります」それを聞いたマークスは驚きに目を見開いた。ポターは譲らず、なおも続けた。「やつが外に出れば、その倍の人間が命を失うことにもなりかねません。二倍どころか、三倍、あるいはそれ以上」

「ただの銀行強盗じゃないか。大量殺人者というわけでもあるまいに」

では、どれだけ死体を並べれば、大量殺人者の資格が得られるというのか。ポターは、数マイル離れた丘の向こうで黙々と作業に勤《いそ》しんでいるコンバインを見やった。秋蒔き小麦は十一月に植えられると、パイロットから聞いたことがある。白人が小麦畑のために耕地を広げていったことは、ポタワトミ・インディアンからの大いなる批判と非難の的となり、また大恐慌時代に頻発した土砂嵐による被害を拡大化する原因にもなったのだという。

いったい食料はどうなっているんだ、ポターは考えた。刻々と過ぎていく時間に苛立ちを覚えはじめた。

「それじゃ、あの少女たちは、なにかね？」マークスは友好的とはいいがたくなってきた口調で訊いた。「許容できる死傷者数に数えられると？」

「そうならないことを祈るのみです」

ドアがあき、バッドが顔をのぞかせた。「食料はすぐそこまで来ています、アーサー。あ、これはどうもミスター・マークス」

「チャーリー・バッドか。よろしく頼むぞ。厄介な状況だからな。だが、きみならやれる」

「全力を尽くします」バッドは慎重に返事を返した。「ミスター・ポターは大ヴェテランですからね。いや、ミスターではなく、ポター捜査官でした」

「さて、これから報告だ」マークスは言った。「知事に状況を説明しないと」

リムジンが走り去ると、ポターはバッドに訊いた。「彼を知ってるのか？」

「よく知っているというわけではありませんが」

「議席を狙っているのか？」

「数年後にはと考えているようですね。でも、とてもいい人ですよ」

「ヘンリーの話だと、この秋に、出馬するらしいということだが」

「さあ、どうなんでしょう。でも、ここに現われたことと、政治とは関係ないでしょう。きっと少女たちのことを心配されているんです。たいへん家庭を大事になさってるそうです。何人かお子さんがいらっしゃるとかで、全員女の子です。お嬢さん方のひとりに健康上の問題があるそうですし、人質の少女たちは障害者ですから、とても他人事とは思えないんでしょう」

ポターはマークスの古びた結婚指輪に気づいていた。

「邪魔になりそうな人物か？」

「そうは思いませんね。ジョークを飛ばしたりとかしますが、あれはポーズみたいなもので」

「わたしが問題にしているのは、彼のユーモアのセンスなんかじゃない。どういうところにコネをもっているだろう」

バッドは肩をすくめた。「さあ、そういうことは、わたしには」

「もちろん、わたしが目を光らせているかぎり、そう勝手な真似はさせんが、チャーリー。彼がわれわれにダメージを与えることができるかどうか、それが知りたいんだ」

「今さっき、知事に電話すると言ってましたでしょう？　すごく親しげでしたよね？」

「それで？」

「でも、果たして知事がその電話に出るかどうか、疑わしいと思います。保守的な人間というのはよくいますが、きわめつきの保守的な人間というのもいますから」

「わかった。ありがとう」

「見てください、やっと来たようです」

でこぼこ道を州警察の車が走ってきて、タイヤを軋ませながらとまった。だが、それはハンディお待ちかねのビッグ・マックとフリトズではなかった。車からは女性が二人降りたった。アンジー・スカペーロはいくぶん丈が長めのネイヴィーのスーツを着て、トルコブルーのフレームの、色の薄いサングラスをかけ、濃い茶色の豊かな髪を肩のあたりで波打たせていた。薄いブレザーの上から銃の形がはっきりわかる。そのうしろから現われたのは、婦人警官の制服を着たショートヘアの若い女性だった。

「アンジー」ポターはアンジーと握手を交わした。「こちらはわたしの右腕、カンザス州警察のチャーリー・バッド。チャーリー、こちらアンジェリーン・スカペーロ特別捜査官だ」

二人はうなずきながら握手を交わした。

アンジーがもうひとりの女性を紹介した。「こちらはヘブロン警察署のフランセス・ウィッティング巡査。手話通訳をお願いすることになってるの」婦人警官は男たちと握手を交わし、食肉加工場に素早い一瞥を投げかけて顔をしかめた。

「さあ、中に入って」ポターがバンを顎で指し示してそう言った。

ヘンリー・ラボウはアンジーが携えてきたデータに大喜びだった。さっそくコンピューターに情報をインプットしはじめた。ポターの言ったとおりだった。アンジーは事件のことを聞くや——ドムトランのジェット機が燃料補給されるより前に——ローラン・クレール校の職員たちから話を聞き、人質たちのプロファイルをまとめ始めたのだ。

「すばらしいよ、アンジー」ラボウは目にもとまらぬ速さでキーを打ちながら言った。「きみは生まれながらの伝記作家だ」

アンジーはもう一冊のフォルダーをあけ、ポターに差しだした。「トビー」ポターは声をかけた。「これを貼ってくれないか」若い捜査官は少女たちの写真を受けとると、コルクボードに貼られた食肉加工場のCAD設計図のすぐ上にピンでとめていった。写真の下の余白に、アンジーが黒いマジックでそれぞれの名前を書きこんである。

アナ・モーガン、七歳
スージー・モーガン、七歳
シャノン・ボイル、八歳
キール・ストーン、八歳
エミリー・ストッダード、十歳
ジョスリン・ワイダーマン、十二歳
ベヴァリー・クレンパー、十四歳

スーザン・フィリップスの写真は表を向けたままテーブルの上に残されている。

「いつもこんなふうにやるんですか」フランセスが身振りで壁を指して言った。

ポターはボードに並んだ写真を見つめたまま、上の空で言った。「敵に勝る情報を得ることが勝利につながるんだ」いつの間にか、一番年下の愛らしい双子をじっと見つめている自分に気づいた。子供というと、ポターはつい幼子を思い浮かべてしまう――マリアンとのあいだに子供がなかったせいかもしれない。もしかしたら生まれていたかもしれない息子や娘のイメージも、いつまで経っても幼いままだ。そして、自分とマリアンも永遠に若いまま、せいぜい二十五歳くらいの夫と妻だ。

よく見るんだ。ポターは自分に言いきかせた。さあ、よく見て。まるでポターがその言葉を口にしたとでもいうように、ダイアル盤に向かっているデレクとトビーを除いては、全員が仕事の手をとめ、じっと少女たちの写真を見つめた。

ポターは、これから解放されることになっている少女ジョスリン・ワイダーマンに関する情報をアンジーに求めた。

アンジーはすでに頭にたたきこんである情報を諳《そら》んじた。「明らかに問題を抱えている子供よ。言語を習得したのちに聴覚を失っている——要するに、しゃべることができるようになったあと、ということね。そのほうが障害による負担が少ないし、その後の学習もスムーズにいくと思うでしょうけど、心理学的にいうと、そういう人たちは聴覚障害者の世界になじみにくいの。わかるかしら？　つまり、大文字で始まる聴覚障害者の世界ということだけど」

ポターは食肉加工場を見やり、メラニーの姿を目で探しながら、わからないと答えた。

アンジーがフランセスに目で合図すると、フランセスが説明を始めた。「小文字で始まる聴覚障害という言葉は、耳が聞こえないという物理的な状態を意味します。大文字で始まるほうは、聴覚障害者の社会と文化を意味する言葉なんです」

アンジーが続けた。「聴覚障害者の世界では、同じ障害をもつ両親から生まれ、言語能力を一切もたない人が一番高いステイタスを得るの。健聴者の両親から、正常な聴覚をもって生まれ、しゃべることや唇を読むことができると、同じステイタスは与えられないわ。そして、障害者でありながら、正常な聴覚をもつ人たちに受け入れられようとする人は、さらにステイタスがさがる——ジョスリンがそれだった」

「つまり、そもそも不利な立場に身を置いていたということになるのか」

「彼女は健聴者の世界からも聾者の世界からも拒絶されてきたの。さらに加えて、あの子は太っているわ。それに社会性も未熟だし。パニック発作をもっとも起こしやすいタイプと言えるわね。もしそんな発作を起こせば、ハンディは彼女が自分を攻撃しようとしていると思うかもしれない。いえ、本当にそういうこともしかねない子なの」

ポターは、いつもながらアンジー・スカペーロが危機管理チームの助っ人に馳せ参じてくれたことに感謝しつつ、うなずいた。アンジーの専門は人質の心理だ。彼らが精神的ショックから立ち直るのを助け、この先起こるかもしれない新たな人質事件の解決に役立つ情報を引きだし、犯人たちの裁判に証人として出廷する準備をさせることだ。
七、八年前に起こった人質事件のときに、ポターは、アンジーを現場に連れていき、人質から得られた情報の分析と、人質・犯人双方の精神鑑定をさせようと思いたった。ポターが交渉術を講義するとき、アンジーが一緒に演壇にのぼることもめずらしくない。
ポターは言った。「それじゃ、その子をおとなしくさせておくようにしないと、まずいことになるな」

人質交換の際には、当の人質はもとより、誰もかれもが固唾を呑んで見守るという緊迫した状況が生じる。それが往々にして犠牲者を生むことにもつながるのだ。ポターはフランセスに訊いた。「迎えに出る警官に、なにかその子に伝える言葉を手話で教えてもらえるかな。そういう場合に効果的な言葉を？」

フランセスは両手を動かして言った。「これは〝落ち着いて〟という意味です。でも、手話はそう簡単に覚えて、使いこなせるというものじゃないんです。ちょっと間違えただけで、ぜんぜん違う意味にもなってしまいますし。ですから、どうしても聴覚障害者と意思の疎通をはかりたいのなら――たとえば、〝こっちに来て〟とか〝あっちに行って〟というようなことでしたら、むしろ、普通の身振り手振りを使うほうがいいと思います」

「それと、微笑みかけるということも」アンジーが言った。「笑顔というのは、万国共通ですもの。それこその子に必要なものでもあるし。なにかもっと複雑なことを伝えなければならないときには、筆談という手があるわ」

フランセスはうなずいた。「そう、そのとおりだわ」

「言語習得前に聴覚を失った子供の読書能力は、実年齢にふさわしい能力以下ということがあるわ。でも、ジョスリンが障害者になったのは言語習得後だし」――アンジーはヘンリー・ラボウに渡したメモをちらりとのぞきこみ、探していた記述を見つけた――「IQも高いので、紙に書かれたことなら充分理解できるはずよ」

「おい、デレク、ペンとメモ用紙はあるか？」

「どっちもここにあります」エルブが答えて、メモ用紙の束と大きな黒インクのマジックひと握り分を差しだした。

次にポターは、教師の写真はないのかと、アンジーに訊いた。「ええ、教師の写真はちょっと……いいえ、待って。メラニー・キャロルのなら一枚あったはずよ。あの若いほうの教師の」

年齢は二十五歳、ポターはもう一度頭の中でくり返した。

「食料を届ける時間が迫ってるぞ」トビーが言った。

「ああ、あったわ」アンジーがポターに写真を差しだした。

くれぐれも注意されたし……

ポターは驚いた。写真に写っている女性が、思ったよりずっと美しかったからだ。ほかの写真と違って、メラニーのはカラー写真だった。波打つブロンドの髪、カールのかかった前髪、なめらかで色白の肌、輝く瞳。学校の職員の写真というよりは、モデルの顔写真といった感じだ。目を除いては、どことなくまだあどけなさが残っている。ポターは手ずからその写真を双子の隣にとめた。

「家族はこっちにいるのか?」ポターは訊いた。

アンジーがメモを見た。「ローラン・クレール校の校長に聞いたところによると、両親は学校からそう遠くないところに農園をもっているそうだけど、この週末はセントルイスなんですって。メラニーのお兄さんが去年事故に遭い、明日、かなりむずかしい手術を受けることになっているの。だから、彼女は明日は休みをとって、お兄さんのところに行く予定になってました」

「農園か」バッドがつぶやいた。「この世で一番危険な場所だ。よく事故が起こるんです。警察に入る通報の電話を聞いてみれば、わかりますよ」

コンソールの電話が鳴った。スクランブルがかかっている回線だ。トビーがボタンを押して、ひと言ふた言マイクに向かって話していた。「CIAからだ」みんなにそう告げると、早口でしゃべり始めた。いくつかキーをたたき、なにやらデレクと話し合うと、モニターのスイッチを入れた。「クォが〈サットサーヴ〉の画像をキャッチしたそうだ、アーサー。見てくれ」

ゆっくりとモニターが明るくなってきた。背景はレーダー・スクリーンのようなダークグリーンで、それより薄いグリーン、黄色、琥珀色がまだらに浮かびあがっている。食肉加工場の輪郭がかすかに見てとれ、そのまわりを無数の赤い点がとり巻いている。

「グリーンに見えるのは地面だ」トビーが言った。「黄色とオレンジ、これは木立と自然界である程度の温もりをもっているものだ。そして、赤は警官」食肉加工場はブルーグリーンの長方形に映っている。建物前面の窓やドアがあるところのみ、多少色の変化が見える。

「おそらくライトから発散される熱がいくぶん蓄積されているんだろう。この画像だけじゃ、たいしたことはわからないな。はっきり言えるのは、屋根にのぼってる人間はいないということくらいだ」

「映像は送りつづけてくれと言ってくれ」

「この映像を送るのに、いったいいくらかかるか、わかってるのか?」トビーは言った。

「一時間に一万二千ドルだ」ラボウが楽しげにタイプしながら言った。「それでもいいかと、もう一度訊いてみろよ」

ポターは言った。「オンラインにしておけ、トビー」

「了解。でも、その分給料にまわしてくれたら、おれたち金持ちになれるんだがな」

そのときドアがあき、茶色い袋を両腕に抱えた警官が入ってきた。とたんに、バンの中は熱いハンバーガーとフライのにおいで一杯になった。ポターは椅子に腰をおろし、電話を手に取った。

いよいよ最初の人質交換が始まるのだ。

午後二時四十五分

またしてもスティーヴィー・オーツだった。

「覚悟はできてるか？」ポターは訊いた。

「じっとしてるのには、もう飽きましたよ」

「今度はなにも投げる必要はないぞ。すぐそばまで行くんだからな」

ポターの指示で、防弾ジャンパー姿の二人のＦＢＩ捜査官が、オーツの制服の下に二層になった薄い防弾チョッキを着せていた。その作業が行なわれているバンのうしろでは、ディーン・スティルウェルがオーツのかたわらに立ってようすを見守っていた。そばにいるチャーリー・バッドが、食肉加工場を照らすハロゲンの巨大なスポットライトを置く位置を指示している。夏の陽はまだ落ちていないが、空をおおう雲はますます厚くなり、刻一刻とあたりは暗くなってきている。

「準備完了だ、アーサー」バッドが告げた。

「よし、ライトをつけろ」ポターはそう命じて、視線をオーツからそらせて上に向けた。

ハロゲン・ライトが一斉に明るく灯り、まばゆい白い光線を建物の正面と側面に投げかけた。バッドが調整を指示し、ライトは建物前面、側面の窓とドアに向けられた。吹きつける強風に、警官たちはライトの脚を砂袋で固定しなければならなかった。

ふいに、野原のほうから奇妙な音がした。「あれはなんだ」バッドが大声で言った。

スティルウェルが言った。「誰かが笑っているんです。警官たちですよ。ハンク、どうかしたのか」保安官は無線に向かって言った。しばらく相手の言うことに耳を澄ましていたが、やがて双眼鏡で食肉加工場を見た。「窓を見てください」

ポターはバンの陰から顔をのぞかせた。スポットライトの明かりが強すぎて、食肉加工場から狙い撃ちしようとしても命中する確率はきわめて低いはずだ。ポターはライカの焦点を建物の窓に合わせた。

「こいつはおもしろい」つぶやくように言った。

ルー・ハンディはライトのまばゆい明かりを避けるためサングラスをかけていた。オーバーな仕草で額を拭い、わざとらしくしかめ面をしているのが、みんなの笑いを誘っているのだ。

「よし、もうそれまでだ」スティルウェルが無線器を通してきっぱりとした口調で警官たちに呼びかけた。「デイヴィッド・レターマンの番組じゃないんだからな」

ポターはオーツのほうに向きなおって、薄い防弾チョッキを顎で指し示した。「撃たれても、真っ青な痣ができるくらいだからな。とにかく、手出しをする気はないということを、相手にわからせることが肝心だ」

警官が重装備を身につけて、宇宙人のようなぎこちない動きで接近していけば、犯人たちをひどく動揺させることになるからと、アンジーが説明した。「まずは外見が大切よ」

「もちろん、できるだけ人畜無害の人間を装いますよ。実際、手出しなんかするつもりありませんし。携帯武器は置いていったほうがいいですか？」

「いや。だが、見えないようにしておいてくれ」ポターは言った。「きみが第一に果たすべき義務は、自分の身を守ることだ。決して無理はしないように。きみか人質かという事態になれば、自分自身を優先させたまえ」

「でも——」

「これは命令だ、オーツ巡査」スティルウェルが真面目くさった顔で言った。しだいに、包囲態勢の管理という任務が身についてきたようだ。

ポターは続けた。「相手からはっきり見えるように食料をわきに抱えて、ゆっくりとあそこまで歩いていけ。なにがあっても、急な動きを見せてはならん」

「わかりました」オーツは与えられた命令を充分呑みこんだようだ。

ずんぐりした黒い棒にワイヤーで接続されている小さな箱をもって、トビー・ゲラーがバンから降りてきた。その箱を防弾チョッキの下からオーツの背中につけた。棒のほうはオーツの髪にヘアピンでとめた。

「アーサーにはこいつは使えないな」トビーは言った。「なにせたっぷり髪の毛が必要だから」

「これ、なんですか」

「ヴィデオ・カメラ、それとイヤフォンだ」

「こんなに小さいのが？　冗談でしょう」

トビーはワイヤーをオーツの背中に這わせ、トランスミッターにプラグを差しこんだ。

「解像度はあまりよくないがな」ポターが言った。「きみが戻ってくるときに、役に立つんだ」

「どういう意味です」

「きみはかなり冷静な男のようだが、スティーヴィー」ラボウが言った。「だが、あとからあっちできみが目にしたことを訊かれても、憶えているのは、自分が見たものの四〇パーセントがせいぜいだ」

「いや、彼なら五〇パーセントはいくだろう」ポターが言った。「わたしの目に狂いがなければの話だが」

「テープの映像そのものは、われわれが見てもさして参考にはならんだろうが」情報担当の捜査官は続けた。「きみの記憶を蘇らせるのに役立つはずだ」

「わかりました。それにしても、このハンバーガー、いいにおいですね」オーツはジョークを飛ばしたが、顔を見れば、食べ物のことなど眼中にないということはよくわかる。

「アンジー？」ポターが言った。

アンジー・スカペーロがオーツに歩みより、風にあおられて顔にかかった髪を払った。

「これが解放される人質の写真よ。名前はジョスリン」そして、その子供をどう扱えばいいかを手短に説明した。

「話しかけちゃだめ」アンジーは言った。「あなたの言うことを彼女は理解できないし、なにか大事なことを言われたのに、自分はそれがわからなかったんじゃないかと考えて、パニックを起こすかもしれないから。それと、常に笑顔を忘れないでね」

「笑顔、ね。わかった。お易いご用だ」

ポターが言い添えた。「それと、その子は太っているから、そんなに速く走れないと思う」食肉加工場周辺の小さな地図を広げた。「彼女が頑張れるなら、建物の前にあるこの側溝に逃げこみ、それから死に物狂いで走るのがいいと思う。その場合、きみたちは斜め四十五度の標的となる。だが、この子はそう速くは走れないだろうから、そのまま歩いて引き返してくるしかないな」

「撃たれた少女みたいに？」バッドが言うと、あのときのことを思い出して、みんなの表情が曇った。

「いいか、スティーヴィー」ポターは続けた。「きみはドアの前まで行かねばならん。だが、たとえなにが起ころうと、中には入るな」

「入ってこなければ、人質は返さないと言われたら？」

「人質は置いてこい。食料も置いて、そのまま戻ってくるんだ。だが、おそらくやつは人質を解放するだろう。できるだけドアのすぐそばまで行け。中をのぞいて見てくれ。やつらがどんな武器をもっているか、無線機はあるか、血が流された形跡はあるか、それにわれわれがまだその存在を知らない人質、もしくは犯人の仲間がいるかどうかということも」

バッドが訊いた。「まだほかにも仲間がいると？」

「中でハンディを待っていたのがいるかもしれんし、これからやって来るのもいるかもしれん」

「なるほど」バッドはがっかりしたようだ。「そいつは気がつかなかったな」

ポターはなおもオーツに言った。「直接なにか訊かれて返事をする場合をのぞいては、やつと会話を交わすな、言うことに逆らうな、なにも言うなよ」

「なにか訊かれると思います？」

ポターがアンジーを見ると、アンジーはこう言った。「そういうこともあり得るわ。ちょっとからかってみるとか。あのサングラス――あれを見るに、なかなかおふざけが好きなようだから。あなたを試すようなことを言ったりしたりするかもしれない。でも、乗っちゃだめ」

オーツは覚つかなげにうなずいた。

ポターが続けた。「きみたちの会話はこちらでモニターしてるから、どう答えればいいかは、そのイヤフォンで指示する」

オーツはかすかに笑みを浮かべた。「わが人生でもっとも長く感じられる百ヤードになりそうです」

「なにも心配はいらん」ポターは言った。「たった今のやつの関心は、誰かを撃つことよりも食べ物にある」

その言葉にオーツは安心したようだが、ポターの脳裡に過去のある出来事の記憶が蘇ってきた。数年前の人質事件でも、犯人に鎮痛剤と包帯を届けにいく任務を課された警官に同じセリフを言ったことがある。そのあとすぐ、その警官は、ふいに気が変わった犯人から膝と手首を撃たれたのだ。

ポターはハンバーガーの袋の中に喘息用の吸入器を入れた。「このことはなにも言うな。どうせハンディは見つけるんだから。ベヴァリーに与えるか、与えないかは、やつの判断にまかせるしかない」

バッドが、デレクが用意したメモ用紙の束とマジックペンを掲げてみせた。「これも入れておこうか？」

ポターはそこで考えた。メモ用紙とペンがあれば、人質が犯人たちと意思の疎通をはかれる可能性がでてくる。ということは、彼らのあいだにストックホルム症候群が生じやすくなるということだ。だがときに、犯人の要求に含まれていなかったものを届けることで、それがいかにささいな品物であっても、彼らの怒りをかうことがある。吸入器がそもそものひとつではある。メモ用紙とペンに、ハンディは果たしてどんな反応を示すだろう。ポターはふたたびアンジーの意見を聞くことにした。

「彼は人格異常者かもしれないわ」しばらく考えたのち、アンジーは言った。「でも、これまでに癇癪を起こしたり、感情を爆発させたりしたことはないわよね？」

「ああ。冷静そのものだ」

実際、恐ろしいくらいに冷静だった。

「そうね」アンジーは言った。「入れても大丈夫でしょう」

「ディーン、チャーリー」ポターは言った。「ちょっと来てくれ」保安官と警部がそばにやって来た。「きみたちの部下で、ライフルの腕前が一番なのは誰だ」

「それならサミー・ブロックと——そうだな、あとは誰だろう。クリス・フェリングかな？そうだ、クリスティーンだ。サミーより彼女のほうが上だ。ディーン、どう思う」

「わたしがリスだったとします。四百ヤード離れたところでクリッシーが銃を構えるのを見たら、もう逃げようなんてことは考えませんね。自分のケツにさよならを言いますよ」

ポターはメガネを拭いた。「彼女に銃に装塡して安全装置をかけるよう言い、双眼鏡をもたせた見張りに建物のドアと窓を見張るよう言ってくれ。ハンディあるいはほかの二人のうちどちらかでも、もし発砲するような気配をみせたら、銃撃オーケイだと彼女に伝えてくれ。だが、ドアの側柱か窓の敷居を狙ってな」

「威嚇射撃はなしだと言ってませんでしたっけ」バッドが言った。

「それが原則だ」ポターはおもむろに言った。「たしかに、そのとおりだ——だが例外はある」

「なるほど」

「さあ、さっさと取りかかってくれ、ディーン」

「イエス・サー」保安官は身を屈めて走っていった。

ポターはオーツのほうに向きなおった。「さあ、用意はできたか」

フランセスがその若い警官に言った。「〝成功を祈る〟と言っていいかしら」

「ええ、お願いします」オーツは熱をこめて言った。バッドが彼のケヴラー繊維でできた防弾服の肩をたたいた。


メラニー・キャロルは日曜学校で聞いた話をたくさん憶えている。聾者の生活は信仰と密接に結びついていたものだが、今もなお多くの障害者はそうした生活を送っている。哀れな神の小羊……頭を撫でられ、尻をたたかれながら、教理問答、聖体祭儀、そして告解をこなしていくためのスピーチをたたきこまれる（健聴者の信徒たちを困惑させないよう、もちろん障害者だけを集めて行なわれる）。ドゥ・レペ神父は心優しく聡明な人物だったが、彼が手話を考案した主たる目的は、障害をもった信徒たちの魂が天国に入れるようにするためだったのだ。

そしてもちろん、修道士や修道女の沈黙の誓いは、不幸な者たちに罰として与えられた〝苦悩〟を自ら体験するためのものだった（おそらく、そのほうが神の声をよりはっきり聞くことができると考えたのだろうが、メラニーに言わせれば、まるで効果はないのだ）。

メラニーは、〝外の世界〟のなかでももっとも恐ろしい場所である処理室のタイルの壁によりかかっていた。ミセス・ハーストローンは十フィート離れたところで体の側面を下にして横たわり、じっと壁を見つめている。もう泣いてはいない――涙は涸れ果て、乾ききっている。ミセス・ハーストローンは目をしばたたかせた。呼吸はしているものの、昏睡状態に陥っているも同然だ。メラニーは身を起こし、グリーンの浮きかすや無数のばらばらになった虫の体が浮いている黒い水たまりから、左脚を遠ざけた。

信仰。

双子を抱きしめると、おそろいの淡いブルーのカントリー調のブラウスにおおわれた、華奢な背骨の感触が伝わってきた。二人の隣に腰をおろし、日曜学校で聞いた話をいくつか思い出した。古代ローマ時代の、コロシアムで殉教の時を待っている初期のキリスト教徒たちの話だ。もちろん、彼らは信仰を捨てることを拒否したのだ。男も女も子供も、嬉々として祈りながら、百卒長がやって来るのを待っていた。実にばかばかしい、いかにも単細胞の教科書制作者が書いたというような物語で、メラニー・キャロルが大人になって考えるに、そんな話を子供向けの本に載せる人の気が知れないと思うような代物だ。それでも、安っぽいメロドラマと同じように、八歳か九歳のメラニーにとっては、胸がつぶれるほどに悲しい物語だった。そしてまた、今でもやはり、悲しい感動を呼びおこす。

遠くの明かりに目をやり、黄色い電球が明るくなっては暗くなり、暗くなっては明るくなるさまをじっと見つめているうちに、それはスーザンの顔になり、やがてはライオンの黄色い爪に引き裂かれる若く美しい女の肢体に変わっていった。

闇のなか、八羽の灰色の鳥が羽を休めている……


いいえ、今はもう七羽の鳥になってしまった。

ジョスリンも死んでしまうのかしら。戸口から隣の部屋をのぞくと、窓辺に立っている少女の姿が見えた。肩を震わせ、泣いている。〝イタチ〟に腕をつかまれて。二人は半分あいているドアのそばに立っていた。

そばでなにかが動く気配がした。メラニーはそちらのほうをふり向いた――手の動きにたいする、耳の聞こえない人間の反射的な動作だ。キールは目を閉じていた。メラニーはキールの手がくり返し同じ動きをするのをじって見つめながら、そのメッセージが理解できず、しばし困惑したが、やがてそれが漫画のヒーロー、ウォルヴリンの名を表していることに気づいた。

「なにかしなくちゃ」シャノンがサインを送ってきた。「メラニー！」彼女の小さな両手が空気を切った。

なにかしなくちゃ。そう、そのとおりだわ。

メラニーはドゥ・レペのことを考えた。彼のことを考えていれば、凍りついた心臓がふたたび動きだすのではないかという気がした。だが、そうはならなかった。またもやどうしようもない絶望感に襲われながらジョスリンを見ると、彼女も処理室のほうに目を向けていた。二人の目が合った。

「わたしを殺すつもりよ」ジョスリンが泣きながらサインを送ってきた。糖蜜のような色の丸ぽちゃの頬は涙で濡れている。「お願い、助けて」

〝外の世界〟……

「メラニー」キールの黒い瞳はぎらぎらと輝いていた。いつの間にかメラニーの隣に来ていたのだ。「なにかしなくちゃ！」

「なにを？」メラニーはきっとした顔で手話を返した。「言ってごらんなさい。彼を撃つの？　それとも、羽を生やして飛んでいくの？」

「そうよ、やってやる」キールはそう言うと、くるりと向きを変え、男たちに向かって突進していった。メラニーは考える間もなく、慌ててキールのあとを追った。少女がちょうど処理室の戸口をくぐったところで、〝熊〟がぬっと二人の前に現われた。メラニーもキールもぴたりとその場に足をとめた。メラニーはキールを抱きよせて目を伏せ、〝熊〟のズボンのウェストにはさまれた黒いピストルをじっと見つめた。

あれを奪うのよ。そして、この男を撃ってしまえばいい。どうなるかなんて心配しちゃだめ。やればできるわ。この男はいやらしいことを考えているから、注意がおろそかになっているはず。銃声がすれば、ドゥ・レペが聞きつけて助けにきてくれる。ピストルをつかんで。さあ、やるのよ。自分が引き金を引いているところが目に浮かぶ。両手が震えだした。メラニーは黒光りするプラスティック製のピストルをじっと見つめた。

〝熊〟が手をのばしてメラニーの髪に触れた。手の甲で、そっと優しく。恋人、あるいは父親のように。

そのとたん、わずかばかりのメラニーの気力も萎えてしまった。キールともども〝熊〟に襟首をつかまれ、処理室に引きずっていかれ、視界からジョスリンの姿が消えていった。

わたしは耳が聞こえないから、あの子の悲鳴が聞こえない。

わたしは耳が聞こえないから、助けを求めるあの子の声が聞こえない。

わたしは耳が聞こえない、聞こえない、なにも聞こえない……

〝熊〟は手荒く二人を部屋の中へと押しやり、戸口に坐らせ、恐れおののいているほかの人質たちを見まわした。

わたしは耳が聞こえない。だから、すでに死んだも同然。今さら、なにがどうなるというの。なにがどうなろうと、なんにも変わらないのよ。

メラニーは目を閉じ、美しい両手を引いて膝の上でそろえ、恐怖の呪縛から解放されて、ふたたび処理室からこっそり抜けだした。

「HPを用意してくれ、トビー」ポターは命じた。

バンの中ではトビーが、一見したところ心電図のモニターのように見える、ヒューレット-パッカード社製のモデル122VSAの入っているアタッシェケースをあけた。

「ここのコンセントは、みんな接地してあるか？」プラグの差し込み口を指し示して訊いた。

デレク・エルブがイエスと答えた。

トビーはプラグを差しこみ、機械のスイッチを入れた。すると、レジで打ちだされるレシートのような細長い紙が吐きだされてきて、黒いスクリーンにグリーンの格子が現われた。

トビーは周囲のみんなにちらりと目をやった。ラボウがポター、自分自身、アンジー、そしてバッドを順に指さしていった。「この順番だ」

フランセスとデレクは、いったいなんだろうと首をひねって見ている。

「いいや、違うな。五ドル賭けてもいい」ポターが言った。「わたし、アンジー、きみ、そしてチャーリーの順だ」

バッドが覚つかなげな顔で笑った。「いったいなんの話です」

トビーが言った。「みんな、静かに」マイクをアンジーの前に突きだした。

「スペインの雨は――」

「もういい」トビーはそう言って、今度はポターにマイクを突きだした。

「すばしこい茶色のキツネは……」

ヘンリー・ラボウはシェークスピアの『テンペスト』から長々と引用している途中で、マイクを切られた。

バッドは突きつけられたマイクに、ほとんど寄り目になってこう言った。「どうもこれが苦手で」

四人のFBI捜査官はどっと笑った。

トビーがフランセスにその装置の説明をした。「声強勢分析器《HP》だ。本当のことを言ってるかどうか、ある程度の判断をしてくれるが、間違うことも多いんだ」ボタンを押すと、スクリーンが四つのマスに仕切られ、ぎざぎざに波打つ線が静止した。トビーはスクリーンを軽くたたいて言った。「これはアーサー。声の調子は少しも乱れない。本当はズボンの中に漏らしていたとしても、アーサーの声からでは、誰にもそんなことはわからないと思う。で、ナンバーツーはきみだ、アンジー。アーサーの言ったとおりだな。きみには〝ひんやりキュウリ賞〟を与えよう。といっても、ヘンリーもきみとは僅差だ」そこで笑い、最後のマスをとんとんとたたいた。「バッド警部、きみはものすごいあがり性だな。ヨガとか呼吸法の練習をしたほうがいいんじゃないか？」

バッドは顔をしかめた。「目の前にそんなものを突きつけられなければ、もう少しうまくやれたのに。あるいは、最初からそれがなんの装置なのか、教えてくれてたら。もう一度やり直しさせてもらえませんか」

ポターは外に目をやった。「よし、合図の電話だ。スティーヴィーを送りだしてくれ、チャーリー」

「さあ、スティーヴィー」バッドが無線器に向かって言った。警官が側溝に入り、食肉加工場に向かって進んでいくのを、ポターと一緒に見守った。

ポターが短縮ダイアルを押した。

「つながったぞ」

「やあ、ルー」

「アート。あのデブを感謝祭の七面鳥並におめかしさせてやったぜ。そっちの遣いが来るのが見える。チョコレートシェイクももってきてくれたろうな？」

「さっきそっちに電話を投げ入れたのと同じ警官だ。名前はスティーヴィー。いい男だ」

ポターはハンディの反応を予想した。**さっきおれたちに発砲したやつとも同じってわけか？**

「へえ」ハンディは言った。「シェパードを撃てと合図したのと同じやつだな」

「あれは事故だったと言ったろう、ルー。ところで、そっちのみんなはどうしてる」

そんなこと知るか。

「元気だぜ。たった今ようすを見てきたとこだ」

妙だな、ポターはそう感じた。よもやそうした返事が返ってくるとは思ってもいなかった。こっちを安心させるためにそう言ったのだろうか。やつは怖いのか。あるいは、うまいことを言って、こっちを油断させようというのか。

あるいは、つかの間悪党の側面が鳴りをひそめ、ルー・ハンディ本来の人となりが表に出て、まともな質問にまともに答えたということなのか。

「喘息の薬を袋の中に入れておいた」

ふん、あんなガキ。どうなろうと知ったこっちゃねえ。

ハンディは笑った。「ああ、あの息が詰まるガキのか。あれはたまらねえよな、アート。ぜいぜいいって苦しがってるあんなガキがそばにいちゃ、眠れたもんじゃない」

「それと紙とペンもだ。子供たちがなにかきみに伝えたいことがあった場合にと思ってな」

返事なし。ポターとラボウはちらりと顔を見合わせた。ハンディは怒ったのか？ いや、中にいる誰かと話をしているようだ。

やつの気をそらせろ。人質から、そしてスティーヴィーから。「ライトの調子はどうだ」ポターは訊いた。

「いいぜ。あんたが表につけたライトには迷惑してるがな。撃ち落としてもいいか？」

「いくらするか、わかってるのか？ そんなことされたら、わたしの給料から天引きされてしまう」

オーツは建物から五十フィートのところをゆっくりと安定した足どりで歩いている。ポターがトビーに目をやると、トビーはうなずいて声強勢分析器のボタンを押した。

「どうやらきみはマクドナルドのファンらしいな、ルー。ビッグマック、あれはたしかに最高だ」

「そんなことどうしてわかる」ハンディは皮肉っぽく言った。「あんた、ファーストフードなんか食ったことないだろうに」

アンジーが親指を突きたててみせた。ポターは内心にっこり笑ってうなずいた。犯人が交渉担当者自身のことに触れるのは、いい兆候だ。感情の転移が始まったということになる。

「もうひとつ当ててみようか、ルー。きみがこれから食べるのは、わたしが先週二回ディナーに食べたのと同じものだ。いや、フリトズは別だが。だが、わたしもミルクシェイクは飲んだ。ヴァニラだがな」

「あんたらみたいないかす捜査官は、毎晩洒落た料理を食ってるんだと思ってたぜ。ステーキとロブスターとかな。それにシャンパン。で、そのあと、美人の部下とセックスだ」

「ディナーはベーコン・チーズバーガーで、ワインなんて洒落たものはなしだ。それと、セックスの代わりに、フレンチフライのお代わりだ。ポテトが好物なんでね」

窓に映るかすかな影から、ポターはバッドが自分を見つめているのに気づいた。きっと信じられないという顔をしていることだろう。

「あんたもデブだな。今おれが豚みたいな腕をつかんでるこのガキと同じだ」

「あと数ポンド減量したほうがいいかもしれん。あるいはもうちょっと」

オーツはドアまで残り五十フィートのところに達している。

ポターはもう少しハンディの嗜好について探りたかった。だが、あくまで慎重に。ハンディを苛立たせるかもしれないと感じたからだ。人質事件では、犯人を追い詰めるにはこれが一番とされる方法がある——大音響でがんがん音楽を鳴らす、あるいは空調装置を使って、犯人が籠城している建物内部をどんどん暑くする、もしくは寒くする。だが、ポターはそうした方法の効果をあまり評価していない。あくまで断固たる態度は崩さず、だが犯人とのあいだに友好的関係を築く、これが一番なのだ。

ハンディがやけに静かだ。なにに気を取られているのだろう。なにを考えているのか。状況をもう少し掌握したい。だからこそ問題なのだと、ポターは気づいた。ハンディを抜きにして、それは不可能なのだと。

「ちょっと訊こうと思っていたことがあるんだ、ルー……今日は七月にしては妙な天気だ。そっちはさぞ冷えてきているんじゃないかな。ヒーターかなにかを用意しようか？」

返事を予測してみた。いいや、みんなでぴったりくっつき合ってりゃ、寒くなんかないぜ。

だが、ハンディはゆっくりとこう答えた。「言えてるな。今夜はどのくらい冷えこむんだ」

またもやきわめてまともな口調とまともな答えだ。しかも、その言葉の裏には、ハンディが長期戦を予測しているふしもうかがえる。ということは、ハンディが指定してきたデッドラインを引きのばせる可能性もあるかもしれない。ポターは自分が感じたことを紙に書き、コンピューターに入力するようヘンリー・ラボウに差しだした。

「風も強く、気温も下がるそうだ」

「考えとこう」

その声を聞きながら、ポターは考えた。やけに聞きわけがいい。これはどう解釈すればいいのだろう。ワルそのものといった側面を見せたかと思うと、保険のセールスマンのような口のきき方をする。ポターは食肉加工場の図面に目を走らせた。犯人あるいは人質を示す黄色い付箋が十二枚貼られている。最終的には、それがひとりひとりがいる場所に正確に貼られるようになればいいのだが。今はまだ隅にまとめられているだけだ。

「ルー、そこにいるのか？」

「ああ、いるぜ。ここにいなくて、どこにいるっていうんだ。デンヴァーに向かう州間道路

70号をドライヴしてるとでも思ったのか」

「きみの息遣いすら感じられなかったもんでな」

低い、ぞっとするような声でハンディは言った。「そりゃ、おれが亡霊だからよ」

「亡霊？」ポターはおうむ返しに訊いた。

「だから、あんたのうしろにこっそり忍びよって喉をかき切り、あんたの血が地面に落ちる前に、どこかに消えちまうなんてこともできるんだぜ。あんたは、今自分が見てる工場の中に、おれがいると思ってるんだろう」

「じゃ、きみは今どこにいるんだ」

「あんたのすぐうしろに来てるかもしれんな。あんたらのバンのすぐそばに。あんたがその車の中にいるってことはわかってるんだ。窓からこっちをのぞいてるってこともな。おれは窓のすぐ外にいるかもしれないぜ。今ごろ遣いの男が歩いてる、バッファロー・グラスの草むらの中に身を潜めて、やつが通りかかったときに、タマをちょん切ろうとしてるとこかもな」

「それを言うなら、実はわたしも今、きみと一緒に食肉加工場の中にいるのかもしれんぞ」

沈黙。ポターは考えた。やつはきっと笑うだろう。

そのとおり、ハンディは笑った。腹を抱えて大笑いした。「フリトズはたっぷりもってきてくれるんだろうな」

「ああ。レギュラー味とバーベキュー味を」

スティーヴィー・オーツが建物に達した。

「ちょっと待ってくれ……誰か来たぞ」

「映像が出た」トビーが小声で言った。バンの明かりを落とした。スクリーンには、スティーヴィー・オーツの右耳の上にセットされたカメラがとらえた映像が映しだされていた。画像は鮮明とはいいかねる。わずか数フィート離れたところで食肉加工場のドアがあき、目もくらむほどのまばゆい明かりに歪められた、建物内部の映像——パイプ、機械類、テーブル——がスクリーン上に広がった。映っている人物はただひとりジョスリンだけだ。両手で顔をおおっている姿がシルエットになって浮かびあがっている。

「あんたんとこのスティーヴィーとかいう坊やか？　今までに、スティーヴィーなんて名前のやつを撃ったことないな。感じの悪い野郎だ」

ショットガンの銃口と思われるものがゆっくりと突きだされ、ジョスリンの頭にぴたりと押しつけられた。ジョスリンの体側にそって下げられた両手は拳をつくっている。スピーカーからは彼女のすすり泣く声が聞こえてくる。ポターは、スティルウェルが選んだ狙撃手が抑制をきかせていてくれることを祈った。

そのとき、一瞬ヴィデオの画像が揺れた。

ショットガンがオーツに向けられると同時に、男のシルエットが戸口をふさいだ。オーツの耳の上に取りつけられたマイクから、声が聞こえてきた。「銃をもってるか」ハンディとは別の声だ。シェパード・ウィルコックスだろう、ポターはそう踏んだ。ボナーはもっと大柄なはずだ。

ポターは下を向いて、オーツのイヤフォンに接続するボタンを探し、押した。「しらばっくれろ。堂々として、だが丁重な態度でいくんだ」

「いいえ、もってません。これが注文の品です。食料が入ってます。さあ、品物は渡しましたから、その少女をこっちへ……」スティーヴィーは落ち着いた口調でしゃべっている。

「よし、スティーヴィー、いいぞ、その調子だ。ジョスリンが元気にしているなら、うなずいてみせてくれ」

かすかに画像が揺らいだ。

「子供には笑顔を絶やさずにな」

スティーヴィーがうなずいたせいで、またもや画像が揺らいだ。

ハンディがオーツに訊いた。「マイクかカメラを隠しもってるんじゃないか?」また別の人影が映った。ハンディだ。「おれの言ったことをテープに録ってるのか?」

「返事は自分で決めろ」ポターはささやいた。「だが、イエスと答えたら、人質は返してもらえないぞ」

「いいえ」オーツは言った。

「嘘ついてることがわかったら、おまえを殺すぞ」

「嘘じゃありません」オーツはためらうことなくきっぱりと言った。

よし、よくやった。

「おまえ、ひとりか？　ドアのわきに、誰かが潜んでるんじゃないか？」

「見ればわかるでしょう？　ぼくひとりきりです。女の子は元気ですか」

「見ればわかるでしょう？」ハンディがからかうように口真似し、ウィルコックスのうしろからはっきりと見えるところに出てきた。「ほら、このガキだ。見ろよ」

ジョスリンから手を放す気配はない。

「その子をこっちに」オーツが言った。

「おまえが中に入ってきて、連れていけ」

「いいえ。こっちに来させてください」

「おまえ、防弾服を着てるのか？」

「ええ、シャツの下に」

「そいつをもらいたいな。おれたちのほうが、そいつを有効利用できるってもんだ」

「どうしてです？」オーツは言った。先ほどよりは、いくぶん落ち着きが失われた口調だ。

「おまえのためにならないからさ。だろう？　こっちはおまえの顔に一発ぶちこんで、そいつを脱がせることだってできるんだ。おまえが引き返していくときに背中を撃っても、やっぱり結果は同じだ。どっちみちおまえはあの世行きってことになる。だから、今そいつをこっちに寄こしたっていいだろうが」

オーツが防弾服を引き渡せば、ヴィデオ・カメラと無線器を発見されてしまう。そうなれば、その場で撃ち殺されるだろう。

ポターは小声で言った。「約束したはずだと、やつに言え」

「約束したはずです」オーツはきっぱりと言った。「食べ物はちゃんともってきました。だから、その子を返してください。今すぐ」

永遠とも思われる一分間の沈黙が続いた。

「そいつを地面に置け」ようやくハンディが口を開いた。

オーツが袋を地面に置いたため、スクリーンに映る画像が揺らいだ。それでもオーツはカメラのレンズが開いたドアの隙間をとらえるよう、頭をまっすぐに保っていた。だが残念なことに、画像のコントラストが強すぎて、事実上ポターには、建物内部のようすはまったくうかがい知ることができなかった。

「ほらよ」雑音混じりでハンディの声が聞こえてきた。「ミス・子豚を連れてけ。家に帰るまで、ブーブー鳴きつづけるこったな」数人分の笑い声が聞こえてきた。ハンディはドアから離れた。スクリーンからハンディとウィルコックスの姿が消えた。どちらかが、銃を構えているのだろうか？

「やあ、お嬢ちゃん」オーツが言った。「心配しないで。もう大丈夫だからね」

「彼女に話しかけちゃだめよ」アンジーがつぶやいた。

「ちょっとお散歩にでかけよう、いいだろう？　ママとパパに会いたいだろ？」

「ルー」犯人たちの姿が消えたことが、ふいに不安になりだして、ポターは携帯電話に向かって言った。だが、返事はない。ポターはバンの中にいる者たちに向かってつぶやくように言った。「やつは信用できん。そうだ、信用なんかできるもんか」

「ルー？」

「回線はまだつながってるぞ」トビーが言った。「やつは電話を切っちゃいない」

ポターはオーツに呼びかけた。「その子にはなにも話しかけるな。パニックを起こすかもしれん」

オーツがうなずき、画像が揺らいだ。

「さあ、建物から離れろ。ゆっくりとだぞ。そしたら、子供のうしろにまわって向きを変え、そのまま歩いてこい。ヘルメットでできるだけ首までカバーできるよう、顔をあげてな。撃たれたら、子供におおいかぶさって伏せろ。こちらから掩護射撃を命じて、できるだけ素早くきみたちを救出するようにする」

スピーカーからかすかなささやき声が雑音混じりに聞こえてきたが、それ以上応答はなかった。

そのとき、ふいにスクリーンの画像が激しく乱れた。フレア（光の強さの変化によって生じる受像管上の暗い部分）が現われたと思うと、画像が激しく揺れた。

「やめろ！」オーツの声だ。そして低いうなり声、続いてうめき声が聞こえてきた。

「オーツが倒れた」窓から双眼鏡でのぞきながらバッドが言った。「ああ、なんということに」

「くそっ！」ヴィデオ・モニターを見あげながら、デレク・エルブが叫んだ。

銃声は聞こえなかったが、ポターには、ウィルコックスが少女の頭を消音装置つきのピストルで狙い撃ち、続けてオーツに向けて引き金を引いたことがはっきりとわかった。スクリーンでは、不鮮明な影とフレアが映っている画面が激しく躍っている。

「ルー！」ポターは電話に向かって叫んだ。「ルー、そこにいるのか」

「見ろ！」バッドが窓を指さして叫んだ。

まさしくポターが恐れていた光景だった。ジョスリンは明らかにパニックを起こして前に飛びだしていた。太った少女に体当たりされて、オーツは仰向けに倒れた。少女は草とヒメアブラススキを蹴散らしながら、警官たちの包囲ラインの最前列に向かって走ってくる。オーツは地面をころがって立ちあがり、少女のあとを追った。

ポターはボタンをまさぐった。「ルー！」ふたたびコンソールのボタンをたたき押し、ディーン・スティルウェルを無線で呼びだした。スティルウェルは狙撃手と並んで暗視鏡をのぞいていた。

「ディーン？」ポターは呼びかけた。

「イエス・サー」

「中が見えるか？」

「あまりよく見えません。ドアは一フィートほどしかあいていません。その陰に誰かがいます」

「窓はどうだ？」

「今のところ、誰も見えません」

太っているとはいえ、ジョスリンはオリンピック選手のような俊足で、口を大きくあけて両腕を振りまわしながら、司令室のバンに向かって走ってくる。オーツも追いついてきているが、二人とも射程内に入っている。

「狙撃手に伝えろ」必死の形相で食肉加工場の窓という窓に目を走らせながら、ポターは言った。「安全装置をはずせと」

発砲と命じるべきか？

「イエス・サー。いや、ちょっと待ってください。ウィルコックスです。窓からおよそ五ヤード奥にいます。ショットガンをもって、狙いを定めています」

まずい。ポターはそう考えた。狙撃手がウィルコックスを殺せば、ハンディは間違いなく、その報復に人質をひとり殺すだろう。

ウィルコックスは発砲するだろうか？

ウィルコックスもパニックを起こしているだけで、今どういうことになっているのかわかっていないのかもしれない。

「ポター捜査官？」スティルウェルが訊いてきた。

「捕捉しろ」

「イエス・サー……ウィルコックスがクリッシーの照準器にとらえられました。薬室に弾丸を送りこみました。撃ち損じは許されない、本人がそう言っています。十字線をやつの額に定めました」

撃つべきか、撃たざるべきか？

「待て」ポターは言った。「捕捉したままにしておけ」

「イエス・サー」

ジョスリンは食肉加工場から三十ヤードのところまで来ていた。オーツがそのすぐうしろまで迫っている。もっとも狙いやすい標的だ。十二番径のショットガンなら、難なく二人の脚を吹き飛ばせる。

ポターは額に汗を浮かべながら、二つのボタンをたたき押した。電話に向かって、「ルー、そこにいるか」

聞こえてきたのはざーという雑音、人の息遣い、あるいは不規則な心臓の鼓動だった。

「狙撃手に銃をおろせと言え」ポターはふいにスティルウェルにそう命じた。「撃つな。なにがあっても、撃つなと」

「イエス・サー」スティルウェルは答えた。

ポターは前に身を乗りだし、冷たい窓ガラスに額を押しつけた。

スティーヴィー・オーツは二歩前に跳んで少女をつかみ、強引に地面に伏せさせた。少女は手足をばたつかせたが、二人は一緒になって高台からころがりおちた。これでもう食肉加工場から二人の姿をとらえることはできなくなった。

バッドが音をたてて溜め息をついた。

「よかった」フランセスがつぶやくように言った。

アンジーはなにも言わなかったが、その手は携帯している武器にのび、拳銃のグリップをしっかり握っていることに、ポターは気づいた。

「ルー、そこにいるのか」ポターはふたたび声をかけた。そして、もう一度。

電話を紙で包んでいるのかと思わせる、がさがさという音が聞こえてきた。「今は相手をしてられないんだ、アート」口の中に食べ物を詰めこんだハンディがもごもごと言った。「晩メシの時間なんでな」

「ルー――」

かちゃっと電話の切れる音がし、なにも聞こえなくなった。

ポターは椅子の背に寄りかかり、目をこすった。

フランセスが手をたたき、デレク・エルブもそれに倣った。

「おめでとう」ラボウが静かに言った。「これで最初の人質交換が無事済んだ」

バッドは青ざめた顔でゆっくりと息を吐きだした。「やれやれ」

「よし、みんな、一応成功だ。だが、まだまだ手放しでは喜べないぞ」ポターは言った。「ヘリコプター引き渡しのデッドラインまで、あと一時間四十五分しかないんだ」

バンの中にいる者たちのなかで、若いトビー・ゲラーだけはむずかしい顔をしていた。

自分に子供はいないものの、若い同僚たちにとっては父親的存在であるアーサー・ポターは、ただちにトビーの浮かぬ顔に気がついた。「どうかしたか、トビー」

若い捜査官は、ヒューレット・パッカードの装置のボタンをいくつか押し、スクリーンを指し示した。「これが人質交換をしているあいだの、あんたの声強勢の分析結果だ。中程度のストレスをもたらす出来事にたいするあんたの心理的動揺は、標準より低い値が出ている」

「中程度、か」バッドがつぶやいて目玉をぐるりとまわした。「ぼくのが分析されなくてよかった」

「そしてこっちが、人質交換がおこなわれているあいだ中、ほぼ十秒間隔で測定分析したハンディの声だ」トビーはスクリーンをこつこつとたたいた。そこに表れているのは、ほぼまっすぐな一本の線だった。「たくさんの銃口が自分の心臓を狙っている、そんな状況のなかでやつは戸口に立っていた。だが、そのときやつは、せいぜいセヴン・イレヴンでコーヒーを注文するときくらいのストレスしか感じていなかったんだ」

午後三時十三分

銃声の衝撃も、胸の中で反響する悲鳴も感じなかった。

よかった、よかった、本当によかった。

バターボールのようにころころしたジョスリンは無事だった。

メラニーは処理室の奥で双子と一緒にうずくまっていた。双子の長い栗色の髪は涙に濡れ、顔に張りついている。顔をあげて裸電球を見つめた。そのおかげで、かろうじてメラニーは〝外の世界〟の怒濤の波に打ちくだかれずに済んでいるのだ。

落ち着かなげにしきりに髪を指にからませた。〝輝く〟を意味する手の形。〝輝き〟という言葉を表す手話のサインだ。

ぼんやりとした動きを感じて、メラニーははっとした。髭を生やした巨体の〝熊〟が、ハンバーガーをむしゃむしゃやりながら、荒々しい足どりで〝イタチ〟のそばにやって来て、ふた言み言矢継ぎ早になにか言った。返事を待ったが、返ってこないので、またもやなにやら叫んだ。メラニーは二人の会話はひと言も読みとることができなかった。感情的になればなるほど、人は早口で乱暴なしゃべり方になるので、そういうときには唇を読みとるのは不可能だ。どうしても相手の言っていることを理解しなければならないときにかぎって、唇の動きがはっきりととらえられないのだ。

〝イタチ〟は落ち着いてクルーカットの髪を撫でつけながら、〝熊〟を見てふんとばかりに笑った。大胆不敵な男、メラニーは〝イタチ〟のことをそう思った。ほかの二人と同じく残忍だが、〝イタチ〟は勇敢でもありプライドもある。悪人でありながら、そういった長所があるのなら、彼にも少しは善人の要素もあるのかもしれない。そこで〝ブルータス〟が現われると、〝熊〟はふいにしゃべるのをやめ、無骨な手でフライをつかみ取ると、建物前面に向かってぶらぶらと歩いていき、そこで腰をおろし、もじゃもじゃの髭のあいだからフライを口に放りこみはじめた。

〝ブルータス〟は紙に包まれたハンバーガーをもっていた。まるで初めて食べるものでも見るように、もの珍しそうにそれをちらちら見てから、ひと口かぶりつき、おもむろに咀嚼しはじめた。処理室の戸口にしゃがみこみ、人質たちを見まわした。一度〝ブルータス〟と目が合うと、パニックのあまりにメラニーの肌は熱く焼けた。「よう、先生」〝ブルータス〟は言った。メラニーは素早く目を伏せ、胃のむかつきを感じた。

どんという衝撃を感じ、はっとして顔をあげた。〝ブルータス〟がメラニーのすぐわきの床をたたいたのだ。シャツのポケットから小さなブルーの厚紙の箱を取りだすと、メラニーのほうに押しやった。喘息患者用の吸入器だ。メラニーがゆっくりと箱をあけ、中身をベヴァリーに手渡すと、ベヴァリーはそれを口にあてて、貪るように空気を吸いこんだ。

メラニーは〝ブルータス〟のほうを向いて、「ありがとう」と口を動かそうとしたが、〝ブルータス〟の視線はすでに、ミセス・ハーストローンに向けられていた。先輩教師は、またもやヒステリーの発作を起こしたように激しく泣いていた。

「まいったな——この女……よくもまあ長々と」

こんなによくこの男の言葉を読みとれるということは、わたしは彼という人間を理解しているということなのかしら。〝ブルータス〟はしゃがみこみ、哀れな女性が泣いているのをじっと見ている。むしゃむしゃハンバーガーを食べながら、口元にはあのいやらしい薄笑いを浮かべている。人はこんなにまで残忍になれるものだろうか。

こんな男を、わたしは理解している？

あの聞き慣れた声がする。**だから、おまえ、家に帰ってくるだろう**？……

さあ、起きて、しゃんとして。メラニーは先輩教師を心の中で叱咤した。泣くのはやめなさい！　起きあがって、なにかするのよ！　わたしたちを助けて。あなたがみんなのめんどうを見るべきじゃないの。

だから、おまえ——

ふいにメラニーの心臓が凍りつき、怒りが恐怖を追い払った。怒りと……ほかには？　メラニーの心の中で暗い炎が渦巻いていた。〝ブルータス〟と目が合った。〝ブルータス〟は食べるのをやめ、メラニーを見た。まぶたはぴくりとも動かなかったが、〝ブルータス〟がウインクを送ってきたことが、メラニーにはわかった。まるで、メラニーがミセス・ハーストローンを見て思っていたことがよくわかる、自分もそっくり同じことを考えた、と言わんばかりに。その瞬間、哀れな女性は、メラニーと〝ブルータス〟だけが理解できる、二人のあいだだけのジョークの種となったのだ。

やがてメラニーは絶望のうちに、怒りが消え、そこにまた恐怖がどっと流れこんでくるのを感じた。

わたしを見ないで！　心の中で懇願した。お願い、見ないで！　目を伏せ、震えながら泣きだした。そこでメラニーにできたことといえば、先ほどしたように俯いて目を閉じ、肉体から離れて別のところに行くことだった。食肉加工場を離れて自分が逃げこめる場所に。メラニーの秘密の場所、彼女だけの音楽室だ。

黒っぽい木でつくられた部屋。タペストリーにクッション、霞がかかっているように、なにもかもがぼんやり見える。窓はない。そこには〝外の世界〟はぜったいに入りこんでこられない。

紫檀に小さな花や飾り模様が彫りこまれ、象牙と黒檀を埋めこんだハープシコードが置かれている。クリスタルを鳴らしたような音色を奏でるピアノもある。そして、南アメリカの民族楽器ベリムバウ、黄金色のビブラハープ、戦前のマーティン・ギターも。

その部屋の壁にはメラニー自身の声が反響する。オーケストラで使われるすべての楽器を一斉に奏でたような声だ。メゾソプラノ、コロラトゥーラ・ソプラノ、そしてアルトと、高く低く響きわたる。

決して現実には存在しない、これからも存在し得ない場所だ。だが、その部屋はメラニーの心を癒してくれる。学校でのいじめに耐えられなくなったとき、みんなの言うことが少しも理解できずに戸惑ったとき、自分が決してのぞき見ることのできない世界に思いを馳せたとき、音楽室はメラニーにとって唯一心の安らぎを与えてくれる安全な場所だった。

その音楽室に逃げこめば、そばにいる双子、喘いでいるベヴァリー、とり乱したミセス・ハーストローンの泣き声、人の苦しみを滋養として自分の体に取りこみながら、こっちをじっと見つめている恐ろしい男のことを考えずにいられる。スーザンの死、そして遠からず訪れるであろう自分の死をも忘れさせてくれる。

メラニーはその秘密の場所で坐り心地のいい寝椅子に坐り、ひとりぼっちになりたくないと考える。誰か一緒にいてくれる人が必要だ。話相手になってくれる人、人間の言葉を共有し合える誰かが。さあ、誰をこの音楽室に招待しよう。

両親はどうかと考える。だが、これまで両親をここに招いたことはない。ローラン・クレール校の同窓生、ヘブロンの友人たち、隣人、生徒……そう考えていくと、スーザンのことが思い浮かぶ。もちろん、すぐさま頭から追い払うのだが。

ときに、音楽家や作曲家を招待することがある——音楽は聴いたことはないが、本でいろいろ読んだことのある人たちだ。エミルー・ハリス、ボニー・レイット、ゴードン・ボック、パトリック・ボール、モーツァルト、サム・バーバー。もちろん、ベートーヴェンも。それにラルフ・ヴォーン・ウィリアムズ。ワグナーは一度も呼んだことがない。マーラーは一度だけやって来たが、長居はしなかった。

兄のダニーは音楽室の常連客だ。

実際、一時期はダニーが唯一の訪問客だった。というのも、家族のなかで兄だけが、メラニーの抱えた重荷に振りまわされなかったからだ。両親は腫れ物に触るように娘に接した。できるだけ家の外に出さず、ひとりでは決して外出させず、娘の家庭教師への支払いのためにせっせと節約に励み、〝おまえのような人間〟はひとりでは生きていけないのだよと、娘に思いこませようとした――それでいて、メラニーの耳が聞こえない事実に言及することは、決してなかった。

ダニーはメラニーの引っ込み思案を黙って見逃そうとしなかった。妹をうしろに乗せ、町までホンダ350で飛ばした。そんなとき、メラニーは燃える炎のような翼が描かれている黒いヘルメットをかぶった。完全に耳が聞こえなくなる以前は、ダニーはメラニーを映画に連れていき、妹のために大声で映画のセリフをくり返し、周囲の観客に睨まれたものだった。眉をひそめる両親を尻目に、メラニーが置かれている状態がどんなものかを自ら体験するために、航空機の機械工が使う防音用のイヤマフをつけたまま家の中を歩きまわった。そしてまた、手話の基本を学んで、メラニーにいくつか言葉を教えてくれた（もちろん、大人の聴覚障害者相手には決して使えないような言葉ばかりだったが、のちにローラン・クレール校に入ってからは、そういった語彙のおかげで、メラニーは休み時間にはみんなに一目置かれる存在になった）。

ああ、でも、ダニーは……

去年、あの事故が起こってからは、また来てくれと、ダニーに頼むことができなくなってしまった。

今でも、ダニーを招待してみようと思うのだが、兄がこの部屋にいるところをどうしても思い浮かべることができない。

そして今日、メラニーが音楽室のドアをあけると、サイズの合っていないネイヴィーブルーのジャケットを着て黒縁メガネをかけた、白髪混じりの中年男がいた。食肉加工場の外に広がる草原からやって来た男。

ドゥ・レペだ。

それ以外に考えられない。

「こんにちは」ガラスのベルのような声でメラニーが言う。

「こんにちは」男がそう応えてメラニーの手を取り、はにかみながら、だがしっかりとその手にキスをするところを想像してみる。

「あなたは警察の方ね？」メラニーは訊く。

「そのとおり」男は答える。

男の姿は思うようにはっきり鮮明には見ることができない。欲望には限りがないが、想像力にはかぎりがあるのだ。

「あなたの名前は本当は違うとわかっているけれど、でも、ドゥ・レペと呼んでいいかしら？」

もちろん、男はいいと言ってくれる。紳士なのだ。

「ちょっとお話ししてもいい？　今わたしが一番したいことなの、おしゃべりが」一度誰かに話しかけてしまえば、次々に言葉が出てきて、相手の言うことも耳でとらえられるのだが、手話ではそうはいかない。

「なんなりと、さあ、お話ししましょう」

「あなたに聞いてほしい話があるの。わたしがどうやって自分の耳が聞こえないということを悟ったかということについて」

「では、ぜひ……」男は心からメラニーの話を聞きたがっているように見える。

わたしは音楽家になるつもりだったの、メラニーは始めた。四つか五つのころからそう思ってたわ。天才とはいえないまでも、音感は抜群だった。クラシック、ケルト音楽、カントリー＆ウェスタン――音楽ならなんでも好きだった。一度聴いたメロディなら、あとから記憶をたどって家にあるヤマハのピアノで同じメロディをくり返すことができたわ。

「そして、それから……」

「それからどうなったんです」

「わたしが八つ、もうすぐ九つになるというときに、ジュディ・コリンズのコンサートに行ったの」

メラニーは続ける。「彼女はア・カペラを歌っていた。わたしが一度も聴いたことのない歌だった。それが耳について離れなくて……」

ちょうどタイミングよく、想像のなかのスピーカーからそのメロディを奏でるケルトのハープの音が聞こえてきた。

「兄がコンサートのプログラムをもっていたので、わたしは身を乗りだして、この歌の題名はなんていうのと、彼に訊いたわ。そしたら兄が、《乙女の墓《メイドゥンズ・グレイヴ》》だと教えてくれたの」

ドゥ・レペは言う。「聞いたことのない曲だ」

メラニーは続ける。「うちのピアノで弾いてみようと思ったわ。なんというか……口で言うのはむずかしいんだけど、なんとなく、どうしてもそうしなきゃという気がして。その曲をどうしても覚えなくちゃって。コンサートの翌日、兄にレコード店に行って楽譜を買ってきてと頼んだの。どの曲の、と兄は訊いたわ。《乙女の墓》よ、わたしはそう答えた。

〝それ、なんの歌？〟兄はしかめ面で訊いたわ。

わたしは笑って、〝コンサートで聴いたでしょう、お馬鹿さん。ジュディ・コリンズが最後に歌ったあの歌。兄さんがわたしに題名を教えてくれたじゃないの〟

すると、兄も笑って、〝お馬鹿さんはどっちかね。《乙女の墓》だって？　いったいなんのことだい。あれは《アメイジング・グレイス》っていうゴスペル・ソングだよ。ぼくはそう言ったんだ〟

〝違うわ！〟わたしは言った。〝たしかに《乙女の墓》って聞いたんですもの。ぜったい間違いないわ！〟そのとき気がついたの。自分が兄が言っていることを聞きとろうと、身を乗りだしていることに。それに、自分か兄が顔をそむけたら、彼の言っていることをちゃんと聞きとることができないってことにも。兄と話をしているとき、わたしが見ているのは彼の唇だけで、目とか顔じゃなかった。もう六カ月か八カ月のあいだ、誰と話をするときでも、やっぱり同じようにしていたの。

わたしはすぐさまダウンタウンのレコード店に走っていったわ——二マイルも離れたところまで。無我夢中だった。確かめようとね。ぜったい兄がからかっているんだと思って、兄に腹をたてていたわ。きっとお返しをしてやる、そう思ってた。フォーク・ミュージックのコーナーに突進していって、ジュディ・コリンズのアルバムを次々に引き抜いていった。そしたら、やっぱり違ってた……《アメイジング・グレイス》だったの。片方の耳は五十デシベル、もう一方は七十デシベル聴力が落ちていると診断されたのは、それから二カ月後のことだった。今は両方合わせておよそ九十デシベルよ」

「気の毒に」ドゥ・レペは言う。「どうしてそんなことに」

「感染症のせい。そのせいで耳の中の産毛が細菌に侵されたの」

「もう治癒の可能性はないのかい？」

メラニーは答えない。しばらくして、こう言う。「あなたは聴覚障害者だと思うわ」

「聴覚障害者？　わたしが？」男は覚つかなげに笑う。「しかし、耳はちゃんと聞こえるが」

「あら、聴覚障害者だけど耳が聞こえるということもあるわ」

男はわけがわからないといった顔をしている。

「聴覚障害者だけど耳が聞こえるの」メラニーは続ける。「わたしたちは、耳が聞こえる人たちを〝外の世界の人〟と呼ぶの。でも、〝外の世界の人〟のなかには、わたしたちみたいな人もいるのよ」

「どういう人間のことをいうのかね?」男は訊く。自分がそうだと言われて、彼は喜んでいるのかしら。きっとそうだわ、メラニーはそう思う。

「自分の心に従って生きてる人たちのことよ」メラニーは答える。「他人の心じゃなくてね」

一瞬恥ずかしくなる。必ずしも自分がそうなのかどうか自信がもてなくなったからだ。モーツァルトの曲が流れてくる。あるいはバッハかもしれない。どちらなのか、はっきりとはわからない(せめてあと一年、感染症にかかるのが遅れてくれたらよかったのに。十二カ月もあれば、どれだけの音楽を聴けたことか。お父さんときたら、農園に一日中イージーリスニングばかりかけるKSFTを流すんですもの。わたしの伝記には、わたしは《真珠貝》やトム・ジョーンズ、それにバリー・マニロウを聴いて育ったと書かれることになるわ)。

「まだ話さなきゃならないことがあるの。まだ誰にも言ったことがない話」

「ぜひ聞かせてもらいたいね」男はにこやかにそう言う。と、次の瞬間、いなくなってしまう。

メラニーは唖然とする。

音楽室は消え、メラニーはふたたび食肉加工場の中にいた。

目を大きく見開いてあたりを見まわす。〝ブルータス〟がこちらに近づいてきているに違いない。あるいは〝熊〟が大声でわめきながら、こちらに向かってくるとか。

だが、〝ブルータス〟はいない。〝熊〟は処理室の外で、顔に似合わぬ笑みを浮かべて食べ物を口に運んでいる。

どうして音楽室からここに引き戻されてしまったのだろう。

音の振動のせい？　それともライトの明かり？

いいえ、においだわ。においのせいで白昼夢から醒めたのだ。でも、なんのにおい？

食べ物の油のにおい、体臭、オイルとガソリン、それに錆びた金属と古い血とむっとする豚の脂肪、その他さまざまなにおいのなかから、メラニーはなにかのにおいを感じとった。

ああ、わかった。濃厚で刺激的なにおい。

「みんな、こっちを見て」メラニーは生徒たちに向かって勢いよく手を動かしはじめた。

「言いたいことがあるの」

〝熊〟がこちらを向いた。手話に気づいたのだ。とたん、笑顔を引っこめ、立ちあがった。

なにか叫んでいるようだ。「やめろ！　そいつをやめるんだ！」

「あの男はわたしたちが手話で話をするのが嫌なんだわ」メラニーは素早く手話で伝えた。

「手話でゲームをしてるふりをしましょう」

メラニーが聾者の文化のなかで気に入っていることのひとつは、言葉にたいする愛だ。ASLも立派なひとつの言語と言っていい。実際ASLは、アメリカで五番めに多くの人々によって使われている言語なのだ。ASLの単語と文章は、普通の言語が音節と音素に分けられるように、より小さな言語構成ユニット（手の形、動き、体にたいする手の位置）に分解できる。そうした身振り手振りを使ってゲームができるのだが、聾者なら誰でも子供時代にそのゲームで遊んだことがあるはずだ。

〝熊〟がつかつかとメラニーのそばにやって来た。「いったいなに……んだ？」

メラニーの両手が激しく震えだした。床の埃の上に、どうにか〝ゲーム〟という文字を書いた。**わたしたち、ゲームをやってるの。わかるでしょう？　手で形をつくるのよ。物の形を。**

「物って、なんだ？」

これは動物ゲームなの。

メラニーは〝愚か者〟という意味の手話のサインをつくった。人差し指と中指をVの字型にすると、どことなくウサギに似た形になる。

「そいつは……なんの……？」

ウサギ、メラニーはそう書いた。

双子が肩をすくめてくすっと笑った。

「ウサギ……おれには……見えねえ」〝熊〟は言った。

お願い、ゲームを続けさせて。なんの害にもならないでしょう。

〝熊〟がちらりと見ると、キールは、「下種野郎」とサインをつくった。そして床には、これはカバよ、と書いた。

「……ばかばかしい」〝熊〟はまたフライとソーダに取りかかった。

少女たちは〝熊〟の姿が見えなくなるのを待って、それから期待に満ち満ちた目でメラニーを見た。真顔に戻ったキールが、にこりともせずに訊いた。「で、言いたいことってなんなの？」

「みんなでここから逃げましょう」メラニーは手話で伝えた。「わたしが言いたかったことは、それよ」

アーサー・ポターとアンジー・スカペーロが、医師の診察を受けているジョスリンから話を聞こうと待ちうけているときに、最初の銃声が響いた。

だがそれも、頭上のスピーカーから聞こえてきたディーン・スティルウェルのただならぬ声に較べれば、かすかな物音でしかなかった。「アーサー、たいへんだ！　ハンディが発砲している」

なんと。

「野原に誰かがいる」

ポターは窓の外をのぞくより先に、マイクのボタンを押して指示を出した。「全員に告げろ、報復攻撃はなしだ」

「イエス・サー」

ポターはアンジーとチャーリー・バッドと一緒にバンの窓に張りついた。

「あの野郎」バッドはつぶやいた。

またもや食肉加工場から銃声が轟き、バンから六十ヤードほど離れたところにいるダークスーツを着た男のわきの、腐りかけた防御柵の柱を弾丸が削りとった。侵入者は、一見したところ高価なものとわかる厚手のハンカチを右手にもち、さかんに振っている。

「まあ、なんてこと」アンジーは唖然とした。

ポターは驚き呆れ、がっくりと肩を落とした。「ヘンリー、法務次官補に関するきみのプロファイルには、頭がいかれてるという記載が抜けてたぞ」

ハンディはまたもや発砲し、ローランド・マークスのすぐうしろの岩を吹きとばした。法務次官補は足がすくんだのか、その場に立ちどまった。またもやハンカチを振った。そして、ふたたびゆっくりと食肉加工場に向かって歩きだした。

ポターは短縮ダイアルを押した。呼び出し音が鳴っているあいだに、こうつぶやいた。

「さあ、来い、ルー」

だが、返事はない。

ディーン・スティルウェルの声がスピーカーから流れてきた。「アーサー、いったいどういうことなのか、さっぱりわからない。あそこにいる誰かが、どうやら——」

「あれはローランド・マークスだ、ディーン。彼がハンディになにか言っているのか?」

「なにか叫んでいるようです。なんと言ってるのかは、わかりません」

「トビー、例の〈ビッグ・イヤー〉はまだ取りつけてあるか?」

若い捜査官は自分のマイクに向かってなにやら言ってボタンを押した。数秒のうちに、もの悲しげな、それでいて切迫した雰囲気を伝えてくる風の音がバンの車内に満ちあふれた。続いてマークスの声が。

「ルー・ハンディ! わたしはローランド・マークス、カンザス州の法務次官補だ」

何倍にも増幅された銃声が、車内に轟きわたった。誰もが思わず首をすくめた。

トビーが小声で言った。「もう一台の〈ビッグ・イヤー〉は食肉加工場に向けてあるけど、なにも聞こえてこない」

そのはずだ。ハンディはなにもしゃべっていないのだから。銃口の狙いを定めているときに、無駄口をたたく人間がいるはずがない。

「まずいことになったわ」アンジーがつぶやいた。

ふたたび法務次官補の声が聞こえてきた。「ルー・ハンディ、これは罠じゃない。少女たちを解放してくれ。代わりにわたしが人質になる」

「驚いたな」バッドがささやくように言った。「本気でやってるんだろうか?」半ば感心したようにそう言ったため、ポターは思わず州警察の警部を睨みつけそうになった。

またもや銃声が、今度はさらに近くで聞こえた。マークスがわきに跳びのいた。

「頼む、ハンディ」必死の叫びだ。「その子たちを解放してくれ!」

そのあいだも、食肉加工場の電話は鳴りつづけていた。

ポターは無線のマイクに向かって言った。「ディーン、こんなこと言うのもなんだが、彼をとめなけりゃならん。拡声器で呼びかけて、包囲ラインのほうに寄るよう言ってくれ。彼が言うことをきかなければ、何人か人を遣れ」

「ハンディは彼をからかっているだけですよ」バッドは言った。「だから、本当に危険というわけじゃない。撃つつもりなら、もうとっくに命中させてますよ」

「あんな男のことなんか、心配してない」ポターはぴしゃりと言った。

「なんですって?」

アンジーが言った。「わたしたちは人質を救出しようとしてるのよ。新たな人質を中に送りこむつもりなんかないわ」

「あの男に余計なことをされると、われわれの仕事がやりにくくなるだけだ」ポターはただそう言っただけで、マークスの行動の愚かしさを説明しようとはしなかった。

弾丸が法務次官補の足元の岩を砕き、鋭い音をたてて跳飛した。マークスはつっ立ったまま。振り返り、ディーン・スティルウェルの声に耳を傾けた。スティルウェルの声は〈ビッグ・イヤー〉を通してバンにも送られてきている。ポターが安堵したことに、保安官はマークスの肩書に少しも臆していない。「そこの男性、マークス、ただちに物陰に入れ。さもないと逮捕する。こっちに戻ってくるんだ」

「だが、あの子たちを助けなければならん」マークスの耳障りな声がバンの内部に響きわたった。決然とした、だが恐怖に引き攣ったその声に、ポターは一瞬絶望感に駆られた。

またもや銃声が轟いた。

「さあ、わたしの言うことがわからないのか？　言うとおりにしないのなら、あなたを逮捕する」

ポターはスティルウェルに呼びかけ、その調子だと声をかけた。「そんなことをすると、かえって子供たちの命が危険にさらされると、言ってやれ」

そのメッセージを伝える保安官の声が、ざーざーという風の音に混じってスピーカーから大音響で流れてきた。

「ばかな！　わたしは子供たちの命を救おうとしているんだ」法務次官補はそう叫ぶと、ふたたび前に進みだした。

ポターはもう一度携帯電話を試してみた。だが、返事はない。

「オーケイ、ディーン。彼をつかまえに行け。たとえなにがあろうと、掩護射撃もするな」

スティルウェルはため息をついた。「イエッ・サー。何人か志願者の申し出もあります。たぶん大丈夫だと思いますが、彼が抵抗したときのために、胡椒のスプレーの使用を許可しました」

「おれの分もひと吹きよけいに振りまいてくれ」ポターは独り言のように言い、窓に向き直った。

防弾服とヘルメットを身につけた二人の警官が木立の陰から出てきて、腰を落とした姿勢で野原を進んでいった。

ハンディがさらに数回発砲した。まだ警官たちの姿には気づかず、マークスだけを狙っている。弾丸はどれも、マークスすれすれのところを飛んでいく。だがやがて、一発が岩に命中して上方に跳飛し、パトロールカーのフロントガラスを粉々に砕いた。

警官たちは姿勢を低く保ったまま、食肉加工場の建物に垂直に走っていく。二人の腰と体側は、ハンディが本気をだせば、楽に狙える。ポターは顔をしかめた。警官たちのひとりに見覚えがあった。

「あの二人は誰だ」ポターはスティルウェルに訊いた。「ひとりはスティーヴィー・オーツじゃないか？」

「イエッ・サー」

ポターはふーっと大きく息を吐きだした。「彼はついさっきもひとっ走りしてきたばかりじゃないか、ディーン。いったいあの男はなにを考えているんだ」

「はい、そうなんですが、本人がまた志願しまして。どうしてもと言ってきかなかったもので」

ポターはやれやれとばかりに首を振った。

今やマークスは食肉加工場から四十ヤードのところに達し、二人の警官はバッファロー・グラスの中を這うようにして、ゆっくりと距離を縮めていっている。マークスが二人に気づき、帰れと叫んだ。

「サー」スピーカーから声が流れてきた――それがオーツの声だと、ポターは気づいた――「われわれはあなたを連れ戻すよう命令されてきました」

「命令などくそくらえだ。あの子供たちの身を案じる気持ちが少しでもあるなら、わたしのことは放っておいてくれ」

〈ビッグ・イヤー〉がとらえた、わーっという遠くの笑い声が聞こえてきた。「射撃遊び」風に乗ってハンディの声が届いた。またもや耳をつんざく銃声が轟いた。警官のひとりのすぐわきにあった岩が宙に飛んだ。二人は素早く地面に伏せ、法務次官補に向かって兵士のように匍匐《ほふく》前進していった。

「マークス」オーツが肩で息をしながら叫んだ。「われわれはあなたを連れ帰る。あなたの行為は公務執行妨害です」

マークスはくるりと振り返った。「わたしにたいして、そんなことができると思うのかね、きみ？　きみはわたしの指示で動く立場にいる人間じゃないか。わきまえたまえ」

「あなたを阻止するためなら、必要とあらばどんな手段に訴えてもいいと、スティルウェル保安官から許可をいただいています。ですから、そのとおりにするつもりです」

「きみは風下にいる。わたしに胡椒スプレーをかけたら、胡椒を浴びるのはきみだ」

ハンディがふたたび発砲した。弾丸はオーツの頭から二フィートの朽ちかけた柱を砕いた。

ハンディは相変わらずふざけ半分といったようすで大声で笑った。

「くそっ」誰かがぶつぶつ言った。

「そうではありません、サー」オーツが冷静な口調で言った。「わたしが受けた命令は、あなたの脚を撃って、あなたを引きずり戻すことです」

ポターとラボウは顔を見合わせた。ポターは慌てて無線の通信ボタンをまさぐった。「あれははったりか、ディーン？」

「と思います」スティルウェルが覚つかなげに答えた。「しかし……やけにきっぱり言いきっています。ということは、違うんでしょうか？」

ポターは違うというほうに賭けた。

「彼はやる気か？」ラボウが言った。

ポターは肩をすくめた。

アンジーが言った。「武器を抜きました」

オーツはマークスの下肢にしっかりと銃口の狙いを定めている。

こいつは大事になりそうだぞ、ポターは考えた。

「サー」オーツが声をかけた。「狙いははずしません。射撃の腕前には自信があります。わたしはこれからあなたを撃ちます」

法務次官補はためらった。風がその手からハンカチを奪い取っていった。風にさらわれたハンカチは、マークスの頭上数フィートに舞い上がった。

銃声が轟いた。

ハンディの弾丸が白いハンカチを撃ち抜いた。ハンカチは空中で一瞬大きく揺れ、それからゆらゆらと風に舞った。

〈ビッグ・イヤー〉を通してまたもやハンディの笑い声が響いた。マークスが食肉加工場を振り返り、大声で叫んだ。「この大悪党、ハンディ。おまえなど、地獄で腐ってしまえ」

またもや笑い声――あるいはただの風の音か。

背筋をのばして顔をあげ、法務次官補は野原を出ていった。まるで自分の家の裏庭を歩いているような足どりだ。スティーヴィー・オーツと同僚警官がテリヤのように小さく身を屈め、風にざわめくうっそうと生い茂った草むらの中を這うようにしてマークスのあとを追うのを見て、ポターはほっと胸を撫でおろした。

「あなたのおかげで、なにもかもぶち壊しになるところだった」アーサー・ポターはぴしゃりと言った。「いったいどういうつもりだったんですか」

マークスを下から見あげるようにしなければならなかったが――法務次官補は優に六フィートを超える長身だ――悪いことをしているところを見つかったふくれっ面の子供を相手にしているような気分だった。

法務次官補は揺るぎない口調で弁解しはじめた。「わたしはただ――」

「そもそもあなたが人質の代わりになることなど不可能なんです。人質解放交渉にあたって常に心がけるべきは、犯人にたいして、できるだけ人質の価値を低くアピールすることなんですから。ところがあなたはご丁寧にも、やつにこう言った、〝おい、ここにわたしがいるぞ。そっちにいる少女たち全員を合わせたよりも、わたしのほうがずっと価値があるぞ〟そう言われて、やつがあなたをつかまえたら、わたしはもうお手上げですよ」

「わたしにはわけがわからんがね」マークスはそう言った。

「要するに」アンジーが割って入った。「あなたのような人を人質にすれば、犯人が自分まで権力と支配力をもったような気分になってしまうということなんです。そうなれば、要求を吊りあげ、しかもそれに執着します。こちらがどうもちかけても、決して妥協することはないでしょう」

「しかし、わたしはあそこにいる少女たちのことが気がかりでしようがないんだ。いったいどんな思いでいるだろうかと」

「彼があの子たちを解放するわけはないんです」

「だから、わたしがなんとかやつを説得しようとしたんだ」

ラボウは呆れた顔で目玉をぐるりとまわし、この件の詳細をタイプし続けた。

ポターが言った。「あなたを逮捕するつもりはありません」そうしようかとも思ったのだが、その影響を考えて思いとどまった。「しかし、またあなたがこの包囲態勢を乱すような振る舞いにでたら、今度は間違いなく逮捕し、司法長官に話を通して、あなたに法的処置をとります」

ポターが驚いたことに、マークスは少しも自分の非を認めなかった。自信たっぷりといった態度こそ鳴りをひそめたものの、どうやらポターにせっかくの自分の計画を邪魔されたことに苛立っているようだ。「きみはなんでもかんでも教科書どおりにやりたがるようだな、ポター」不躾にも大きな人差し指でポターを指さした。「だが、教科書には、子供を殺して快感を味わう異常者のことなど書かれていないんだ」

　電話が鳴った。ラボウが応答し、ポターに言った。「ジョスリンは診察の結果どこも異常なしということだ。元気にしていると。彼女から話を聞くかと言ってきてるが？」

「そうさせてもらうと言ってくれ、ヘンリー。彼女をこっちに寄越してくれと。スティーヴィー・オーツも一緒に」それから、マークスに向かってこう言った。「では、お引き取り願いたい」

　マークスはスーツのジャケットのボタンをかけ、ハンディの射撃練習のおかげで岩のかけらやら埃にまみれたジャケットを払った。大股でドアに向かいながら、なにやらぶつぶつ言っていた。その一部がポターの耳にも届いたが、どうやらこう言っていたようだ。「せいぜいその手を血まみれにするがいい」だが、聞きとれたのは、それだけだった。

午後三時四十分

貴重な時間が刻一刻と過ぎていくというのに、彼女はただただ泣くばかりだった。ジョスリンのそばに坐っているアンジー・スカペーロとアーサー・ポターは、懸命に落ち着いた穏やかな表情を装ったが、内心少女の肩をつかんで揺さぶり、さっさと質問に答えてくれとわめきちらしたい気分だった。

短気、それはアーサー・ポターの大敵なのだ。

ポターは笑顔を絶やさず、真っ赤な顔を両手でおおって泣いている丸ぽちゃの十二歳の少女に向かって、安心させるようにうなずいた。

ドアがあき、スティーヴィー・オーツが入ってきてヘルメットを取った。肌寒い日だというのに、オーツの髪は汗に湿っていた。ポターは少女から警官に視線を移した。

「しばらく休んだほうがいいな、スティーヴィー」

「はい、そうします。あの最後の二発は、その……危なかったです」

「自分の無謀さがよくわかったろう？」

「はい、たしかに」

「食料をもってあそこに行ったときに見たことを、すべて聞かせてくれ」

ポターが予想したとおり、耳の上に取りつけたヴィデオ・カメラの助けを借りても、オーツは食肉加工場の内部のようすについて、ほとんどなにも憶えていなかった。

「ハンディの精神状態について、なにか感じたことは？」

「落ち着いているようでした。いらいらしているようには見えませんでした」

セヴン・イレヴンでコーヒーを注文しているときと同じ。

「誰か怪我をしている者は？」

「見たかぎりでは、いないようでした」

そうしたわずかながらの情報を、ラボウがせっせとタイプしていく。オーツが思い出せたのは、それくらいなものだった。ポターはしょんぼりしている警官に、少なくとも血や死体は見なかったということはとりあえずの朗報だと告げた。とはいえ、自分もまた内心の失望を隠しきれないでいるということもわかっていた。なおも泣きやまず、短い黒髪を指にからませ、ついには爪をかじりだした十二歳が相手では、役に立ちそうな情報はなにも聞きだせそうもない。

「ご苦労だった、スティーヴィー。これで用事は済んだ。ああ、そうだ、ひとつ訊きたいことがある。きみは本当にマークスの脚を撃つつもりだったのかね」

若者は一瞬深刻な表情をみせたが、すぐに控えめながらにっこり笑った。「その質問には、こうお答えするのが一番いいかと思います、自分でもよくわからなかったと。結局引き金を引くことになったのか、ならなかったのか、どちらとも言えません」

「さあ、退がってコーヒーでも一杯やりたまえ」ポターは言った。

「イエス・サー」

ポターとアンジーはまたもやジョスリンに視線を戻した。目を真っ赤に泣き腫らし、スティルウェルの部下が与えた毛布にくるまって縮こまっている。

ようやく少女が少し落ち着きをとり戻したところで、ポターはフランセス・ウィッティング巡査の手話通訳で、少女にたいする質問を開始した。フランセスの両手が優雅でこぢんまりした動きを見せるのにたいし、ジョスリンの動きは大きくぎこちなく、どことなくぎくしゃくしている。なめらかにしゃべる人と、「えーと」とか「あの」という言葉を頻繁にはさむ人の違いだろうと、ポターは解釈した。メラニーが手話で話をするときには、手の動きはどんなふうだろうと、一瞬考えた。ぎくしゃく？　それともなめらか？

「質問には答えたくないそうです」フランセスは言った。

「今、なんと言ったの」アンジーはその濃い茶色の瞳で手話の動きを追いながら訊いた。

「両親に会いたいと言ってるわ」

「この子の両親はホテルのほうに来てるのか？」ポターはバッドに訊いた。

警部が電話で問い合わせをし、ポターに告げた。「一時間ほどで到着するそうです」

フランセスがそれを手話でジョスリンに伝えた。少女は、わかったという意思表示もださずに、またもや激しく泣きだした。

「よく頑張ったわね」アンジーが励ますように言った。

ポターはちらりと腕時計に目をやった。ヘリコプター引き渡しのデッドラインまであと三十分だ。「男たちのことを教えてくれ、ジョスリン。犯人たちの」

フランセスの両手が踊り、少女はついにそれに応答した。「犯人は三人だそうです。あそこに写真が貼られている三人」少女は身振りで壁を示した。「男たちは汗をかいていて、臭い。あの男」ハンディを指さした。「〝ブルータス〟。彼がリーダーです」

「〝ブルータス〟？」ポターはいぶかしげな顔で訊いた。

フランセスが手話でポターの言葉を質問にして伝えると、ジョスリンは犯人たちひとりひとりの写真を指し示しながら、長々と手を動かした。

「メラニーがそう呼んでるの」ジョスリンは言った。「ハンディは〝ブルータス〟。ウィルコックスは〝イタチ〟。ボナーは〝熊〟」フランセスがつけ加えた。「手話では引喩表現が多用されるんです。たとえば〝羊〟は、ときに〝優しい〟も意味します。聴覚障害者はよく詩的な言葉遣いをするんです」

「やつらが食肉加工場内のどこにいるか、わかるだろうか」ポターはその質問をフランセスに向かって言った。するとアンジーが、「この子に直接話しかけて、アーサー。そのほうが彼女も一人前に扱われてると感じるだろうし、気分がいいと思うわ。それと、笑顔を忘れずに」

ポターがジョスリンに向かって笑顔で同じ質問をくり返すと、フランセスがジョスリンの答えを通訳しながら、建物前面の広い部屋およびそのまわりの数カ所を指さし、それからハンディとウィルコックスの写真に触れた。トビーがハンディとウィルコックスの名前が書かれた付箋をそこに移動させた。ラボウは黙々とタイプしている。

ジョスリンは首を横に振った。立ちあがると、自分で付箋の位置を直した。手話でフランセスに語りかけ、フランセスがそれを通訳した。「〝熊〟——ボナー——は、彼女の友人たちと一緒の部屋にいるそうです」

ジョスリンは、建物前面から二十五フィートほど奥まったところにある半円形の広い部屋に、〝熊〟の付箋を貼った。トビーが、人質の名前が書かれた付箋をそこにまとめて移動させた。

ジョスリンはその位置も細かく調節した。

「そこにみんながいる、そう言ってます。たしかだと」

ポターの視線はメラニーの付箋に引きつけられていった。

ジョスリンは涙を拭い、それから手を動かした。

「〝熊〟がずっと見張っていると言ってます。特に小さな子たちを」

ボナー。レイプ常習犯。

ポターが訊いた。「この図に書かれていないドアとか窓があるかな？」

ジョスリンはしばしじっと図面に見入り、やがて首を横に振った。

「本当に？」

「ええ」

「誰か拳銃をもってるのを見たかい?」

「みんなもってたわ」少女はトビーの腰を指さした。

ポターは訊いた。「どんな拳銃だった」

ジョスリンは顔をしかめ、ふたたびトビーの腰を指さした。

「これと同じやつか、それともシリンダーがついてるのだったかな?」ポターはわれ知らずのうちに指先で円を描いていた。「つまり、リヴォルヴァーってことだけど」ゆっくりと言った。

ジョスリンは首を横に振った。ふたたびぎこちなく手を動かし、手話が始まった。

「違うそうです。黒いオートマティックだったと言ってます。ちょうどそれと同じような」フランセスが微笑んだ。「どうしてわたしの言うことを信じないのかと、言ってますわ」

「オートマティックがどんな銃か知ってるのかい?」

「テレビを見て知ってると言ってます」

ポターは笑い、ラボウに指示して、犯人が三挺のグロックまたは同じタイプの銃を所有していることが確認されたとタイプさせた。

さらにジョスリンは、箱入りの弾丸二ダースも見たと言いだした。

「箱入り?」

「これくらいの大きさだそうです」両手で六インチほどの大きさを示しているジョスリンを

見ながらフランセスが言った。「色は黄色とグリーン」

「レミントンだ」ラボウが言った。

「それとショットガンも。あれと同じようなやつ。三挺」ジョスリンはバンのラックにかかっているショットガンを指し示した。

「それじゃ、ライフルは？」ポターは壁にたてかけてあるM‐16を指さした。

「なかった」

「やつら、やけに準備万端整えてるな」バッドがつぶやいた。

ポターがアンジーに次の質問をゆずると、アンジーはこう訊いた。「誰か怪我をした人はいる？」

「ううん」

「ハンディ――〝ブルータス〟――が特に話しかけてる人はいるかしら？　先生でも生徒でも」

「ううん。ほとんど、ただあたしたちを見てるだけ」そこで食肉加工場の中にいたときのことを思い出したのか、またもや泣きだした。

「ありがとう、いろいろ教えてくれて」アンジーは少女の肩をぎゅっと抱いた。「三人の男たちがどんな話をしてたか、わかるかしら」

「ううん。ごめんなさい。あたし、読唇術はあんまり得意じゃないの」

「ベヴァリーは元気にしてる？」

「息が苦しそうだった。でも、もっとひどい発作を起こしたこともあるから、大丈夫だと思う。それよりどうしようもないのはミセス・ハーストローンのほう」

「どういうことか、訊いてみてくれ」

フランセスがジョスリンの手の動きを見て、言った。「精神的にまいってしまってるらしいわ。スーザンが撃たれるまではまともだったけど、今は仰向けにひっくり返ったまま、ただ泣くだけですって」

となると、人質のなかにリーダーシップをとるような人間はいないということになる、ポターは考えた。最悪の状況だ。いつパニックを起こして、逃げだそうとするかもしれない。なんとかメラニーにしっかりしてもらわないと。

「メラニーはどうしてる」

「ただ坐って、じっとまわりを見ているそうです。ときどき目をつむっていると」そう言ってから、フランセスはつけ加えた。「いい兆候とは言えません。緊張状態にあるときに、聴覚障害者が目を閉じることなど、まずないんです。彼らにとって、視覚だけが唯一の頼りですから」

アンジーが訊いた。「男たちどうし、喧嘩することがある?」

ジョスリンはわからないと答えた。

「いらいらしてるかしら、それともご機嫌?　びくびくしてる、それともふさぎこんでる?」

「びくびくはしてない。ときどき笑ってる」

ラボウがジョスリンの答えをコンピューターに打ちこんだ。

「オーケイ」ポターが言った。「きみはとっても勇敢だったよ、ジョスリン。さあ、これでもうホテルに行っていい。もうすぐご両親もやって来るからね」

十二歳の少女は袖で鼻を拭ったが、立ち去ろうとはしなかった。おずおずと手話のサインをつくった。

「これで質問は終わりかと訊いてます」フランセスが通訳した。

「そうだ。もう行っていいんだよ」

だが、なおも少女は手を動かした。「訊いてます。〝テレビのこと訊かないの？　それと、いろいろなもののことも知りたくない？〟と」

トビー、ラボウ、そしてバッドが一斉にポターを見た。

「あそこにテレビがあるのか？」思いがけないことを耳にして、ポターが吐息を漏らすように言った。フランセスが通訳すると、ジョスリンはうなずいた。

「どこで手に入れたのか、わかるかい」

「拳銃と一緒に袋に入ってた。あの人たちがあそこにもってきた袋に。小さなテレビよ」

「ラジオもあるかい」

「あたしは見なかった」

「彼らはしょっちゅうテレビを見てる？」

ジョスリンはうなずいた。

「ほかにどんなものをもってた」

「工具のようなものをもってたそうです。新品のを。ポリ袋に入っていたと言ってます」

「どんな工具かね」

「銀色の。レンチ、ペンチ、ドライヴァー。ぴかぴかの大きなハンマー」

「彼女をスカウトしたらどうだ、アーサー」ヘンリー・ラボウが言った。「われわれ捜査官顔負けの観察力だ」

「ほかに思いついたことはないかな、ジョスリン」

ジョスリンの指が動いた。

「お母さんが恋しいそうです」

「あともうひとつ」ポターはそう言ったものの、先を言いよどんだ。本当はもっとメラニーのことを訊きたかったのだが、結局それは口にできず、ほかの質問をした。「中は寒かったかい」

「すごく寒いってほどでもなかった」

ポターは少女のふっくらした湿っぽい手を両手でぎゅっと握った。「この子にありがとうと言ってくれたまえ、フランセス。よくやったと」

そのメッセージが伝えられると、ジョスリンは顔を拭いて初めて笑顔を見せた。

アンジーが、これから自分がホテルまで送るからと通訳してくれるよう、フランセスに頼んだ。ジョスリンはバンをおりて、州警察の婦人警官と一緒にアンジーが出てくるのを待つことになった。

犯人たちが食肉加工場にもちこんでいる品物を、ラボウがリストにしてプリントアウトした。それをトビーが受けとり、建物の図面の隣にピンでとめた。

トビーが言った。「まるでコンピューターのアドヴェンチャー・ゲームだな。〝きみは鍵、魔法の剣、五つの石、それにカゴに入ったカラスを持っている〟ってわけだ」

ポターはゆっくりと椅子に体を沈め、笑いながらリストに目をやった。「どう思う、ヘンリー。工具にテレビだ」

「脱走してから、どこかの店でも襲ったのかな」

ポターはバッドに訊いた。「ここととウィンフィールドのあいだの地域で、強盗に入られた商店がなかったか、チャーリー」

「その地域のことは、ちょっとよくわかりません。調べてきましょう」バッドは出ていった。

「ごく短時間犯人と一緒にいただけの人質から、あれほどの情報が得られたのは初めてだな」ポターは言った。「たいした観察力だ」

「天は二物を与えず、です」フランセスが言った。

ポターはアンジーに訊いた。「きみはどう思う」

「あの子はわたしたちの味方だと思うわ」

ストックホルム症候群にかかると、人質は交渉担当者や戦略チームに偽りの情報を与えるというのは周知の事実だ。ポターが扱った事件でも――一週間にわたるテロリストの籠城事件――解放された人質が、ポターらが隠れていた部屋の窓の外にハンカチを置いていったということがある。ここを狙えと、建物に立てこもっている犯人に教えたのだ。幸い、犯人が発砲する前に、警察側の狙撃手が先手を打ってくれたが。のちに開かれた裁判では、ポターが人質の弁護人側の証人として出廷し、人質には執行猶予つきの判決が下された。

ポターもアンジーの意見にうなずいた。ジョスリンはそれほど長く中にいたわけではないのだから、ハンディその他の犯人にたいする感情が変質しているとは思えない。まだまだ単純に犯人たちを恐れているひとりの少女にすぎない。

アンジーが言った。「これからあの子をホテルに連れていって、落ち着いたのを見届けてから、ほかの子供たちの両親とも会って、心配しないで、こちらにまかせてくださいと伝えてきます」

ヘンリー・ラボウが声をかけてきた。「アーサー、ヘンダースンに関する情報が入ってきたぞ」

バンを降りようとしているアンジーに、ポターが言った。「あっちに行ったら、彼のようすを見ておいてくれ、どうも気になる」

「あなたが言ってるの、ウィチトー駐在所のピート・ヘンダースンのこと？」

「そうだ」

「どうして」

「なんとなくさ」ポターはヘンダースンに嚙みつかれた話をした。そして、信託銀行の放火事件のあとハンディの取り調べをしたことを、ヘンダースンが最初は黙っていたことが引っかかると、つけ加えた。「おそらく、やつのガールフレンドをとり逃がしたり、警官二名の負傷者をだすとか、ハンディ逮捕の際に、ヘンダースンの部下たちがずいぶんとヘマをしたということがあるからだろうが」逮捕後の取り調べもまたそうだった。ハンディの口から出てきたことといえば、おそろしく卑猥な言葉の羅列だけだったのだ。「だが、本来なら真っ先に、ハンディの取り調べに関わったことをわれわれに話してくれるべきだったんだ」

「で、わたしにどうしろと？」アンジーは訊いた。

ポターは肩をすくめた。「余計なことに首を突っこんでないかどうか、ようすを見てきてくれればいい」

アンジーは、冗談じゃないわといわんばかりの顔をした。FBI駐在所所長の特別捜査官ピーター・ヘンダースンは、首を突っこもうと思えば何にでも首を突っこめる身分だ。下っ端の自分がどうのこうの言える相手ではない。

「とにかくやってみてくれ、頼む」ポターはアンジーに投げキッスをした。

ラボウがポターにプリントアウトを手渡し、にやにや笑いながら説明を始めた。「大ざっぱなデータだが、少々詳しい記述もある。ヘンダースンにしてみれば、ぜったい知られたくないことだろうな」

ポターはいたく興味をそそられ、プリントアウトに目を走らせた。ヘンダースンはディポール・ロースクールの夜学に通いながら、シカゴ市警の捜査員として働き、出世街道をひた走ってきた。学位を取ったのちＦＢＩに入局し、クワンティコで抜群の成績をおさめて中西部に戻ってくると、主としてＲＩＣＯ（事業への犯罪組織等の浸透）犯罪の捜査に携わり、イリノイ州南部とセントルイスで着々と実績をあげていった。事務処理能力に長け、ＦＢＩの気風にもなじみ、明らかにシカゴかマイアミ、あるいはニューヨーク南部地域の駐在所所長を目指していたらしい。順調にそのコースをたどれば、末はワシントンＤ・Ｃにたどり着くはずだった。

あの訴訟沙汰が起こらなければ。

新聞記事とヘンリー・ラボウがＦＢＩのデータベースから情報をかき集めた詳細な資料を読んだポターは、なぜヘンダースンがカンザス州に飛ばされたか納得がいった。六年前、十二人の黒人捜査官がＦＢＩを相手どって、人事、昇進、昇給の面で不当な差別をうけたとの訴えを起こした。支局のなかではセントルイスがターゲットとなり、ヘンダースンは早速彼らの訴えを支持するべく証言台に立った。あまりに対応が素早すぎる、そう言う者もいた。裁判が原告側の勝利に終われば、タイトルⅦ市民的権利に関する法律第七編に従って、その後、局内の大改革が予定され、当時在任のＦＢＩ長官は辞任し、若い副長官がそのポストに就任して、ＦＢＩ初の黒人長官が誕生するものと予測されていた。そして——ヘンダースンのひそかなる期待どおり——改革推進派の面々の忠義に報いるだろうとも。

だが、ヘンダースンの思惑はみごとはずれた。裁判が泥沼化するにつれ、改革推進派の勢いと活力もしだいに衰えていった。やがて原告のなかからドロップアウトする者が現われ、残った者たちも、差別が行なわれていたことを法廷で立証することができなかった。もともとイデオロギーよりも個人的野心から運動に参加していた若い黒人の副長官は、国家安全保障会議に転任する道を選んだ。そして当時の長官は、無事スキャンダルを回避して円満退職し、その座を後任に譲りわたした。

かくして、裏切り者ピーター・ヘンダースンは左遷の憂き目にあうこととなった。かつてはシンジケートのボス、マリオ・ラコスタのミズーリ州クレイトンにある私邸に盗聴器を仕掛けたほどの男が、たしかに地理的にこそ国の中心部にあたるものの、せいぜいマコネル空軍基地での盗難事件と、インディアン保護局とアルコール・タバコ・火器局の内紛事件が知られているだけの僻地に、私物一切を送りこまれるはめになった。そのときをもって、三十九歳の捜査官の出世の道は完全に閉ざされたのだ。

「どの程度だろうな」ポターはラボウに訊いた。「彼がわれわれの邪魔をする可能性は」

「まあ、彼の立場からするに、手出しも口出しもできんな」情報担当の捜査官は言った。

「表だっては」

「なりふり構わずという状態だが」

「たしかに。だから、〝表だっては〟なんだ。目は離せんぞ」

ポターはくすっと笑った。「となると、進んで自分を犯人どもにくれてやろうとする法務次官補と、このわたしをやつらの餌にくれてやりたがっている駐在所所長と、この二人のお守りをしなけりゃならんというわけか」

敵に出会ったと思ったら……

ポターは窓を振り向き、ジョスリンが言ったことを思い出しながらメラニーのことを考えた。**メラニーはただ目を閉じて、なにもしない。**いったい、どういうことだろう、そう考えた。

トビーがポターのもの思いを破った。「ハンディがヘリコプターを用意しろと言ってるのは、一時間五分後だぞ」

「そうだったな、トビー」ポターは答えた。

食肉加工場を眺めながら、考えた。鍵、魔法の剣、五つの石、カゴに入ったカラス。

「警部」

チャーリー・バッドは、四つの郡にわたる地域内で起こった強盗事件を、コンピューターで検索し終えて自分の無標識の車を降り、バンに向かっていた。今日、通報が入っている強盗事件は、コンヴィニエンス・ストア、ガソリンスタンド、そしてメソジスト派の教会の三件だけだった。奪われた品のなかに、犯人が食肉加工場にもちこんだ武器、テレビ、工具に該当するものはなかった。

「ちょっとこっちに来てくれないか」男の低い声が言った。

勘弁してくれ。いったい今度はなんだ。

ローランド・マークスが物資補給用のバンのわきに寄りかかり、タバコを喫っていた。今ごろもう十マイルは離れたところにいるはずの彼が、意味ありげな顔でなにか言いたそうにしている。

「きみはあの茶番を見てたろう」マークスは言った。ポターがマークスを譴責していたとき、バッドもバンの隅にいたのだ。バッドはあたりを見まわし、それから浅黒い肌の男がいるところに向かって草むらを進み、タバコの煙が届かない風上に立った。黙って相手の出方をうかがった。

「わたしは夏の日の午後が大好きでね、警部。子供のころを思い出す。毎日野球をやったものだ。きみはどうだね。きみはきっとすごく足が速いんじゃないかな」

「陸上競技をやってました。主に四百四十ヤードと八百八十ヤードでしたが」

「なるほど」マークスはふたたび声を落とし、バッドがかろうじて聞きとれるくらいの小さな声で言った。「こんなときでなかったら、われわれにも優雅なやり方ってものがあったんだが。船上のディナー・パーティにでも出席しているつもりになって、きみとわたしと向き合って、ちょっとばかりダンスのステップを踏むんだ。それだけできみはわたしがなにを言いたいかを悟り、さっさとやるべきことをやりに行ってたろうな。だが、今はそんなことをしている余裕はない」

所詮、自分は警官には向いてないのかもしれない、バッドはそんなことを考えながらまたもや十七歳のスーザン・フィリップスが凶弾に倒れたときの光景を、頭の中でリプレイした。ふいに喉が詰まり、奇妙な音をたてて咳きこんだ。「あの、今とても忙しいんです。これからすぐに――」

「イエスかノーか答えたまえ。バンの中で、きみはわたしを批判する気持ちを抱いたかね？」

「おっしゃる意味がわかりませんが」

「そりゃ、まあ、わたしがやったことは少々無謀だったかもしれん。冷静に考えることができなくなっていたんだ。しかし、かといってポターが正しいとも言いきれんはずだ。それに――いや、ちょっと待て。バンの中にいた全員の意見を聞いていたら、わたしに賛成する人間のほうが多かったろうと思うんだが」

バッドは勇気を振り絞って言った。「多数決で決められる問題とは思えませんが」

「ああ、そりゃそうだな、もちろん。たしかにそのとおりだ。なにしろ少女たちの命がかかっている。だが、わたしが思うに、ポターにとってはそんなことはどうでもいいんだ」

「とんでもない。そんなことありません。断じて。彼もその点はとても心配してますよ」

「これはあくまでわたしの勘だが、警部、バンの中できみを見ていて感じたんだ。きみは食肉加工場の中にいる少女たちのことを、死ぬほど心配している」

われわれが最優先させるべきは、少女たちを無事救出することではなく……

マークスは続けた。「さあ、どうなんだね、警部。正直に言いたまえ」

「ポター捜査官はすばらしい方です」バッドは言った。

「そんなことは、わたしにもわかっている。しかし、それとこれとどういう関係があると言うんだね」

「ポター捜査官は最善と思われることをしているまでで——」

「結局どうしようもないんだな」マークスはゆっくりと言った。「みすみすあの子たちがあそこで死んでいくのを、指をくわえて見てるしか。それこそポターの思惑どおりなんだが……しかし、きみの胸はさぞや痛むことだろう。違うか？」

「それは——」

マークスはジャケットの内側に手を入れ、札入れを取りだすと、二つ折になったそれを開いた。バッドは愚かしくも一瞬、法務次官補が身分証明書を見せようとしているのかと思った。だが、マークスが取りだして見せたものは、それよりはるかにバッドにとっては衝撃的なものだった。若い娘たちが写っている三枚の光沢紙の写真だった。そのうちのひとりは眉を寄せ、かすかに歪んだ表情をしている。障害のある娘というのがそれだろう。

「きみのところも女の子ばかりだったな、バッド。そうだろう？」

警部は言葉に詰まり、こちらを見返してくる六つの瞳から目をそらせようとした。だが、できなかった。

「自分の娘があそこにいるとしたら、どんな気がするかね。そして、ポターのような人物がこう言うところを想像してみたまえ、〝所詮、人質は消耗品さ〟」

バッドは大きく息を吸った。そこでようやく写真から顔をそむけることができた。マークスがぴしゃりと札入れを閉じた。

「彼を追い払わなけりゃならん」

「なんですって？」

「あの子たちに死刑を言いわたそうとしているんだからな。ハンディの要求を呑むにあたって、ポターはなんと言った？　さあ、バッド、警官らしくはっきり答えたまえ」

バッドはマークスの目を見つめ、だがポターにたいする非難の言葉は無視してこう言った。

「〝手錠を掛けられるか、さもなくば死体袋に入らないかぎり、ハンディはあそこから出ることはできない〟そう言ってました」

そのために、あの少女たちが死なねばならないとしたら、死んでもらうしかないんだ。

「きみは賛成できるのかね、警部」

「賛成できる、できないなど、わたしは云々する立場にいません」

「〝ただ命令に従うまでです〟か」

「そんなところです」

マークスはタバコをぺっと吐きだした。「いいかね、警部、きみにだって道徳的見地に立つということはできるだろうが。あの腹の出たＦＢＩの捜査官の使いっ走りをするだけが能じゃないだろう」

バッドは頑なに言いはった。「法の執行官としては上司にあたる方ですから。彼はＦＢＩですし――」

「きみが言うのはそればっかりだな、警部」マークスは熱狂的な福音伝道者のような口ぶりでバッドをなじった。「せいぜいそのセリフを後生大事に腋の下に抱えておいて、あの子たちの葬式のときに取りだすといい。さぞ気分が楽になるだろうよ」そう言ってバッドの心を揺さぶり、爪の先で突ついた。「われわれの手は、すでにひとりの少女の血で汚れているんだぞ」

本当は、きみたちの手、と言いたいのだ。

バッドは地面に崩れおちるスーザン・フィリップスの姿を見た。倒れたときの衝撃で、少女の口があき、あの美しい顔が一瞬歪んだ。やがて、もう一度元の美しい顔に戻り、そして息絶えた。

「それじゃ」バッドは、虫の目のように見える脱穀機のヘッドライトを見つめながら、ささやくように言った。「どうすればいいんです」その子供っぽい言い草を、われながら恥ずかしく思ったが、言わずにはいられなかった。

「ポターを排除したい。きみかわたしか、あるいは州警察の誰かが交渉を引き継ぎ、あのうじ虫どもにヘリコプターを与えて人質を取りかえすんだ。ヘリコプターを追跡し、着陸したところでやつらを地獄に送りこめばいい。わたしがすでに手を回しておいた。三十分後に、ここにヘリコプターを呼べる。自動追尾装置を取りつけてあるから、何百マイル離れたところに飛んでいこうが、ちゃんと追跡できるようになっている。しかも、やつらに気づかれずに」

「しかしポターは、ハンディは一度脱出させてしまったら、なにをするかわからない危険人物だと言ってましたが」

「むろん、そのとおりだ」マークスは言った。「しかし、やつが外に出て相手にするのは、すべてプロだぞ。男も女も、わが身にふりかかる危険をものともしない連中ばかりだ。だが、あの少女たちは違う」

マークスの小さな目がうるんできている。バッドは、法務次官補の知的障害をもっていたという娘のことを考えた。短い生涯を、入退院をくり返しながら送るしかない娘。

きみの返事しだいでは、警察官としての将来にどんな影響がでるかもしれないなどと、マークスはひと言も言っていない。もし、そうしたことを口にしていたなら、バッドも素直に相手の言うことに耳を傾けることはできなかったろう。脅しまがいの卑劣なことを言われていたなら、かえって反発をつのらせていたに違いない。そこでバッドは気がついた。つまり、マークスはとうに自分のそうした性格を見抜いていたのだ。だからこそ、脅しととられかねない言葉を巧みに避けた。そこまで読まれていたとなると、もうすでに自分はマットの上に仰向けに押さえこまれたも同然の身だ。あとはただ、じっと天井を見つめているしかない。カウントは始まっているのだ。

くそっ。

「しかし、ポターを排除するなんてことができるんですか？」

バッドにそう言われて、マークスはいかにも困惑顔をしてみせたが、実はもう打つ手は考えてあった。その手の中に小さな黒い箱が現われた。愚かしくも、バッドは一瞬爆弾かと思ったが、実はテープレコーダーだった。それをまじまじと見つめていると、マークスが言った。「人質は使い捨ての消耗品だと、彼が口に出して言うように仕向けてくれ」

「それじゃ、そう言ったところを録音しろと？」

「そのとおり」

「で……あとはどうなるんです」

「セントルイスのラジオ局に何人か友人がいる。彼らにテープをニュースで流してもらう。そうなれば、ポターは降りざるを得なくなる」

「それどころか、首すら危うくなりかねない」

「そう。そして、このわたしの首も。だが、わたしは喜んで自分の首を賭けるつもりだ。自分の命をあの少女たちと引き換えに差しだしてもいいと思っている。ポターがそんなことをするとは思えんだろうが」

「わたしにはわかりません」

「あそこにいる九人の哀れな人質たちを助けてやろうじゃないか、警部。どうだ」

マークスは渋るバッドの手にレコーダーを押しつけた。警部はしばしじっとそれを見つめ、やがて無言のままポケットにすべりこませた。そこで見せたバッドのせめてもの抵抗は、

「おっしゃることが違ってます。中にいる人質は八人です。ひとりは解放されましたから」

そう言うことだった。だが、それを口にだしたときには、すでにマークスはその言葉が届かないところに行ってしまっていた。

午後四時十分

チャーリー・R・バッド警部は司令室のバンからそう遠くない側溝の中に立っていた。委ねられた職務の遂行のため。たしかにそのとおりだ。だがそれよりも、尻ポケットに入っているテープレコーダー——ずっしり重く焼けた金属——の重さを忘れるためだった。まあ、いい。あとでまた考えよう。

委ねられた職務。

フィル・モルトーがマスコミ用のテーブルをセッティングしている。折りたたみ式のファイバーボードでできたテーブル、小型のポータブル・タイプライター、紙と鉛筆。マスコミの取材のやり方などよく知らないバッドだが、そんなものを用意しても、ハイテク機器を駆使している昨今のリポーター連中には、なんの役にも立たないように思えた。そもそもあのお洒落で小粋な連中が、果たしてタイプの打ち方を知っているのだろうか。バッドに言わせれば、男も女もどう見ても甘やかされたハイスクールの生徒だ。

だが、今回の処置は、マスコミ対策というよりも、政治的思惑がらみで取られたものなのだろう。ポターがそんなことにまで気がまわるとは思わなかった。もっとも、それも首都暮らしの賜物なのかもしれない。なんといっても政治力がものを言う世界だ。くそ真面目な若い警部は、自分がひどく無能な人間のような気がしてきた。おまけに恥を知らない人間とも言えるのかもしれない。テープレコーダーがプラスティックのようにどろどろに溶けて、脚を伝ってくるように感じられた。

もう考えまい。四時十分──デッドラインまであと五十分だ。バッドは意識的に笑顔をつくったが、あの十七歳の少女が地面に倒れ、死んでいく光景を頭から追い払うことはできなかった。

なぜか、まだこれからも血が流されるだろうという確信のようなものがあった。マークスの言うとおりなのだ。たしかにバンの中では、自分は心情的には法務次官補の肩をもっていた。

あと四十九分……

「オーケイ」警部補に言った。「たぶんこれで大丈夫だろう。きみが連中に目を光らせておいてくれ、フィル。ちゃんとおとなしくしてるかどうか。連中には包囲ラインの周辺にまで立ち入って、取材する許可を出したから──」

これでいいだろうか。バッドは考えた。ポターなら、こんなときなんと言うだろう。「──だが、彼らには防弾服を着せて、低い姿勢をとらせておくよう、くれぐれも注意してくれ」

口数少ないフィル・モルトーはうなずいた。

一分後、男を二人乗せた最初の車が到着した。男たちは車から降りると、プレスの証明書をちらつかせた。早くも好奇心もあらわにあたりを見まわしながら、年長のほうの男が言った。「KFALのジョー・シルバートだ。こっちはテッド・ビギンズ」

バッドは二人の服装を見て、はからずもぞくぞくしてきた——サイズの合っていないダークスーツに黒いジョギング・シューズ。「スクープだ、特ダネだぞ!」そう叫びながらテレビ局の廊下を走っていく彼らのあとに、取材のメモ用紙が舞い散るところが目に浮かぶようだった。

用意されたテーブルを見てシルバートが笑った。バッドは自分とモルトーの紹介をし、こう言った。「この程度のものしか用意できなくて」

「結構ですよ、警部。でも、メモを取るには、こっちで用意した石のテーブルを使いたいんですけど、構わないでしょう?」

ビギンズが大型のポータブル・コンピューターをテーブルの上にあげた。

「原稿を送る前に、こっちにチェックさせてもらえるんなら、どうぞどうぞ」ポターからそう指示を受けている。

「〝記事をファイルする〟」シルバートが言った。「われわれのあいだでは、〝原稿を送る〟じゃなくて、〝記事をファイルする〟と言うんだ」シルバートがジョークでそう言っているのかどうか、バッドにはわからなかった。

ビギンズがタイプライターをしげしげと見ながら言った。「ところで、これ、なに?」

男たちは笑った。バッドは二人に守るべきルールを説明した。立ち入っていい場所、悪い場所を。「よければ、説明係として警官を二人ほどお供させますが。ここにいるフィルに手配させましょうか」

「いいえ。この道を先に行ったところに配置されているK班の者です」

「人質救出班のメンバーを？」

「人質救出班の誰かにインタヴューできます？」

バッドがにやっと笑うと、シルバートも、ばれたか、というように笑った。人質救出班が現場に到着しているかどうか、警部にかまをかけてみたのだが、見事はぐらかされたようだ。

「ポターからもこのあとすぐに話を聞きたいんですがね」シルバートがぶつぶつ言った。

「応じないつもりなのかな」

「あなたたちが来たことは伝えておきますよ」バッドは愛想よく言った。さしずめ自分は中立国スイスといったところだ。「とりあえず、このフィルのほうから、わかったことをお伝えします。脱走犯のプロファイルと写真をもってますから。それと、あなたたちに防弾服を着てもらいます。ああ、それと、何人かの警官にスポットライトをあてて、ヒューマン・ドキュメント的な取材をなさりたいんじゃないかと思うんですが。包囲ラインに加わっているのは、どんな気分かとか、そんなようなことを」

リポーターたちがにこりともしないのを見て、バッドはまたもや、ひょっとして笑われるようなことを言ってしまったのだろうかと考えた。するとシルバートが言った。「実を言うと、われわれが一番関心があるのは人質のことでしてね。取材したいのはその点なんです。誰か、なにか話を聞かせてくれる人はいませんかね」

「わたしはただ、あなたたちの受け入れ準備をしているだけですから。じきにポター捜査官が顔をだして、あなたたちに伝えるべきことは伝えると思います」こういう言い方でいいだろうか。バッドはまたもや考えた。「それじゃ、わたしはほかに用事もありますので、ここで失礼します」

「でも、わたしはみなさんと一緒にいますから」モルトーがとっておきの笑みを見せて言った。

「そりゃ、そうでしょうとも」コンピューターがぶーんと音をたてて動きだした。

メラニーが処理室の中で感じとったにおい、メラニーを音楽室から強引に引き戻したものは、泥、魚、水、ディーゼル機関の燃料、メタン、腐りかけた葉、濡れた樹皮。

川だ。

魚臭いにおいを運んでくる風が強まり、ランプを揺すりはじめている。ということは、食肉加工場のどこか裏あたりに、開放された出入り口があるということになる。もしかしたらすでにドゥ・レペが部下たちをここに送りこんで、わたしたちが脱出できる場所を捜してくれているのかもしれない。そのなかの何人かは、もうわたしたちを救出するためにこちらに向かっているということもあり得る。

メラニーは今朝この食肉加工場に連れてこられたときのことを思い返してみた。建物の両側をはさむようにして茂っていた木立、灰色に光る、川に向かうぬかるんだ坂道、曇り空と冷たい空気、点々とタールやクレオソートのしみがついている黒い木の柵、朽ちかけてすでに傾き、川面に張りだしているドック、入ってくる船の緩衝用にドックに吊るされた腐りかけているタイヤ。

タイヤ……それだ。子供のころ、毎年夏の夕方になると、メラニーとダニーは農園のセヴァスン・コーナーに向かい、トラクターのわだちを越え、小麦の穂のあいだを抜けて池まで走っていったものだ。その池はほぼ一エイカーもの広さにおよび、まわりを柳や草、発泡スチロールのような堅い芯のある葦に囲まれていた。メラニーはカンザスの風のような素早さで突っ走り、池を見渡す丘に一番乗りをすると、えいっと勢いをつけて、池の上に吊るされているタイヤに飛びつき、鏡のような水面の上をタイヤに揺られて行ったり来たりした。

やがてタイヤから手を放して宙に飛びだすと、下の水面に雲が映っているのが見えた。

メラニーは兄と二人、長い時間を池で過ごした——今でも、暖かい夏の宵に外に出ると、真っ先に思い出すのは、あのガラスのような池の水面だ。ダニーが二度、水泳を教えてくれた。最初はメラニーが六歳のときだった。ダニーに手を取られ、さざ波ひとつたっていない、だが深い池の中に連れていかれた。二度めのときは、そう簡単にはいかなかった——すでに聴力を失っていたため、何事につけ臆病になっていた。そのときメラニーは十二歳だった。

だが、五つ年上のひょろりと痩せたブロンドの兄は、メラニーがいつまでも浮輪にしがみついているのをよしとせず、キャロル家の中でメラニーを除いてただひとり学んだ手話を使って、古びた〈グッドイヤー〉のタイヤから手を放すよう妹に言った。そして妹の体を支えて水の中を静かに進み、ついにメラニーは、何年も前に一度覚えたクロールを思い出すことができた。

水泳。音のない世界に飛びこんでから初めて、ささやかながら自分に自信をとり戻すことができたのが、それだった。

ありがとう、ダニー、兄さんのおかげよ。メラニーは心の中でつぶやいた。あのとき、そして今も。あの記憶が蘇ったからこそ、仮に全員とまではいかないにしても、生徒の何人かは救ってみせると、勇気と希望が湧いてきたのだから。

川はこのあたりで川幅が広くなっていた。流れは速く、水面も波立っているが、たしか百フィートほど川下に行ったあたりで、倒れて水に浸っている木に、小枝やごみがからみついていた。そっと食肉加工場の裏の廊下を進んでドックにたどり着けば、水に飛びこんで、そのままあの木のところまで流れに身をまかせ、それから岸にあがって木立に逃げむことができる。あとは安全な世界まで全速力で……

「水をあなどっちゃだめだぞ」ダニーがそう言っていた。「一見流れが穏やかに見えるところでも、いつどうなるかわからないからな」

でも、アーカンソー川に関して言えば、穏やかどころじゃないわ。あの子たちにできるかしら。ミセス・ハーストローンは泳げるから大丈夫。キールとシャノン——スーパーヒーローになりきっている——はカワウソのように器用に泳ぐ（キールのひきしまった体が飛び込み板から跳ねあがり、シャノンのしなやかな体がゆっくりとプールを往復してくるところが思い出される）。双子は水の中で遊ぶのは好きだ。だが、泳ぐことはできない。ベヴァリーは一応泳げるが、喘息があるので川の中は無理だ。エミリーはどうだったろう。あの子は顔を水につけるのすら嫌がり、みんなが泳いでいるあいだも、いつもプールの隅の浅いところにぽつんと立っていた。

泳げない子供たちのために、なにか方法を考えなければ。浮き板か浮輪代わりになるものがあればいい。でも、いったいなにを使えばいい？

それと、どうやってみんなを食肉加工場の裏まで連れていくか、だ。

メラニーはダニーのことを考えた。だが、ダニーはここにはいない。助けてはくれないのだ。じりじりとパニックが忍びよってきた。

それじゃ、ドゥ・レペは？

メラニーは彼に向けて自分の意識を送りだした。だが、川まで逃げてこられたら、そこに警官たちが待っているからと、ドゥ・レペはそうささやくだけだ（本当にそこで待っていてくれるだろうか。きっと大丈夫ね、信じるしかないわ）。

ああ、もう。メラニーは内心舌打ちをした。誰も助けてくれない。わたしひとりで考えなきゃならないんだわ。

そのとき、ふいににおいが変わった。

メラニーが目をあけると、数フィート離れたところに〝ブルータス〟の顔があった。川のにおいは、肉とむっとする口臭、そして汗のにおいに変わっていた。〝ブルータス〟はすぐそばにいた。メラニーは怯えながらも、〝ブルータス〟の首になにかがついているのに気づいた。しみかそばかすのように見えたが、どうやら先ほど小麦畑で殺した、あのバッグをもった女性の血のようだ。メラニーはおぞましさに身を縮めた。

「坐ってな、お嬢さんよ」ハンディは言った。

メラニーはまたもや首を傾げた。どうして彼のいうことがわかるのかしら。**坐ってな**。唇の動きから読みとるのはほぼ不可能な言葉だ。それなのに、間違いなく〝ブルータス〟がそう言ったということがわかる。〝ブルータス〟がメラニーの両手を取った。メラニーは抗おうとしたが、無駄だった。「目をつむってそんなとこに坐って……」たった今撃たれたばかりというアライグマの手足のように、両手がぴくぴく引き攣る。独り言かしら？「……なにやってんだ」

部屋の隅でなにかが動いた。キールが身を起こして〝ブルータス〟をじっと見つめている。妙に大人っぽい表情だ。口は一文字に結ばれている。「わたしはジュビリーよ！」キールが手話のサインを送ってきた。彼女のお気に入りのX‐マンのキャラクターだ。「こいつを殺してやる！」メラニーはサインを送ることもできず、ただ坐っているよう目で懇願するしかなかった。

〝ブルータス〟がちらりとキールに目をやって笑った。それから広い部屋のほうに足を踏みいれ、ついてくるよう〝熊〟に合図した。しばらくすると、大きなガソリンの缶をもって戻ってきた。

キールはその赤い缶を見て、顔をこわばらせた。

「みんなじっとしてろ」〝ブルータス〟がメラニーの目をのぞきこみながら言った。それから、どっしりした金属製の容器、おそらくは動物の臓物を入れておくのに使われたと思われる小型の樽を、少女たちの頭上に取りつけられている棚にのせ、その中にガソリンを注ぎこんだ。〝ブルータス〟がガソリンの缶を部屋の隅に放ると、その振動がメラニーにも伝わってきた。やがて〝ブルータス〟は金属容器の端にワイヤーを結び、それを隣の部屋まで這わせていった。隣の部屋のランプがどんどん明るくなっていくにつれ、床や壁で不気味な影が躍った。と思うと、ふいに〝ブルータス〟がまた別のランプを振りながら戻ってきた。ランプのカバーをはずすと、電球のついた剝きだしの照明器具を、ガソリン入りの容器の真下の床に埋めこまれたボルトに留めた。

その作業の成果を、〝熊〟が満足げに見つめた。

キールが〝ブルータス〟に歩みよった。

「だめよ」メラニーはサインを送った。「戻ってらっしゃい！」

ふいに〝ブルータス〟が膝をついてしゃがみこみ、キールの肩をつかんだ。ぬっと顔を近づけると、ゆっくりとこう言った。

「さあ、いいか、ちび……おまえがなにかやらかしたら……誰かがおまえを助けようなんてことをしたら、そのワイヤーをつなげて、おまえを燃やしちまうからな」

〝ブルータス〟に手荒く突きとばされ、キールは血を洗い流す溝に倒れこんだ。

「どいつがいい？」〝ブルータス〟が〝熊〟に訊いた。巨体の男は少女たちを見まわした。

その視線が一番長くとどまったのはエミリーだった。彼女の平たい胸、白いストッキング、黒いストラップつきの靴。

〝熊〟はシャノンを身振りで指し示した。「……おれを蹴飛ばしやがった。あのガキにしようぜ」

〝ブルータス〟はシャノンを見おろし、手をのばしてその濃い茶色の長い髪を払った。キールと同じように、シャノンも挑むような目で〝ブルータス〟を見返した。だが、すぐに顔を伏せ、目に涙を一杯にためた。メラニーはそこで、二人の少女の違いをはっきりと悟った。シャノン・ボイルは絵の才能には恵まれているが、ジュビリーでもなければその他のいかなるヒーローでもない。ただの八歳のお転婆娘で、死ぬほど怯えている。

「おまえ、キックが得意なんだって？」〝ブルータス〟が訊いた。「オーケイ、さあ、行こう」二人はシャノンを部屋から連れだした。

あの子をどうするつもり？　解放してくれるのかしら、ジョスリンみたいに？　メラニーは処理室の戸口に向かって急いだ――できるだけそばまで。隣の部屋をのぞくと、シャノンが建物正面の汚れで曇った窓の前にいた。〝ブルータス〟が尻ポケットからピストルを取りだし、銃口を少女の頭に突きつけた。やめて！　お願い……

メラニーは立ちあがろうとした。そのとき、〝熊〟のばかでかい頭がくるりとこちらを向き、ショットガンをもった手があがった。メラニーは冷たい床にしゃがみこみ、絶望的な思いで教え子を見つめた。シャノンは目を閉じ、一カ月前から手首につけているピンクとブルーのひもでできた友情の証しのブレスレットを握りしめた。メラニーにも同じものをつくってくれると約束していた。メラニーはそれを思い出し、涙に喉を詰まらせた。結局、シャノンはその約束を果たせないのだろうか。


アンジー・スカペーロは後方部隊集結地からバンに戻る途中で立ちどまった。

「あら、警部」

チャーリー・バッドが最初からその事実を知らなければ、彼女がＦＢＩの捜査官だなどと夢にも思わなかったろう。「やあ」バッドは答えた。

アンジーはいったん立ちどまり、それからバッドのほうに歩みよった。

「アーサーとは長く一緒に仕事をしてるのかい」ふいに声をかけられて面食らい、バッドは唐突にそんな質問を口にした。会話を始める糸口にと思いついたのが、それだったのだ。

「人質・籠城事件を三十か四十件。もしかしたら、もっとかもしれないわ」

「それじゃ、ずいぶん若いときからやっていたんだね」

「わたし、見た目より年をくってるのよ」

およそ〝年をくう〟という言葉はアンジーにはそぐわない。

「言うだけ野暮だけど――ぼくは結婚してるんだ」バッドはぎこちない動作で指に光る指輪を見せた。妻がはめているのと同じものだ。「でも、きみ、モデルの経験ない？　こんなこと訊くのも、うちのワイフのメグがよく雑誌を読んでるんでね。ほら、《ヴォーグ》とか《ハーパーズ・バザー》とか、ああいったやつ。で、広告かなにかで、きみの写真を見たことがあるような気がしたから」

「かもしれないわね。広告のモデルをやりながら、学校に通ったから。数年前のことだけど。大学院に通ってたときに」アンジーは笑った。「どういうわけか、花嫁の格好ばかりさせられたわ。なぜか、なんて訊かないでね」

「そういえば、ヴェールが似合いそうな髪をしてる」バッドはそう言ってから赤くなった。われながら、くどき文句のように思えたからだ。

「それと、映画にも一回出たことあるわ」

「本当に？」

「イザベラ・ロッセリーニの代役よ。ロング・アングルで雪の中に立ってたの」

「そういえば、彼女に似てるなと思ってたんだ」そんな女優のことなど知らなかったバッドは、少々覚つかなげに言った。心の中では、それがアメリカではまったく知られていない外国の俳優などではありませんようにと祈っていた。

「あなたは地道な努力で名をあげたわけでしょ？」アンジーは言った。

「ぼくが？」バッドは笑った。

「すごいスピードで出世したんですってね、みんながそう言ってるわ」

「本当？」

「だって、そんなに若いのに警部なんですもの」

「見た目より年をくってるんだ」バッドは冗談で応じた。「それに、今日が終わるまでには、ぐっと老けこんでるのは間違いないね」腕時計に目をやった。「そろそろ中に入らなくちゃ。最初のデッドラインが迫ってる。きみ、どうしてそんなに落ち着いていられるんだい」

「慣れてるからだと思うわ。でも、あなただってなかなかじゃないの。ハミルトンで性犯罪の常習者を猛スピードのカーチェイスで追いかけたんでしょう？」

「いったいどこでそんな話、聞いたんだい」バッドは笑った。あれは二年前のことだった。時速百二十マイルを記録したことがある。それも舗装されていない道路で。「まさかあれが、《月刊警察事件簿》に載ってたはずはないんだけど」

「噂は広まるものよ。特別な人に関しての噂ってことだけど」

アンジーの濃い茶色の瞳がバッドのグリーンの瞳をじっと見つめた。バッドは照れくささに、しだいにもじもじし始めた。またもや、アンジーに結婚指輪を見せつけるためだけに、必要もないのに左手で頬をこすった。そこで、はたと考えた。おい、なにを舞いあがってるんだ。彼女がおまえに言いよるわけないだろ？　そうだ、そんなことあるわけがない。彼女はただ、地元警察の青二才と礼儀正しく愛想よく会話を交わしているにすぎないのだ。「アーサーのほうでなにか用があるかどうか、ようすを見てこないと」バッドは言った。

どういうわけか、気がつくとアンジーに向かって手を差しだしていた。とっさに後悔したのだが、アンジーは前に進みでて、その手を両手でしっかりと握った。香水のにおいがした。FBIの捜査官が香水をつけている。バッドにはおよそ信じられないことのように思えた。

「一緒に仕事ができて本当にうれしいわ、チャーリー」アンジーは輝くような笑顔を見せてそう言った。そんな笑顔にお目にかかったのは、バッドにとってはずいぶん久しぶりのことだった——実際、ハイスクールのダンス・パーティで、メグが自分を見初めたときに見せたあれが最後だった。メソジスト派の少女グループの団長が、あれほどセクシーな表情を見せられるとは、当時のバッドには思いもよらないことだった。

午後四時四十分

「デッドラインまであと二十分だ」トビー・ゲラーが声をかけた。ポターはうなずいて、短縮ダイアルのボタンを押した。「次の小鳥を選んだぜ、アート」

　ハンディの応答が返ってきた。

　人質から話題をそらせ。人質になどなんの価値もないと、やつに思わせるんだ。ポターは言った。「ルー、こっちは今ヘリコプターの手配をしているところなんだ。そう簡単には調達できなくてな」

「今度のガキは、おとなしいもんだ、アート。あのデブは泣いてばかりいやがった。あれにはおれも参ったぜ。今度のは、涙をひとつ二つぽろっと流してるだけで、なかなかしっかりしてる。腕に刺青まで入れてるんだ、本当だぜ」

　なにか気がついたことを言うんだ。こっちが気遣っているということを、相手に知らせてやれ。

「なんだか疲れてるようだな、ルー」

「そんなことないぜ。ぴんぴんしてる」

「そうか？　昨夜はひと晩中眠らずに、脱走大作戦を練っていたんだろうに」

「いいや、八時間たっぷり眠った。なんてったって、体力気力をとり戻すのには、睡眠が一番だからな」実際、ハンディの声は少しも疲れているようには思えない。リラックスしてくつろいでいるといった感じだ。ポターは合図にラボウに向かってうなずいたが、ラボウはすでにタイプを始めていた。

「じゃ、ひとつ訊こうじゃないか。ヘリコプターを用意するのに、なにがそんなにむずかしいんだ、アート」

ポターが双眼鏡を窓に向けると、茶色のロングヘアの少女の姿が見えた。すでに人質たちの名前と顔は頭に入っている。〝ミュート〟ボタンを押すと、アンジーに言った。「シャノン・ボイルだ。彼女について教えてくれ」それからまた電話に戻り、「よし、なにがむずかしいか、教えてやろう、ルー」ポターはきっぱりと言った。「ヘリコプターはリンゴみたいに木にならないし、無料《ただ》じゃ手に入らんのだ」

こんなときにまで金の心配か？

「ふん、金ならいくらでもあるだろうが。おまえらがおれたち納税者からふんだくってるのが」

「きみは納税者なのか、ルー」

「もう原爆なんか買う必要ないんだから、ちょっとばかりヘリコプターに金かけて、ガキどもの命を助けりゃいいだろ」

アンジーがポターの肩をたたいた。

「ちょっと待っててくれ、ルー。ヘリコプターの情報が入ってきたんだ」

「あの子は八歳よ」アンジーが小声で言った。「言語能力を身につける前に聴覚を失ってるわ。読唇術はほとんどできない。個性的な子供で、独立心に富んでいる。カンザス州とミズーリ州の聾学校に聾者の学長を就任させるよう、抗議運動に参加したことがある。ローラン・クレールに聾者の教師を増やす署名運動にも参加し、リストに署名した名前の中で彼女のサインが一番大きかったわ。よく学校で取っ組み合いの喧嘩をするけれど、たいてい勝つそうよ」

ポターはうなずいた。ということは、こちらがうまくハンディの気をそらせれば、そしてシャノンがうまくチャンスをつかめば、彼女は自由を手に入れられるということになる。あるいは、チャンスをつかんでハンディに襲いかかり、殺されてしまうということもあり得る。

ポターは〝ミュート〟ボタンを解除した。いらいらしたような口ぶりで言った。「ルー、ちょっと遅れそうなんだ。きみは大型のヘリコプターを要求している。そりゃ、二人乗りならいくらでも用意できる。だが、大型のとなると、なかなか手に入らないんだ」

「そんなこと、こっちの知ったことか。いいか、これからおれの時計で、そうだな十五分後に、このガキに弾をぶちこむぜ」

ときに、人質の価値を貶《おとし》めるのが有効。

そしてときには、ひたすら拝み倒すのが。

「その子の名前はシャノンだ、ルー。まだたったの八歳なんだ」

「シャノン、か」ハンディは意味ありげに言った。「あんた、わかってないようだな、アート。名前を聞いたからって、おれがこのガキに情けをかけるとでも思ってるのか。シャノン、シャノン、シャノン。それがあんたらのやり方だろ、アート？　ＦＢＩの教科書に載ってるってわけか」

そのとおり、四十五ページに。

「けど、そんな規則はおれみたいな人間には通用しない。ガキどものことを知れば知るほど、おれはあいつらを殺してやりたくなるんだ」

微妙なところにさしかかった。相手のいうことを撥ねつける、暗に脅しをかける、辛辣な言葉を投げかける。うまく突つけば、相手はひるむ。アーサー・ポターはそう考えたが、

「どうせはったりだろう、ルー。こっちをからかってるんだな」陽気といえるくらいの口調でそう言いながらも、電話をもつ手に思わず力がこもった。

「そう思うんなら、そう思ってりゃいい」

ポターの口調がいささか厳しくなった。「冗談はもうやめだ。われわれはきみと話をつけようとしているんだ」

「いいや、あんたらはおれをぶっ殺したがってるんだ。潔く認めたらどうだ。おれがあんたにぴたりと照準を合わせられたら、鹿を撃つときみたいに、迷わず一発ぶちこむぜ」

「いいや、わたしはきみを撃つもりなんかない。誰にも死んでほしくなんかないさ。実は、兵站業務に関係していろいろ問題がある。ヘリコプターをここに着陸させるのは至難の業だ。表に広がっている野原には、家畜小屋やら囲いやらに使われていた古い柱があちこちに突きでている。それに、そこら中木立だらけだ。かといって、ヘリコプターのあの重さを考えると、そっちの建物の屋根には着陸させられん。だから――」

「ということは、あんたらここの図面を手に入れたんだな？」

力をちらつかせた上での交渉――実力行使という解決法も常に考慮の対象となっていると いうことを、犯人たちに知らしめる（やろうと思えば、こっちはいつでもドアを蹴破って、おまえらをとっつかまえることができるんだ。それに、いいか、手勢の数じゃ、こっちが圧倒的優位に立ってるんだからな）。ポターは笑って言った。「そりゃ、もちろんだとも。地図、チャート、図面、グラフ、八×十インチのカラー写真まで、なんでもござれだ。きみの写真はこっちでは一番人気だ、ルー。そう聞いても、別に驚かんだろ？」

沈黙。

ちょっとばかりやりすぎたか？

いや、そんなはずはない。ハンディは笑い、落ち着き払った口調で答えるはずだ。

くすっと笑う声が聞こえてきた。「あんたらも、相当イカレてんな」

「それに南のほうの野原だが」ポターはハンディの言葉など聞こえなかったように、先を続けた。「ちょっと見てくれ。側溝と小山だらけだ。八人乗りのヘリコプターを着陸させるには、危険すぎる。おまけにこの風……これはもうどうしようもない。うちの航空学アドヴァイザーも、これには打つ手がないと言っている」

バッドが顔をしかめ、声はださず口だけ動かした。「航空学アドヴァイザー？」ポターは肩をすくめた。もちろん、とっさに口にしたでたらめの役職名だ。ポターが〝嘘〟のボードを指さすと、バッドがため息をつきながら、そこに書きこんだ。

銀色の工具、プラスティック・シートに包まれた新品。

それをなにに使うのか、ポターはぜひともそれが知りたかった。だがもちろん、訊くわけにはいかない。建物の中に彼らがなにを持ちこんでいるか、こちらがそれを知っているということを、ぜったいにハンディに悟られてはならない。さらに重要なのが、その理由だ。解放された人質が重要な情報をこちら側に漏らしていることを察知されれば、ハンディは二度と人質を解放してはくれないだろう。

「アート」ハンディが吐きだすように言った。「言ったろう、人質のことなんか、知ったこっちゃないって」だが、その口調は前ほど投げやりではなく、少なくとも、そうも言っていられなくなってきているという意識をもち始めているようにもうかがえる。

「まあ、そう言わずに、ルー。こっちは具体的な問題について話しているんだ。なにもヘリコプターをやらないと言ってるわけじゃない。ただ、調達がむずかしいということと、いざ用意ができたとして、果たしてどこに着陸させればいいのか、それが問題だと言っているんだ。なにかいい考えがあれば、ぜひ聞かせてもらいたいね」

人質解放交渉にあたって、戦略上、交渉担当者は問題にたいする解決法を提示することを避けなければならない。それを考える仕事は犯人に押しつけるのだ。問題解決のための方法を考えさせ、常に相手に精神的負担を与えておくのだ。

うんざりしたようなため息。「いいかげんにしてくれよ」

電話を切るだろうか？

だが、ハンディはついにこう言った。「水上機はどうだ。それなら手に入るだろうが」

あっさり同意してはならない。

「水上機だと？」しばし間をおいてポターは言った。「さあ、どうだろう。ちょっと調べてみないと。つまり、川におろすってことだな」

「そうとも、それよ。川以外にどこにおろすっていうんだ。まさか便所に着陸させるわけないだろ」

「よし、考えてみよう。川幅が広くて、まわりに障害物がないところがあれば、うまくいくかもしれん。だが、どのみち、もう少し時間をくれないと」

くれてやる時間なんかない。

「余計な時間なんかない」

「ちょっと待ってくれ、ルー。たしかに水上機が最適かもしれん。名案だ。すぐに検討してみよう。もう少し待ってもらう代わりに、なにかそっちの要求を聞こう」

「だからヘリコプターだって言ってるだろう」

「それはちゃんと用意する。ただ、思ったより時間がかかりそうだ。だから、ほかの要求を聞こう。なにかないかね。これが欲しいとか、ああして欲しいとか」

沈黙。そこで、ポターは考えた。拳銃、X指定のテープとヴィデオデッキ、友だちを脱獄させろ、金、酒……

「そうだな、あるぜ、要求ってもんが、アート」

「なんだね」

「あんたのことを聞かせてくれ」

いきなりレフトから飛んできた。

ポターが目をあげると、アンジーの渋い顔があった。アンジーは首を横に振り、警戒心を促した。

「なんだって?」

「なにか要求はないかと訊いたろう。だからおれは、あんたのことを聞かせてもらいたいんだ」

たしかに犯人が交渉担当者に個人的関心を抱くことは望ましい。だが、心情的なつながりができるまで、何日とまではいかなくとも普通はもっと時間がかかるものだ。このわずか数時間のあいだに、ハンディがポター個人にたいする好奇心を示したのは、これが二度めだ。だがこれまで、これほどダイレクトに質問を投げかけてきた犯人はいない。ポターは自分が薄氷の上に立たされていることに気づいた。これをきっかけに、二人の親密度を深めることもできるが、質問に答えなければ、二人のあいだに決定的な溝をつくることにもなり得る。

くれぐれも注意されたし……

「たとえば、どういうことが知りたいんだね」

「なんでもいい。あんたにまかせる」

「そう言われても、特に話すようなこともないんだが、まあ、わたしはたんなる公務員だ」

ポターの思考が途切れた。

「いいぜ、その調子だ、アート。もっと聞かせてくれ」

そのとき、ふいにぱちんとスイッチでも入ったように、アーサー・ポターはこれまでの自分の人生、そこで自分が味わった孤独と悲しみを、なにからなにまでぶちまけたいという衝動に駆られている自分に気づいた。ルー・ハンディに自分のことを知ってもらいたくなったのだ。「そうだな、わたしはやもめなんだ。十三年前に妻を亡くした。実は今日がわたしたちの結婚記念日なんだ」

そこで、ラボウが、ハンディと前妻のあいだがうまくいっていなかったと言っていたのを思い出した。ポターがラボウのほうを見ると、情報担当の捜査官はすでにハンディのプロファイルを画面に呼びだしていた。ルー・ハンディは十八歳で結婚し、その結婚生活は二年続いた。妻は精神的虐待を理由に離婚訴訟を起こし、たび重なる夫の暴力から身を守るため、裁判所から夫にたいして、妻との接触を禁ずる命令を言い渡してもらった。その直後、ハンディは派手な暴力沙汰が絡んだ強盗事件を起こした。結婚の話題などもちださなければよかったとポターは後悔したが、ポターの妻の身になにが起こったのかと訊くハンディの口調からは、意外や本物の好奇心がうかがえた。

「ガンだったんだ。それがわかってからほぼ二カ月後に亡くなった」

「おれは一回も結婚したことないんだ、アート。ひとりの女に縛られるなんて、真っ平ごめんだ。おれはひとり自由気ままに生きたいんでな。そのときそのとき、惚れた女と一緒にいればいいんだ。で、あんた、再婚してないのか？」

「ああ、ずっと」

「女が欲しくなったときは、どうするんだ」

「幸か不幸か、仕事が忙しすぎてな、ルー」

「仕事が好きってわけか？　この仕事はいつからやってるんだ」

「社会人となって以来、ずっとＦＢＩだ」

「社会人になって以来ずっと？」

なんと、自分の言った言葉をハンディがそのままくり返した。偶然だろうか？　それともハンディもこっちのやり方を真似たのだろうか？　ポターはちらりとそんなことを考えた。

「この道ひと筋だ。一日十八時間働いてな」

「こういう交渉なんかをやるようになったきっかけは？」

「なんとなく、気がついたらこうなっていた。本当は捜査のほうをやりたかったんだ。スリルと興奮を味わえるからな。捜査官としてもなかなか優秀だったと思うんだが、どうも少々鷹揚に構えすぎるところがあるようだ。なんでも物事の両面が見えてしまうんだ」

「へえ、なるほどな」ハンディは感心したように言った。「だから、出世できないんだな。サメってのは、泳ぐのが速いって知ってるか？」

「ああ。誰もが知ってる事実だ、ルー」

「きっとあんた、すごくイカレた人間とも会ったことあるんだろうな」

「もちろん。たった今、話している相手以外にもな」

電話の向こう側から笑い声は聞こえてこない。ハンディは黙りこくったままだ。冗談が通じなかったことにポターは傷つき、同時にハンディがそれを皮肉ととって、気を悪くしているのではないかと不安になった。謝らなければ、焦りながらそう考えた。

だが、そこでハンディが口を開いた。「武勇談を聞かせてくれよ、アート」

またもやアンジーが渋い顔をした。だが、ポターはそれを無視した。「そうだな、十五年ほど前のことになるが、ワシントンの西ドイツ大使館で起こった人質事件を担当したことがある。ぶっ続けで十八時間、交渉にあたった」そこで笑い、「部下を何度も図書館に遣り、政治哲学の本を次々にもってこさせた。ヘーゲル、カント、ニーチェ……ついには〈クリフスノーツ〉(米国の学習参考書出版社)に問い合わせまでした。わたしは無標識の車の後部席に陣取って、自分はヒトラーだと思いこんでいる頭のイカレた男と携帯電話で話をしていた。『わが闘争』の新しいヴァージョンを聞かせてもらおうとな。十八時間ものあいだ、あの男といったいなにを話していたのか、いまだにわからないんだ」

実際には、犯人は自分をヒトラーだなどと言ったわけではなかったのだが、ハンディをおもしろがらせるために、ポターが少々脚色したのだ。

「なんとも滑稽な話だな」

「ああ、おかしな男だった。だが、その男がAK−47をもっていたとなると、もう笑い話では済まなくなる」

「あんた、頭のイカレたやつ専門の医者か？」

「いいや。たんなるおしゃべり好きの男さ」

「あんたはさぞ立派なエゴってもんをもってるんだろうな」

「エゴ？」

「ああ。おれみたいな人間から、〝この糞ったれ野郎、チャンスさえありゃ、てめえなんかすぐさまぶっ殺してやる〟なんてことを言われながら、それでもあんたは〝ハンバーガーと一緒にダイエット・コークはどうだろう、それともアイスティーがいいかね〟と訊くわけだろ？」

「アイスティーにはレモンを添えとこうか、ルー？」

「ふん。で、あんたの仕事ってのはそれだけかい？」

「いや、ほかに教師もやっている。アラバマ州フォート・マックレランにある憲兵養成学校で。それと、クワンティコでＦＢＩの特殊作戦部隊を対象に、人質事件の対処法のトレーニングも受けもっている」

そこでヘンリー・ラボウがポターを睨みつけた。情報担当捜査官は、ポターがそこまで自分の個人的な情報を明かすのを聞いたことがない。

ハンディは低い声でゆっくりと言った。「ちょっと訊きたいことがあるんだ、アート。あんた、なんか悪いことしたことあるか」

「悪いこと？」

「ああ、ものすごく悪いことを」

「そうだな、あると思うが」

「やる気でやったのか？」

「やる気でやった？」

「おれの言うこと、聞いてねえのか」いくぶん苛立たしげな声だ。あまり頻繁にオウム返しをやると、犯人の反感をかうことがある。

「そうだな、わたしがやったことは、そうはっきり意図的だったわけじゃない。ひとつは、あまり妻と一緒にいてやらなかったことだ。で、さっきも言ったとおり、あんな早くに妻が亡くなってしまうと、自分が妻に言い残していたことが、山のようにあったということに気づいたんだ」

「ふん」ハンディはあざけるように笑った。「そんなのが悪いことだってのか。あんた、おれの言ってる意味がわかってねえな」

その言われてポターは深く傷ついた。ふいに、こう叫びたい衝動に駆られた。「おまえの言うことならちゃんとわかってる！　だから、言ってるんだ。自分はこういう悪いことをしたと。とんでもない悪いことをしたとな」

ハンディは続けた。「おれが言ってるのは、誰かを殺したとか、誰かの人生をめちゃめちゃにしたとか、女房を捨てた、ガキを捨てたただのいうことだ。罪つくりなことって意味だ」

「人を殺したことはないな、ルー。少なくとも直接手を下したことは」

トビーがこちらを見ている。アンジーは走り書きでメモを取っている。**しゃべりすぎよ、アーサー。**

ポターはどちらも無視し、額の汗を拭いて窓の外に見える食肉加工場に視線をすえた。

「だが、わたしのせいで人が死んだことならある。わたしの不注意で。わたしが犯した過ちのせいで。ときには、わたしの意志で。ルー、きみとわたしは、ひとつの物事をはさんで裏と表にいる」自分の言うことをなんとかハンディにわかってもらいたいという、抑えがたい欲求がつのってきた。「だが、承知のとおり――」

「話題をそらすなよ、アート。で、訊くが、あんたはその自分がしたことで、今でも嫌な思いをしてるのか」

「それは……わからん」

「今言った、あんたのせいで死んでいった連中のことはどうだ」

やつが今どういう気持ちなのかを考えろ、ポターは自分に言いきかせた。ハンディはなにを考えているのか。

わからない。そんなこと誰にもわかるわけがない。

「おい、アート、返事をしろよ。死んだってのは誰なんだ。あんたが助け損なった人質か？　あんたが自分の代わりに送りこんだ警官か？」

「そうだ、そういった連中だ」

そして犯人たちも。だが、ポターはそれは口には出さなかった。オストレーラ、ふと思い出した。彼女の長い髪、美しい顔、濃い眉、ふっくらした唇。わたしのオストレーラ。

「で、あんたはそれを後悔してる、そうなんだな？」

「後悔？　ああ、してるとも」

「ふん」ハンディが電話の向こうであざ笑っているような気がする。ポターはまたもや傷ついた。「なあ、アート、これでわかったぞ。あんたは悪いことなんかなにもしたことがない。それが、おれもあんたも認めるところだ。たとえば、さっきキャデラックに乗ってた連中、おれが殺したあの二人だが、あいつらの名前はルースとハンクっていうんだ。ルーシーとハンク。なんでおれがあの二人を殺したか、わかるか？」

「なぜだね、ルー」

「それはだな、これからあと一分か二分したら、あのガキ——シャノン——を窓のところに連れてって、頭のうしろをぶち抜くのと同じ理由だ」

それを聞いて、冷静なヘンリー・ラボウでさえはっとして身をこわばらせた。フランセス・ウィッティングはエレガントな両手で顔をおおった。

「で、その理由とは?」ポターは落ち着いた口調で訊いた。

「その理由はな、当然おれがもらうべきものを、もらえなかったからよ! 単純しごくだ。さっき、小麦畑で、あいつらはおれの車をめちゃくちゃにしやがった。突っこんできやがってよ。だからおれは、あいつらの車をこっちにもらおうとした。そしたら、逃げようとしたんだ」

ポターはその件に関するカンザス州警察からの報告書を読んでいた。それによると、どうやらハンディの車が一時停止の標識を無視して、優先道路を走っていたキャデラックに衝突したようだ。だが、ポターはその事実には触れなかった。

「あんまりだろ? 誰に言わせたって、そう言うに決まってるぜ。あいつらは死んで当然なんだ。おれにもっと時間があったら、もっともっといたぶってやったさ。やつらは、おれに寄越すべきもんを寄越さなかったんだ」

いかにも当然といった、冷ややかそのものの口ぶりだ。

ポターは考えた。ここで事の善悪を説くのはまずい。かといって、ハンディの言うことに同調してもいけない。交渉担当者は何事にも中立の立場を固持しなければならないのだ(実際、ハンディの言い分を聞いて、まともな人間なら感じるべき嫌悪感というものを感じなかった自分に、ポターは内心目をおおった。ほんの心の片隅でだが、自分はハンディの言うことにも三分の理があると思っているのだ)。

「なあ、アート、おれは納得できないんだ。ちゃんと理由があって人を殺しても、やつらはおれを悪人呼ばわりする。おまわりが理由があって人を殺せば、褒美をもらって、よくやったと言われる。どうして理由によって、人を殺してもよかったり悪かったりするんだ。やるべきことをやらないから、そいつを殺す。足手まといになるから、弱いやつを殺す。それのどこがいけないって言うんだ」

ヘンリー・ラボウは黙々とキーボードをたたいている。トビー・ゲラーはモニターやダイアルの調整に余念がない。チャーリー・バッドは隅に坐って床に目を落とし、その隣ではアンジーがじっと聞き耳をたてている。そして、フランセス・ウィッティングは隅に立ち、不安げな顔で味も感じないコーヒーのカップを手にしている。カンザス州ヘブロンの警察では、ルー・ハンディのような人間を扱ったことがないのだ。

スピーカーから笑い声が流れてきた。ハンディが訊いてきた。「正直に言えよ、アート……一度もやりたいと思ったことないか？　まっとうでない理由で誰かを殺すってことを？」

「いや、ないな」

「本当にないのか？」疑わしげな口ぶりだ。「とてもじゃないが……」

バンの中を沈黙が支配した。ポターの顔をひと筋汗がつたい、彼は額の汗を拭った。

ハンディは言った。「じゃ、あんたは昔のＦＢＩドラマに出てくるあの男みたいな人間ってわけだな。ほら、エフレム・ジンバリストだっけ？」

「ぜんぜん違うな。わたしはごく月並みの男だ。つましく生きてる司直の人間。ポテトの食べすぎで――」

「フライか」ハンディは言った。

「本当はマッシュポテトが一番好きなんだ。フライパンに残ったグレイヴィーソースをかけたのが」

トビーがバッドになにやら小声で話しかけると、バッドが紙にこう書いた。〝デッドライン〟

ポターはちらりと時計に目をやり、電話に向かってこう言った。「わたしはスポーツコートが好きなんだ。生地はツイードが好みだ。さもなくば、キャメルか。だが、職場ではスーツ着用が義務でな」

「スーツだと？　あれなら出っ張った腹を隠してくれるな。ちょっと待ってくれ、アート」

ポターは白昼夢からわれに返り、ライカを窓に向けた。くしゃくしゃに乱れた茶色の長い髪におおわれたシャノンの頭のわきに、ピストルの銃身が現われた。

「あの野郎」バッドがつぶやいた。「かわいそうに、あの子は怯えている」

フランセスが前に身を乗りだした。「ああ、お願い、やめて……」

ポターの指がボタンをたたいた。「ディーン？」

「イエス・サー」スティルウェルが応えた。

「狙撃手のなかに、ターゲットをとらえられるのがいるか？」

しばし間があいた。

「いません。全員、見えるのはピストルの銃身とスライドだけです。やつは少女の背後にいます。ですから撃っても、窓枠にあたるだけです」

ハンディが言った。「なあ、アート、あんた本当に人を撃ったことないのか？」

ラボウがしかめ面の顔をあげた。だが、ポターはハンディの問いかけに答えた。「ああ、一度もない」

両手を深くポケットに突っこみ、バッドはバンの中を行ったり来たりし始めた。それがポターの気に触った。

「引き金を引いたこともか？」

「もちろんだ。クワンティコの射撃練習場でならあるぞ。あれは楽しかった」

「へえ、そうかい。射撃の練習を楽しめたんなら、人を撃つのも楽しいかもしれないぜ。人殺しが」

「胸くそ悪くなる、この野郎」バッドがつぶやいた。

ポターが手をあげて警部を制した。

「なあ、知ってるか、アート？」

「なにをだね」

「あんたはいい人間だ。本当だぜ」

どっと安堵感と喜びが襲ってきた——この男に受け入れられたのだ。いい人間。その言葉は、すなわちハンディの自分にたいする感情移入の表れなのだ。それがこの仕事の成否を左右する。作戦でもなければ、言葉でもない、計算でもなければ情報でもない。研修では決して教えることのできないものなのだ。おれは常にいい人間だった、ポターはそう考えた。だが、マリアン、きみが死んだとき、おれはあのときから偉大になったんだ。この心を傾けるべきものがなくなったとき、おれはそれをルイス・ハンディのような人間たちに捧げることにした。

そしてオストレーラに……

ワシントンD・Cで起こったテロリストによる人質事件。二十時間におよぶポターの交渉ののち、ソヴィエト大使館からブロンドであでやかな雰囲気のエストニア人の女が姿を現わした。十二人の人質が解放され、なおも四人が中に残った。ついにエストニア人の女は降伏し、両手を一杯にのばすのではなく頭の上にのせて——人質事件における犯人投降時のルール に反する——建物から出てきた。だがポターには、その女を警戒する必要などないことがわかっていた。彼女のことはマリアンと同じくらいによくわかっていた。ポターは防弾服も武器も身につけずに包囲ラインから進みでた。彼女を出迎え、抱擁し、手錠はきつく締めないこと、被疑者の権利は彼女の母国語で読みあげられることを告げるために。そして、大量の返り血を浴びることになった。女は襟に隠しもっていたピストルを取りだし、それをポターの顔に突きつけたその瞬間、狙撃手に頭部を撃たれたのだ(そのときポターはどうしたか。「伏せろ!」女に向かってそう叫んだ。そして両腕を広げ、愛する女を守ろうとしたところで、彼女の頭蓋骨の破片が顔にあたった)。

悪いことをしたいと思ったことがあるか?

くれぐれも……

どうしてもと言うのなら答えるが、ああ、実はあるんだ、ルー。

……注意されたし。

ポターはしばし言葉を口にすることができなかった。ハンディの気分を害するのではないか、彼が電話を切ってしまうのではないかと不安だったからだ。その気持ちは、ハンディが少女を殺すかもしれないという恐れと同じくらいに強かった。「聞いてくれ、ルー。ヘリコプターに関しては、一刻も早く調達するべく懸命に努めているところだし、あと一時間待ってもらう代わりに、また別の要求にも応えようと申し出ているじゃないか」ポターはなおも言った。「なんとかきみと交渉を成立させようと、こちらは一生懸命なんだ。頼むから協力してくれ」

しばし間があき、やがて自信に満ちた声が言った。「こんなことやってると、やたら喉が渇く」

なるほど、またお遊びだな。「ダイエット・ペプシはどうだ」ポターは遠慮がちに言ってみた。

「おれが言ってる意味、わかるだろ」

「レモネードはどうだ。新鮮なサンキストでつくったやつは?」

ラボウがいくつかキーをたたき、スクリーンを見るよう促した。ポターはそれを見てうなずいた。

「酒は勧めないのか？」ハンディは皮肉まじりに言った。

ポターはウィルコックスのプロファイルを読みながら答えた。「酒はよしておいたほうがいいんじゃないか、ルー。シェパードにはまずいだろ？」

沈黙。

「あんたら、おれたちのことにやけに詳しいんだな」

「そのためにちっぽけながら給料をもらってるんだ。この世のありとあらゆる情報を仕入れてな」

「それじゃ、取引といこう。一時間と引き換えに酒だ」

「いいだろう。仕方ない」

「ビールがいい。おれの好みだ」

「三缶送ろう」

「待てよ。ワン・ケースだ」

「だめだ。ライトビール三缶だ」

くすっと笑い声。「ライトビールだと？　冗談やめだ」

「それでも精一杯の譲歩だ」

フランセスとバッドは窓に張りついてシャノンをじっと見つめている。

ハンディが歌いだした。「この子豚は市場に行って、こっちの子豚は家にいて……」銃口を少女の片耳からもう一方の耳へと動かした。

そこでスティルウェルから無線連絡が入り、狙撃手にたいする指示はどうするかと訊いてきた。

ポターはためらった。「撃つなと伝えろ」そう言った。「たとえなにがあろうとだ」

「了解」スティルウェルは言った。

ハンディが拳銃をシャノンの額に押しつけると、少女のすすり泣きが聞こえてきた。

「六缶パックをやろう」ポターは言った。「その子を返してくれるなら」

バッドが小声で言った。「ごり押しはだめですよ」

しばしの沈黙。「どうしておれがそんなことしなけりゃならないんだ」

ラボウが、〝ルイス・ハンディの生い立ちから現在まで〟のパラグラフにカーソルを動かした。ポターはそれを読んで、こう言った。「きみはビールが大好きだからさ」

ハンディは刑務所内で酒を密造し、看守から叱責されたことがある。のちに、バドワイザー二ケースをこっそりもちこみ、刑務所内で与えられていた許可をしばらくのあいだ取りあげられることになった。

「さあさあ、そうごねないでくれ」ポターはたしなめるように言った。「返してくれたからといって、痛くも痒くもないだろうが。まだ人質はたくさん残っているんだから」さらにその機を逃さず言った。「だいいち、その子はちょっとばかり厄介だろう？　学校での評判はそうなってるんだから」

アンジーははっとしたように目を見開いた。人質について触れることは、なんであれタブーとされている。そんなことをすれば、犯人にとっての人質の価値があがってしまうからだ。そしてまた、人質がなんらかのトラブルを起こす、あるいは犯人にとって危険な存在となり得るということを示唆するのもご法度だ。

しばしの間。

今だ、罠を仕掛けろ。

ポターは言った。「きみのお気に入りのブランドは？　ミラーか？　それともバドワイザー？」

「メキシコのがいい」

「よし、わかった、ルー。コロナの六缶入りパックだ。それと引き換えに、その子を解放して、ヘリコプターを調達する時間を一時間延長だ。これでみんなご機嫌だ」

「それより、このガキを撃つのがいい」

ポターとラボウはちらりと顔を見合わせた。バッドがふいにポターのそばにやって来た。両手をポケットに突っこんでもぞもぞさせている。

ポターは若い警部を無視してハンディに言った。「オーケイ、ルー、それならその子を撃て。こういうばかげた話につき合うのはもううんざりだ」

視界の隅にバッドが身動きするのが映り、警部が飛びだしてきて電話を奪いとり、なんでもいうとおりにするからとハンディに言うのではないかと、ポターは一瞬緊張した。だが、バッドは両手をポケットに突っこんだまま、こちらに背を向けた。フランセスは啞然とした顔でポターを見つめている。

ポターは電話のボタンを押した。「ディーン、やつはあの子を撃つかもしれん。もしやったとしても、ぜったいに報復の引き金を引くな」

ディーンのためらいが伝わってきた。「イエス・サー」

ポターはまたハンディとの電話に戻った。ハンディは電話を切っていなかったが、なにもしゃべらない。シャノンはしきりに頭を左右に動かしている。黒い長方形のピストルがまだ見える。

いきなりバンの車内にハンディの笑い声がスタッカートで響きわたり、ポターは一瞬飛びあがった。「こいつはまるでモノポリー（さいころを使った卓上ゲーム。地所の取引を行ない、不動産を独占することを目指して争う遊び）だな、え？　買ったり売ったり、駆け引きしたり」

ポターは必死の思いで沈黙を続けた。

ハンディは吠えたてた。「六缶入りを二パックだ。さもなけりゃ、たった今やるぞ」ハンディに銃を押しつけられ、シャノンの頭は前にのめった。

「こっちにはヘリコプター調達までさらにもう一時間だな？」ポターは訊いた。「六時十五分としよう」

「安全装置がはずされた」ディーン・スティルウェルが叫んだ。

ポターは目を閉じた。

バンの中は物音ひとつしない。しんと静まり返っている。これがメラニーがくる日もくる日も過ごしている世界なのか、ポターはそう考えた。

「よし、手を打とう、アート」ハンディが言った。「ところで言っとくが、あんたは最低の野郎だ」

かちゃっ。

ポターはどっと椅子に身を沈め、しばし目を閉じた。「みんなちゃんと記録したか、ヘンリー?」

ラボウはうなずき、タイプを打ちおえた。立ちあがり、食肉加工場の図面からシャノンの付箋をはずそうとした。

「待て」ポターは言った。ラボウは手をとめた。「もうちょっと待て」

「ビールを手配します」バッドが大きなため息とともにそう言った。

ポターは微笑んだ。「きみにしてはちょっと熱くなりすぎだな、警部」

「ええ、まあ」

「今に慣れるさ」ポターがそう言うのと同時に、バッドもこう言った。「今に慣れますよ」警部の声からはポターのような屈託のなさは感じられなかった。だが、二人は声をそろえて笑った。

バッドがウサギのようにバンを飛びだしていこうとしたところで、アンジーがその腕をつかんだ。「ビールを手配するのなら、わたしも一緒に行くわ、警部。お邪魔でなければ」

「ああ、いや、もちろん、構わないが」バッドが覚つかなげにそう答え、二人はバンを出ていった。

「あと一時間」ラボウがそう言ってうなずいた。

ポターは椅子をくるりと回し、食肉加工場の窓を見つめた。「ヘンリー、書いといてくれ、〝人質事件の初期段階における緊張と不安は解消された。交渉相手のハンディは冷静で、論理的なものの考え方をするというのが、これまでのところの交渉担当者の見解である〟」

「そう言われて納得するのは、わたしたちのうちのひとりだけじゃないんですか」そういうフランセス・ウィッティングの震える両手から、バンの床にコーヒーがこぼれ落ちた。赤毛の警官デレク・エルブが、親切にもかがみこんでそれを掃除してくれた。

午後五時十一分

「あの人、シャノンとなにしてるの？」ベヴァリーが喘ぎながらサインを送ってきた。

メラニーは前に身を乗りだした。シャノンの顔はまったくの無表情だ。手話のサインを送ってくる。Xメンをつくったプロフェッサー X の名前だ。エミリーと同様、シャノンもまた自分の守護天使を呼びだしているのだ。

〝熊〟と〝ブルータス〟が話をしている。メラニーはその唇を読むことができた。〝熊〟が身振りでシャノンを指し示して〝ブルータス〟に訊いた。「どうして……解放するんだ」

「なぜかと言えば」〝ブルータス〟が辛抱強く答えている。「そうしないと、やつらがドアを破って……おれたちを撃ち殺すからだ」

メラニーは急いで手を動かした。「あそこで坐ってるだけ。大丈夫よ。あの人たち、シャノンを帰してくれるのよ」

みんなの顔がぱっと明るくなった。

だが、ミセス・ハーストローンだけは別だった。

そしてキールも。かわいいキール、ブロンドでそばかすだらけのボブキャット。二十歳の大人の目をした八歳の少女。キールは焦れったそうにメラニーをちらりと見たがすぐに顔をそむけ、すぐ隣の壁に向かって何事かし始めた。いったいなにをやってるのかしら。トンネルでも掘るつもり？　いいわ、好きなようにさせておきましょう。そのほうが安全だもの。

「病気になりそう」双子のひとり、スージーがサインをつくった。アナも同じサインを送ってきたが、だいたいいつも、ほんのわずかに先に生まれた姉の言うことを真似るのだ。

大丈夫、病気になんかならないわ、メラニーはそう伝えた。なんにも心配することないのよ、と。エミリーのそばに行くと、彼女は泣きながらドレスの破れ具合を調べていた。「来週になったら、一緒にお買い物に行きましょう」メラニーはサインをつくった。「あたらしいドレスを買ってあげるわ」

そのとき、音をとらえることのできないメラニーの耳に、ドゥ・レペがささやきかけてきた。「ガソリンの缶」そう言って、すぐに消えてしまった。

メラニーは背筋に悪寒を感じた。ガソリンの缶ね、わかったわ。振り向くと、それはすぐわきにあった。赤と黄色の大きな二ガロン入りの缶。そっとにじり寄り、素早く蓋と耐圧キャップを閉めた。それから、もうひとつ必要なものを探して、処理室の中を見まわした。

あった、あそこだ。

メラニーはそろそろと奥に移動し、建物の裏側がどうなっているのかを調べた。ドアが二つある——薄暗がりのなかでかろうじて見てとれた。川に通じているのはどっちかしら。ふと床を見ると、手話ゲームの説明をしたときのメッセージが目にとまった。素早く二つのド

ア の前の床に目をやった——左側のドアの前は、床の埃が目に見えて少ない。そう——川から吹いてくる風が埃を払うからだ。ということは、建物の裏には窓なりドアなりがあって、子供ひとりがくぐり抜けられるくらいにあいているという可能性がある。

ベヴァリーが息を詰まらせ、発作の症状をみせはじめた。横向きに横たわり、空気を求めて喘いだ。吸入器の効果はあまりなかったようだ。〝熊〟が顔をしかめてベヴァリーを見て、なにごとか叫んだ。

まずい。メラニーはベヴァリーにサインを送った。「苦しいでしょうけど、お願いだから、ちょっと我慢して静かにしててちょうだい」

「あたし怖い、怖いわ」

「わかってるわ。でも、もうじきに——」

まあ、たいへん。メラニーは大きく目を見開き、手話のサインをつくる手を動き半ばでとめ、部屋の反対側を見やった。

キールが胸の前でナイフを手にしていた。昔風の刃が鉤状にそったナイフだ。ごみの山の中から見つけだし、それで壁を削っているのだ。

メラニーは思わず身震いをした。「だめよ！」サインを送った。「それをしまいなさい」

キールはその灰色の目に殺気を漂わせながら、ナイフをポケットにすべりこませた。「あの陰険男を殺してやる。とめたって無駄よ！」すっかり目指す相手にナイフを振りおろしている気になって、両手でさっと空気を切った。

「だめ！　そう簡単にはいかないのよ！」

「あたしはジュビリーよ！　あいつにあたしをとめられるわけないわ！」

「あれは漫画のキャラクターでしょう」メラニーはきびきびと手を動かした。「現実には、ああはいかないのよ！」

　キールはメラニーを無視した。「歓喜するジュビリー！　プラズマ銃であいつをずたずたにしてやる！　あいつは死ぬのよ。あたしをとめようとしても無駄！」そう言うと、ドアのほうに這っていき、天井から降りそそぐ水の向こうに消えていった。


　三人の男たちが集まっている建物の正面にあたるだだっ広いメインルームは、かつて家畜を一時囲っておく囲いと、処理室に引かれていく動物たちの通路として使われていた場所だ。今は食肉加工場の器具装置類——肉切り台《ブッチャー・ブロック》、一本、もしくは三本の支柱がついたギロチン、臓物処理機、ひき肉機、脂肪精製用の巨大な樽——の倉庫となっている。

　その身の毛もよだつような恐ろしい倉庫の中に、キールは姿を消していった。おそらく、男たちがテレビを前にくつろいでいるその部屋の奥の壁に向かったのだろう。

だめよ……

　メラニーは半ば立ちあがり、〝熊〟を見て——処理室から唯一はっきり見えるのが彼だからだ——凍りついた。こちらを向いてこそいなかったが、彼がほんのわずかに首を動かせば気づかれてしまいそうだ。メラニーはパニックに陥りながら、メインルームを見渡した。キールのブロンドの髪が円柱のうしろにさっと隠れるのがちらりと見えた。

メラニーはしゃがんだ格好のまま戸口ににじり寄った。〝ブルータス〟はシャノンと並んで窓辺に立ち、外を見ている。〝熊〟は処理室のほうに目を向けかけたが、そこで〝イタチ〟が笑い声をあげたので、そちらを向いた。そして手にもったショットガンを撫でながら、顔をのけぞらせ、目をつむって大笑いしはじめた。

やるなら今だ。

できない。

やるのよ。見つからないうちに。

深呼吸。さあ。メラニーはそっと部屋から抜け出し、何千何万という動物の蹄に踏みしめられてへこみ、傾いている腐りかけた家畜用通路の下に這いこんだ。そこでいったん息をつき、降りそそぐ水の向こうに目を凝らした。キール……どこにいるの。あの男にナイフを突きたてて、そのまま逃げられるとでも思ってるの？　漫画の世界の出来事とは違うのよ！　流れおちる水をくぐった——凍るように冷たくぬるぬるしていた。不快感に身震いしながらも、洞窟のような部屋の奥へと向かった。

あの子はどうするつもりだろう。おそらく、壁沿いに〝ブルータス〟の背後に回りこみ、背中を刺すつもりでいるに違いない。金属の錆びた破片や腐りかけた木片をそぎ落としながら、メラニーは機械類のそばを通り抜けていった。チェーンの固まり、肉を吊るすフック、どれも血のしみや乾いた肉片がこびりついている。脂肪精製用の大樽には胸が悪くなった。

あたりに漂う悪臭に、脂肪と体液の混じり合ったぎとぎとした液体の中に動物たちが沈められる光景をどうしても思い浮かべてしまう。胃の中のものがこみあげてきた。

だめよ！　静かに！　ちょっとでも音をたてたら、気づかれてしまう。

メラニーは必死に吐き気をこらえ、床からあがってくる冷たく湿った空気を吸いこもうとひざまずいた。

錆びて刃毀れしている角ばった刃がついた大きなギロチン台の脚の下をふと見ると、円柱の陰から円柱の陰へと素早く移動しながら部屋を横切っていく少女の影が目に映った。

メラニーは急いでそちらに向かった。だが、二フィートと進まないうちに、肩に鈍い痛みを感じた。円柱に立て掛けられていた長さ六フィートの鋼鉄のパイプにぶつかったのだ。パイプはゆっくりと床に向かって倒れだした。

たいへん！

メラニーはとっさに両腕でパイプを抱きとめた。重さは百ポンド近くあるに違いない。

重い、とても支えきれない！

パイプはメラニーの体もろとも速度を増して床に倒れこんでいった。こらえきれず手を放す瞬間、メラニーは錆びたパイプの下になって床にころがった。次の瞬間、腹部の筋肉に激しい衝撃を感じた。全身に広がる痛みに思わず息を呑みながらも、メラニーは自分の喉元から漏れた小さな喘ぎ声が、風と水の音にかき消されていることを祈った。それからしばらくのあいだ、ショックのあまりに動くことすらできなかった。

ようやくパイプの下から抜け出し、そっと——音はたてなかったつもりだ——パイプを床に横たえた。

ああ、キール、どこにいるの。おばかさんね、どうしてわからないの。彼らを全員殺すなんてできっこないわ。きっと見つかって、殺されてしまう。さもなきゃ、きっと〝熊〟に工場の裏に連れていかれる。あの目を見たでしょう？　あの男がなにを考えているか、わからないの？　いえ、たぶんあなたにはわからないわね。まだあなたには想像もつかない——

メラニーは危険を覚悟で男たちのほうを見た。彼らの関心はもっぱらテレビに向けられているようだ。ときどき〝熊〟が処理室のほうをちらちら見るが、人質二人が姿を消していることには気づいていないらしい。

ふたたびギロチン台の脚の下に目をやると、ちらりとブロンドの髪が見えた。いたわ、キールだ。あくまで、窓のそばにいる三人の男たちに向かっていくつもりだ。しゃがんだ格好で、顔には笑みを浮かべて。三人とも殺せると思っているのだろう。

パイプの下敷きになった衝撃になおも呼吸を乱しながらも、メラニーは通路を這い進み、錆びた円柱の陰に身を隠した。そこから方向を転じたところで、〝ブルータス〟からわずか二十か三十フィートのところにキールの姿を発見した。〝ブルータス〟はキールに背を向けたまま、依然として窓の外を見つめていた。片手はさりげなくシャノンの襟首をつかんでいる。三人のうちの誰かが立ちあがって、こちらに向かってくれれば、床に横ざまに倒れている大樽の向こうをのぞくだけで、すぐにキールを見つけてしまうだろう。

そうだ。

キールは緊張に身を堅くしている。今にも大樽を飛びこえて〝ブルータス〟に襲いかかり

いっそこのまま黙って見ていたらどうだろう、メラニーは考えた。最悪の場合には、どんなことになるのか。キールが数フィート彼らに近づき、そこで〝熊〟が彼女を見つけ、ナイフを取りあげる。一度か二度、キールに平手打ちをくらわせてから、また処理室に放りこむ。せいぜいそんなところだろう。

なにも自分の命を危険にさらすことはない。〝熊〟にどんなことをされるかもわからないし、だが、〝ブルータス〟のあの目でずっと監視されることになるかもしれないのだから。

メラニーはスーザンを見てしまった。彼女の背中に赤い点々が現われ、黒髪が煙のようにたなびくのを。

そしてまた、エミリーの少年のような体をじろじろ見まわして、にやにや笑っている〝熊〟のことも。

だめだ。

メラニーは黒い靴を脱いで、金属のテーブルの下に押しこんだ。全速力で進みはじめた。吊るされている金属の塊や棒やパイプをかわし、肉切り台をまたぎながら、狭い廊下を這いつくばっていった。

ちょうどキールが立ちあがり、大樽の上に手をのばしたところで、メラニーは彼女にタックルした。片手で胴体を押さえこみ、もう一方の手で口をふさいだ。二人は勢いよく倒れこ

み、大樽の蝶番つきの蓋にぶつかった。ばたんと蓋がしまった。

「放して！」キールはサインを送ってきた。「お願いだから――」

そこでメラニーは、それまで一度もやったことのない行為にでた。片手を振りかざすと、それを思いきりキールの頬にたたきつけたのだ。キールの目が大きく見開かれた。メラニーは手をおろすと、床にころがっている二つの大樽のあいだのわずかな隙間から向こうをのぞいた。〝ブルータス〟が振り向き、こちらのほうを見た。〝イタチ〟は肩をすくめている。「風だ」口の動きでそう言ったのがわかった。〝熊〟はにこりともせず、ショットガンをもって立ちあがり、こちらに向かって歩いてくる。

「中に」メラニーは慌ててサインをつくり、倒れている大きな鋼鉄製の樽のほうを身振りで示した。キールは一瞬ためらいを見せたが、メラニーとともに樽の中に入り、ドアを閉めるようにぴたりと蓋を閉じた。樽の内側は一面ワックスようなものにおおわれていて、メラニーは嫌悪感のあまりに鳥肌がたった。あまりの悪臭のひどさに、またもや吐き気をこらえねばならなかった。

樽の上に影が射し、〝熊〟が通路に足を踏み入れる振動が感じられた。わずか二フィートのところに来ているのだ。

〝熊〟はおざなりにあたりを見まわすと、またシャノンと仲間のところに引き返していった。

キールがメラニーのほうに顔を向けた。薄暗い樽の中で、メラニーはかろうじてキールの手話が読みとれた。「あたし、あいつを殺す！　とめないで。さもないと、あなたも殺すわよ！」

キールに鋭い刃を向けられて、メラニーは息を呑んだ。「やめなさい！」荒々しく手を動かした。いったいどうすればいいの。スーザンの姿が脳裡をかすめた。ミセス・ハーストローン、お父さん、兄さん。

そしてドゥ・レペのことが。

スーザン、助けて。

ドゥ・レペ……

やがてメラニーはふいにこう思った。スーザンはもういない。死んでしまった。彼女は死に、すでに冷たくなっている。

そして、ミセス・ハーストローンも死んだも同然でしかない。

ドゥ・レペ？　彼は幻想でしかない。架空の部屋を訪ねてきた架空の人物。現実から顔をそむけ、自分で勝手につくりあげ、おしゃべりをしたり、一緒にでかけたり、一方的に友情を捧げてきた想像の世界の友だちのひとりにすぎない。所詮、病んだ心の産物なのだ。なにもかも間違っていた。わたしは鳴っていない音楽を聴くけれど、人がしゃべっていても聞こえない。いつか、強くならねばならないときが来るのが怖くて……

乙女の墓。

キールは樽の蓋に手をのばした。

「キール！」メラニーは怒りをこめてサインをつくった。「ジュビリー……わかったわ。だから、ちょっと聞いて」

キールは警戒心もあらわにメラニーを見たが、黙ってうなずいた。

「どうしても彼を殺すの？」

「ええ！」キールは目をぎらつかせた。

「わかったわ。それじゃ、二人でやりましょう。力を合わせて、うまくやりましょう」

キールの顔にぎこちない笑みが広がった。

「わたしが彼の気をそらすから、あなたはあそこにあるパイプのうしろにまわって。わかった？　そこに隠れているのよ」

「で、どうするの」

「わたしが出てくるよう合図するまで、じっとしてて。彼はわたしと話をしているから、あなたは見つからずに済むわ」

「それで？」

「思いきり背中を刺すのよ。いい？」

「わかった！」少女はにっこり笑った。その目にはもはや怒りはなく、石のように冷たい輝きがあるだけだ。「あたしはジュビリー！　やると言ったら、ぜったいやるんだから！」

〝ブルータス〟は部屋の奥に背を向けていたが、割れた窓ガラスに映った影に気づいたに違いない。ふいに振り向いた。「今のはなんだ？」

メラニーは大樽から抜けだすと、大回りして処理室の方向に引き返し、そのまま男たちのいるところに歩みより、シャノンに微笑みかけた。

ハンディのほうを向いて、書く仕草をしてみせた。するとハンディが、黄色い紙とペンをよこした。メラニーはその紙にこう書いた。〝この子を傷つけないで〟そして、シャノンのほうを見てうなずいた。

「傷つけるだと？　おれはこれから……解放しようと……わかるか？」

〝それじゃ、この子と病気の子と一緒じゃだめかしら？〟メラニーは書いた。名前を書いたほうがいいかしら、そう考えた。そのほうが、相手の気持ちをうごかすかもしれない。〝ベヴァリーも〟そう書き加えた。

〝ブルータス〟はにやっと笑い、〝熊〟のほうを見てうなずいた。「おれの友だちが……まだしばらく……かわいいのは残しときたいんだと」

情けをかける気などこれっぽっちもない、そう言いたいんだわ。メラニーはそう思った。そう、この男は血も涙もない人間だ。でも、それだけじゃない、ほかになにかがあるような気がする。普通と違ったなにか。わたしにもつながっているなにかが。彼の言うことがよくわかるから、そう思うのかしら。それとも、本当にわたしにつながるものがあるから、彼の言うことがよく理解できるのだろうか。

〝イタチ〟が窓から離れ、そばにやって来てこう言った。「……来る……二……パック」ウインクをし、爪楊枝を嚙みつづけた。だが〝ブルータス〟は窓の外を見ようとしなかった。

部屋の中、建物内部、あたりにしきりに目を走らせている。

キールから目をそらしておくには、どうすればいいのかしら。

誘惑してみる？　ふいにそんなことを思いついた。

メラニーが愛だの恋だのについて知っていることといえば、すべて本や映画や女の子どうしのおしゃべりから仕入れたものばかりだ。ボーイフレンドなら何人かいたが、誰とも寝たことはない。いつも、恐怖が先にたって……恐怖って、なににたいする？　メラニーにはわからない。暗闇かもしれない。あるいは、誰かをそこまで信頼するということ。もちろん、この人とメイクラヴをしたいと思うほどの相手にめぐり逢えなかったということもある。わたしと寝たがった男の子ならたくさんいる。でも、〝寝る〟と〝メイクラヴ〟では違いが大きすぎる。〝寝る〟という言葉を口にすると、鼻をつままれたような気がして顔がこわばる。〝メイクラヴ〟のほうは……そのソフトな響きに、自然に表情が和らぐ。

ふいに〝ブルータス〟が笑い、前に進みでてメラニーの腕をつかんで引きよせた。見た目よりずっと勘が鋭いのかもしれない。あるいは、メラニーの目がなにもかもを語っていたのか。いずれにせよ、〝ブルータス〟はメラニーが考えていたことを察知したのだ。彼女の髪を撫ではじめた。

メラニーはその手がいずれ自分の胸に、脚のあいだにのびてくるのを覚悟した。ボーイフレンドの手があっという間にそうしたところにのびてきたとき、自分が堅く身をこわばらせたことを憶えている。雷に打たれでもしたように、相手の膝から飛びあがり、車の熱くなったドームライトに頭をぶつけたものだ。

やがて〝ブルータス〟は仲間たちのほうを向いて、なにか言った。なんと言ったのかは、メラニーにはわからなかった。

〝熊〟と〝イタチ〟が笑った。

〝ブルータス〟はふいにメラニーを押しのけると、顔を寄せ、こう言った。「おれがおまえなんか相手にすると思うか？　おまえみたいな青くさい女を。まるで十三、四の男のガキだ。おれが用があるのは本物の女にだけだ」黒い瞳で穴があくほどじっと見つめられ、メラニーは泣きだした。恐怖と恥ずかしさに歪んだその顔を、〝ブルータス〟は満足げに見つめた。

「おれにはちゃんといい女がいるんだ。プリスは最高だ。ちゃんと女の体と女の目をしてる。おれたちは何時間もセックスするんだぜ。おまえ、ボーイフレンドはいるか？」

メラニーは返事をすることができなかった。腕は力なく体の両わきにたれている。視界の隅に、機械類の陰を通り抜けていくキールの姿が映った。メラニーはそれ以上泣くまいと必死にこらえ、だが涙を拭こうとはしなかった。

「プリスってのは、迫力のある女なんだ。男を震えあがらせる……おれを悪党と思うか？　ワルにかけちゃ、プリスのほうが上だ。おれが嫌いか？　だが、プリスに会ったら、きっと怖気《おぞけ》をふるうぜ。あの女はおまえを犯すかもしれん。ちょっとばかりその気《け》があるんでな。そうなったら、おれはじっくり見物させてもらうとしよう。こいつが片づいたら、ぜひともやってみようぜ。彼女とおれとおまえとでな」

メラニーは後退ったが、〝ブルータス〟はしっかりと彼女の腕をつかんだままだ。腕をつかむ力のあまりの強さに血流が滞り、メラニーの手先はちくちくしてきた。

〝イタチ〟が片手をクルーカットの頭にあて、なにやら叫んだ。〝ブルータス〟が窓のほうを向き、外をのぞいた。メラニーは空気の振動を感じた。〝ブルータス〟は電話に目をやった。にやっと笑うと、メラニーの腕を離し、受話器を取りあげた。

「おれだ……」

ドゥ・レペからだろうか？　二人はなんの話をしているのだろう。

ドアのそばのパイプのうしろに、キールの影が見えた。ナイフを手にしている。

「……もう少しだ」〝イタチ〟が窓の外に銃を向けながら叫んだ。

〝ブルータス〟は俯いて、ベルトにはさんであるピストルをいじりまわしながら、なおも電話で話を続けている。うんざりしているようだ。苦い顔で電話を切った。ショットガンを手に取ってレヴァーを引くと、戸口に近づいた。おそらく十フィートほどの距離をおいて、キールに背中を向けている。少女は頭をのぞかせた。外から射しこむまばゆい白いライトの明かりが、その手に握られたナイフの刃に反射した。メラニーはサインを送った。「待って」

〝イタチ〟がシャノンの腕をつかみ、ドアのところに引きずっていった。〝ブルータス〟が退がって銃口を外に向けると、〝イタチ〟がそろそろとドアをあけた。

戸口に人の姿が現われた——黒い制服に身を包んだ警官だ。警官は六缶入りのビール二パックを差しだした。〝イタチ〟がシャノンをドアの外に押しだした。

今だ！

メラニーはゆっくりと〝ブルータス〟の背後にまわった。キールに微笑みかけると、少女はいぶかしげに顔をしかめた。次の瞬間、メラニーは素早く少女を抱きかかえると、その手からナイフをもぎ取った。

キールは激しく首を振った。

だが、キールの抵抗をものともせず、メラニーはくるりと振り向いた。そのあまりの素早い動きに、〝ブルータス〟も何事が起こっているのかわけがわからず、ただ呆然としていた。メラニーはなおも笑みを浮かべ、呆気にとられている少女を抱きかかえたまま、〝ブルータス〟のわきを通り抜けた。

そして、警官の懐めがけて、キールをドアから放りだした。

一瞬、誰も動かなかった。メラニーは〝イタチ〟ににこやかに微笑みかけ、驚き顔の警官に向かってハエでも払うように、しっ、しっと手を振ると、ゆっくりとドアを閉めた。

「くそっ」〝ブルータス〟が吐きだすように言った。〝イタチ〟が前に出ようとしたが、メラニーは完全にドアを閉めおえると、キールのナイフを楔代わりにして扉をしっかり押さえこんだ。〝イタチ〟は大きなドアノブを握って引っ張ったが、ドアはびくともしなかった。

〝イタチ〟の骨ばった拳が首や顎に飛んでくるだろうことを予測して、メラニーはしゃがみこみ、少しでもその衝撃を和らげようとした。〝イタチ〟はメラニーの腕をどけると、額と顎を思いきり殴りつけた。

「このアマ！」〝ブルータス〟の首筋の腱と顎が震えた。

メラニーは〝ブルータス〟に力まかせに殴りつけられ、床に崩れおちた。窓の敷居に手をかけ、もがきながら立ちあがろうとして外をのぞくと、二人の少女を両わきにしっかり抱えこんだ警官の姿が見えた。ぎこちない足どりながらも側溝を越え、着実に遠ざかっていく。

怒り狂ってわめきちらしている男の声の振動を、うなじに感じた。〝ブルータス〟はもうひとつのドアに走りよって、そこについている小窓から外をのぞくと、うしろに退がってショットガンの狙いを定めた。

メラニーは〝ブルータス〟に突進していった。

まるで地面の上を飛んでいくような速さだった。〝イタチ〟がとり押さえようとしたが、つかんだのはシルクのブラウスの襟の切れ端だけだった。メラニーは〝ブルータス〟の肩にぶつかった。〝ブルータス〟が苦痛と驚きと恐怖の表情を浮かべて、横ざまに肉切り台に倒れこむのを見て、胸のすく思いだった。ショットガンが床に落ちたが、暴発はしなかった。

メラニーはもう一度窓の外をのぞき、二人の少女と警官が高台の向こうに消えていくのを見届けた。そのとき、最初に聴覚を失ったほうの耳の上を、〝イタチ〟に拳銃で殴りつけられ、がくりと床に膝をついた。メラニーが気を失ったのは痛みのせいでもなければ、恐怖のせいでもなく、傷ついた神経に視界を閉ざされたからだった。永遠に失われた聴覚とともに、今また、視覚をも奪われてしまうのだろうか。

訳者略歴　慶應義塾大学文学部卒 翻訳家　訳書『野性の刑事』レヴィット，『死を誘うロケ地』『眠れぬイヴのために』ディーヴァー（以上早川書房刊）他多数

HM＝Hayakawa Mystery
SF＝Science Fiction
JA＝Japanese Author
NV＝Novel
NF＝Nonfiction
FT＝Fantasy

静寂《せいじゃく》の叫《さけ》び

〔上〕

〈HM⑱-5〉

二〇〇〇年二月十五日　発行
二〇〇八年九月十五日　四刷

（定価はカバーに表示してあります）

著者　ジェフリー・ディーヴァー
訳者　飛《ひ》田《だ》野《の》裕《ゆう》子《こ》
発行者　早川　浩
発行所　株式会社　早川書房
郵便番号　一〇一‐〇〇四六
東京都千代田区神田多町二ノ二
電話　〇三‐三二五二‐三一一一（大代表）
振替　〇〇一六〇‐三‐四七七九九
http://www.hayakawa-online.co.jp

乱丁・落丁本は小社制作部宛お送り下さい。送料小社負担にてお取りかえいたします。

印刷・株式会社亨有堂印刷所　製本・株式会社明光社
Printed and bound in Japan
ISBN978-4-15-079555-9 C0197